1978

重写文学史经典

**百年
中国文学
总系**

谢冕
孟繁华　主编

1978：
激情岁月

孟繁华　著

人民文学出版社

图书在版编目（CIP）数据

1978：激情岁月/孟繁华著. —北京：人民文学出版社，2015（2023.5重印）
（"重写文学史"经典·百年中国文学总系/谢冕，孟繁华主编）
ISBN 978-7-02-010851-0

Ⅰ.①1… Ⅱ.①孟… Ⅲ.①中国文学—当代文学—文学史 Ⅳ.①I209.7

中国版本图书馆 CIP 数据核字（2015）第 060221 号

责任编辑　付如初
装帧设计　刘　远
责任印制　宋佳月

出版发行　人民文学出版社
社　　址　北京市朝内大街 166 号
邮政编码　100705

印　　刷　三河市鑫金马印装有限公司
经　　销　全国新华书店等

字　　数　195 千字
开　　本　880 毫米×1230 毫米　1/32
印　　张　8.75　插页 3
版　　次　2017 年 3 月北京第 1 版
印　　次　2023 年 5 月第 2 次印刷

书　　号　978-7-02-010851-0
定　　价　40.00 元

如有印装质量问题，请与本社图书销售中心调换。电话：010-65233595

目　录

1

怀念那个学术年代

孟繁华

《百年中国文学总系》在谢冕先生的领导下,历经七年时间,于1998年5月由山东教育出版社出版。书系出版后,在学界产生了极大的反响。两年间海内外有近百篇评论文章发表。关于书系的要义、构想及写作过程,谢冕先生在总序一《辉煌而悲壮的历程》和我在总序二《〈百年中国文学总系〉的缘起与实现》中,已做了详尽说明,这里不再赘述。我想说的是,当近二十年过去之后,我对那个学术年代充满了流连和怀念。

1989年秋季,谢冕先生在北大创办的"批评家周末",一直坚持到1998年。十年间,谢先生带领我们讨论与当代文学有关的各种问题。除了谢先生带的博士研究生和国内外访问学者外,许多在京的青年学者和批评家都参加了这一学术沙龙性质的活动。1999年,我在《批评家周末十年》一文中记述了当时的情景——

　　1989年10月,谢冕先生在北京大学创办了"批评家周末",他用这一形式对就学于他的博士生和国内外访问学者进行教学和研讨活动。基于当时空旷寂寞的学术环境和

"批评家周末"的影响,一些青年教师和在京的青年批评家,也都纷纷加入了这一定期活动,这不仅极大地提高了研讨的学术质量,同时也在有限的范畴内活跃了当时的学术气氛,并形成了当代文学研究规模可观的学术群体,使学院批评在社会一隅得以存在和延续。逝者如斯,蓦然回首,"批评家周末"已经经历了十个年头。当它仍在继续并取得了丰硕成果的时候,回望十年,它特别值得我们纪念。

这一批评形式的创造性,不在于它的命名,重要的是它改变了传统的教学方式,改变了课堂教学单向度的知识传授。自由讨论和畅所欲言,不仅缓释了那一时代青年参与者的抑郁心情和苍茫感,同时,它宽松、民主、平等的环境,更给参与者以无形的熏陶和浸润,并幻化为一种情怀和品格,而这一点可能比它取得的已有成果更为重要。或者说:"批评家周末"首先培育了学者应有的精神和气象,它以潜隐的形式塑造了它的参与者。

十年来,在谢冕先生的主持下,它的成员先后完成了多项重要的学术工程,"20世纪中国文学"丛书十卷、《中国百年文学经典》十卷、"百年中国文学总系"十二卷,在学界和社会上产生了强烈反响,给学科建设以极大的推动和影响。这些成果,不仅对百年来中国文学实施了一次重新书写,同时也以新的观念改变了传统的研究方式,为学科建设注入了新质。而这些研究同样体现了批评家周末的精神,它虽然也是群体性的写作,但它同传统的文学史编写有极大的不同。谢冕先生提出了总体构想之后,并不强调整齐划一,并不把他的想法强加给每个人,而是充分尊重作者的独立性,充分发挥每个人的学术专长,让他们在总体构想的范畴内自由而充分地体现学术个性。因此,这些学术作品并不是线性地建构了"文学史",并不是为了给百年文学一个整体"说法",而是以散点透视的形式试图解决其间的具体问题,以"特写镜头"的方式深入研究了文学史制度视野不及或有意忽略的一些问题。但"百年文学"作为一个新的概念和总体构想,显然又是这些具体问题的整体背景。这一构想的实现,为百年中国文学的研究提供了新的参照和生长点。

那时,包括洪子诚先生在内的书系的作者,都是这个学术群体的成员,几乎没有间断地参加了"批评家周末"的所有活动。这个学术共同体已经成为历史,但是它形成的学术传统却深刻地影响了所有的成员。后来我一直在想:"批评家周末"完成的所有项目,都没有"立项",既不是"国家社科基金",也不是"重点"或"重人";既没有经费也没有赞助。但是,书系的所有作者心无旁骛,一心问学。认真地报告、认真地倾听,然后是激烈的争论。谢先生有他整体性的构想,但他更强调作者个人的主体性,并且希望尽可能保有作者个人的想法甚至风格。现在看来,书系在写作风格和具体结构方面并不完全一致,比如,谢先生的《1898:百年忧患》,从"昆明湖的石舫"写起,那艘永远无法启动的石舫意味深长;钱理群先生的《1948:天地玄黄》,广泛涉及了日记、演出、校园文化等;李书磊的《1942:走向民间》从"两座城"和"两个人"入手;洪子诚的《1956:百花时代》,则直接入题正面强攻。如此等等,既贯彻了主编的整体意图,又充分彰显了作者的个人长处。自由的学术风气和独立的思想,就这样弥漫在这个群体每个人的心灵深处。于是我想，学术理想、学术气氛和学术信念，可能远比那些与学术无关的事务更有感召力和感染力。这种力量就源于学人内心的纯净或淡然，与功利无关。我这样说，并不意味着这套书系有多么了不起、如何"经典"。需要强调的是，它经受了近二十年的检验，它还需要经历更长时间的检验。如今，书系的作者之一程文超教授已经去世多年，很多先生也已退休，但是，我们曾经共同拥有的过去，将是值得我们永远怀念和珍惜的人生风景。

现在，这套《百年中国文学总系》由国家专业出版社人民文学出版社重新出版，我们内心的感奋可想而知。人民文学出版社不讲任何条件的胸怀和气象，让我们深受鼓舞。在一个商业气息弥漫四方的时代，让我们感到还有不灭的文化情怀一息尚存。这里，我要特别感谢责任编辑付如初博士。因为她对这套书价值的认识，因为她的提议获得了社领导的有力支持，于是便有了今天《百年中国文学总系》重新出版的机会。当然，他们一定承受了巨大的压力。

书系新版序言本来应该由谢冕先生来写，不仅名正言顺，而且会要言不烦。但谢先生指示由我代笔，师命难违，只好勉为其难。敬请方家指正。

是为序。

2015 年 3 月 8 日于香港岭南大学

辉煌而悲壮的历程

谢冕

百年中国文学这样一个题目给了我们宏阔的视野。它引导我们站在 20 世纪的苍茫暮色之中,回望 19 世纪末中国天空浓重的烟云,反思中国社会百年来的危机与动荡给予文学深刻的影响。它使我们经受着百年辉煌的震撼,以及它的整个苦难历程的悲壮。中国百年文学是中国百年社会最亲密的儿子,文学就诞生在社会的深重苦难之中。

近、现代的中国大地被它人民的血泪所浸泡。这血泪铸成的第一个精神产品便是文学。最近去世的艾青用他简练的诗句传达了中国作家对于他亲爱的土地的这种感受:

假如我是一只鸟
我也应该用嘶哑的喉咙歌唱

这被暴风雨所打击着的土地
这永远汹涌着我们悲愤的河流
这无止息地吹刮着的激怒的风……
和那林间无比温柔的黎明……

——然后我死了

连羽毛也腐烂在土地里面

为什么我的眼里常含泪水？

因为我对这土地爱得深沉……

嘶哑的喉咙的歌唱、感受到的悲愤的河流和激怒的风，以及在温柔的黎明中的死去，这诗中充盈着泪水和死亡。这些悲哀的歌唱，正是百年中国文学最突出、最鲜明的形象。

我在北京写下这些文字的时间，是公元 1996 年的 5 月。由此上溯 100 年，正是公元 1896 年的 5 月。这一年 5 月，出生在台湾苗栗县的诗人丘逢甲写了一首非常沉痛的诗，题目也是悲哀的，叫《春愁》："春愁难遣强看山，往事惊心泪欲潸。四百万人同一哭，去年今日割台湾。"诗中所说的"去年今日"，即指 1895 年，光绪二十一年，甲午战败的次年。此年签订了《马关条约》，正是同胞离散、民族悲痛的春天的往事。

中国的近、现代就充斥着这样的悲哀，文学就不断地描写和传达这样的悲哀。这就是中国百年来文学发展的大背景。所以，我愿据此推断，忧患是它永久的主题，悲凉是它基本的情调。

它不仅是文学的来源，更重要的是，它成了文学创作的原动力。由此出发的文学自然地形成了一种坚定的观念和价值观。近代以来接连不断的内忧外患，使中国有良知的诗人、作家都愿以此为自己创作的基点。不论是救亡还是启蒙，文学在中国作家的心目中从来都是"有用"，文学有它沉重的负载。原本要让人轻松和休息的文学，因为这责无旁贷和义无反顾的超常的负担而变得沉重起来。

　　中国百年文学,或者说,中国百年文学的主流,便是这种既拒绝游戏又放逐抒情的文学。我在这里要说明的是中国有了这样的文学,中国的怒吼的声音、哀痛的心情,于是得到了尽情的表达,这是中国百年的大幸。这是一种沉重和严肃的文学,鲁迅对自己的创作作过类似的评价。他说他的《药》"分明留着安特莱夫式的阴冷";说他的《狂人日记》,"意在暴露家族制度和礼教的弊害,却比果戈理的忧愤深广","也不如尼采超人的渺茫";有人说他的小说"近于左拉",鲁迅分辩说:"那是不确的,我的作品比较严肃,不及他的快活。"

　　从梁启超讲"欲新一国之民,不可不先新一国之小说"起,到鲁迅讲他"为什么要写小说"旨在"启蒙"和"改良这人生"止,中国文学就这样自觉地拒绝了休息和愉悦。沉重的文学在沉重的现实中喘息。久而久之,中国正统的文学观念就因之失去了它的宽泛性,而渐趋于单调和专执。文学的直接功利目的,使作家不断把他关心的目标和兴趣集中于一处。这种"集中于一处",导致最终把文学的价值作主流和非主流、正确和非正确、健康或消极等非此即彼的区分。被认为正确的一端往往受到主流意识形态的嘉许和支持,自然地生发出严重的排他性。中国文学就这样在文学与非文学、纯文学与泛文学、文学的教化作用与更广泛的审美愉悦之间处境尴尬,更由此引发了无穷无尽的纷争。中国文学一开始就在酿造着一坛苦酒。于是,上述我们称之为中国文学的大幸,就逐渐地演化为中国文学的大不幸。

　　中国近代以来危亡时势造出的中国文学,百年来一直是作为疗救社会的"药"而被不断地寻觅着和探索着。梁启超的文学思想是和他的政治理想紧紧相连的,他从群治的切入点进入文学的价值判断,是充分估计到了小说在强国新民方面的作用的。文学揳入人生、社会,希望成为药饵,在从改造社会到改造国民性中起到直接的作用。这样,原本"无用"的文学,一下子变得似乎可以立竿见影地"有用"起来。这种观念的形成,使文学作品成为社会人生的一面镜子,传达着中国实际生活的欢乐与悲哀。文学不再是可有可无之物,也不再是小摆设或仅仅是茶余饭后的消遣,而是一种刀剑、一种血泪、一种与民众生死攸关的非常具体的事物。

文学在这样做的时候,是注意到了它的形象性、可感性,即文学的特殊性的。但在一般人看来,这种特殊性只是一种到达的手段,而不是自身。文学的目的在别处。这种观念到后来演绎为"政治标准第一,艺术标准第二",就起了重大的变化。而对于文学内容的教化作用不断强调的结果,在革命情绪高涨的年代往往就从强调"第一"转化为"唯一"。"政治唯一"的文学主张在中国是的确存在过的,这就产生了我们认知的积极性的反面——即消极的一面。不断强调文学为现实的政治或中心运动服务的结果,是以忽视或抛弃它的审美为代价的:文学变成了急功近利而且相当轻视它的艺术表现的随意行为。

百年中国文学的背景是一片苍茫的灰色,在灰色云层空茫处,残留着19世纪末惨烈的晚照。那是1840年虎门焚烟的余烬,那是1860年火烧圆明园的残焰,那是1894年黄海海战北洋舰队沉船前最后一道光痕……诞生在这样大背景下的文学,旨在扑灭这种光的漫延,的确是一种大痛苦和大悲壮。但当这一切走向极端,这一切若是以牺牲文学本身的特性为代价,那就会酿成文学的悲剧。中国近、现代历史并不缺乏这样悲剧的例子，这些悲剧的演出虽然形式多端，但亦有共同的轨迹可寻，大体而言，表现在下述三个方面：

一、尊群体而斥个性；

二、重功利而轻审美；

三、扬理念而抑性情。

80年代以来中国大陆实行开放政策，经济的开放影响到观念的开放，极大地激活了文学创作。历史悲剧造成的文学割裂的局面于是结束，两岸三边开始了互动式的殊途同归的整合。应该说，除去意识形态的差异不谈，中国文学因历史造成的陌生、距离和误解正在缩小。差别性减小了，共同性增多了，使中国原先站在不同境遇的文学，如今站在了同一个环境中来。商业社会的冲击，视听艺术的冲击，这些冲击在中国的各个地方都是相同的。市场经济和商品化社会使原来被压抑的欲望表面化了。文学艺术的社会价值重新受到怀疑。文学创作的神圣感甚至被亵渎，人们以几乎不加节制的态度，把文学当作游戏和娱乐。

摆脱了沉重负荷的文学，一下子变得轻飘飘的，它的狂欢纵情的姿态，表现了一种对于记忆的遗忘。19世纪末的焦虑没有了，19世纪末那种对于文学的期待，也淡远了。在缺乏普遍的人文关怀的时节，倡导重建人文精神；在信仰贫乏的年代，呼吁并召唤理想的回归；这些努力几乎无例外地受到嘲弄和抵制。这使人不能不对当前的文化趋势产生新的疑虑。

在百年即将过去的时候，我们猛然回望：一方面，为文学摆脱太过具体的世情的羁绊重获自身而庆幸；一方面，为文学的对历史的遗忘和对现实的不再承诺而感到严重的缺失。我们曾经自觉地让文学压上重负,我们也曾因这种重负而蒙受苦厄。今天,我们理所当然地为文学的重获自由而感到欣悦。但这种无所承受的失重的文学,又使我们感到了某种匮乏。这就是这个世纪末我们深切感知的新的两难处境。

我们说不清楚,我们只是听到了来自内心的不宁。我们有新的失落,我们于失落之中似乎感到了冥冥之中的新的召唤。在这个世纪的苍茫暮色中,在这个庄严肃穆的时刻,难道我们是企冀着文学再度听从权力或金钱对它的驱使而漂流吗?显然不是。我们只是希望文学不可耽于眼前的欢愉而忘却百年的忧患,只是希望文学在它浩渺的空间飞行时不要忘却脚下深厚而沉重的黄土层——那是我们永远的家园。

总序二

《百年中国文学总系》的缘起与实现

孟繁华

　　《百年中国文学总系》的出版，于它的参与者们来说，无疑是一件令人感奋的事情，它使每位著者多年从事的、有兴趣的研究对象，在一个整体性的框架内得以表达，在充分体现作者学术个性的前提下，又集中表达了一个学术群体对百年中国文学的思考。在又一个世纪即将莅临之前，我们将自己的思考留在这个世纪的黄昏。

　　这是一个学术群体共同完成的成果。应该说，每位著者都在自己述及的时段长期从事教学和研究，并有影响不同的成果在学界产生反响。需要指出的是，"百年中国文学"这一概念，首次诞生于80年代末期，它的提出者，是丛书主编谢冕先生。那是中国社会生活发生了重大变动的年代，它不只是经济活动合理性地成为社会生活的主体，而且，长期占支配地位的社会价值观念、思想观念和道德观念等，都发生了重大变动甚至解体。百年中国的命运及当下的现实，使许多知识分子的内心凝重而悲凉。与历史的断裂感，洪水出闸般地掠过人们心的堤坝，对自身生活丧失解释力的苍茫感，被许多人隐约感到。一时间，"失语"一词开始流行。所谓"失语"，并非是学人丧失了学术表达的语言能力，关键是对个体的生存方式和价值产生了怀疑，他们的社会位置发生了突变。谢冕对这些变化并非没有感知，但他从未表达，在他的学生面前依然如故。出于对学术发展和教学的考虑，自1989年10月起，他以"批评家周末"的形式，对就学于他的博士生和国内外访问学者进行教学和研讨活动，决定对百年中国文学进行系统的梳理和研究。限于当时的学术环境和"批评家周末"的影响，在京的许多青年学者和在校的青年教师，都自愿地参加了这一定期的活动。这不仅提高了研讨活动的学术质量，同时也为青年学人提供了较好的学术环境。"百年中国文学"的概念，正是这时由谢冕先生正式提出的。他指出："百年中国文学"的提出，受到了黄子平、钱理群、陈平原三人于80年代中期提出的"20世纪中国文学"的启发，这一文学整体观的思路有很大的开创性，在当时产生了广泛的影响，甚至在一定程度上改变了现、当代中国文学研究的传统思路。但是，由于各种原因，对20世纪中国文学的研究实践，尚未来得及展开。我们的工作，则是进行具体的操作实践。不同的是，谢冕的"百年中国文学"的思路，将视野前移至1895年前后。在他看来，发生于1898年的戊戌变法，开启了中国知识分子思考中国变革的先声，它极大地启发了后来者，或者说，那一事件作为重要的思想资源，不断地鼓舞、感召了富有忧患传统的中国知识界。因此，他的"百年中国"，大体指的是1895至1995年。

1989年10月至1990年7月，谢冕主持了他总体构想中的第一阶段的工作，他将研究活动的总题目命名为"百年中国文学——世纪之交的凝望"，在这一总题目下，有十个具体的研究题目在那一年完成,并先后在国内重要的学术刊物上发表,成书后因出版原因而束之高阁。但它为后来的工作奠定了基础并积累了经验。1990 年开始,总体构想中的"20 世纪中国文学"丛书付诸实施,丛书十卷于 1993 年由时代文艺出版社一次出齐,它受到了国内外学界的关注和好评。谢冕在丛书的总序中,简约地回顾了中国文学与百年中国的关系,检讨了百年来文学与现实难以分离的合理性及其后果。他说:"中国文学的创作和研究受制于百年的危亡时世太重也太深,为此文学需自愿地(某些时期也曾被迫地)放弃自身而为文学之外的全体奔突呼号。近代以来的文学改革几乎无一不受到这种意识的约定。人们在现实中看不到希望时,宁肯相信文学制造的幻象;人们发现教育、实业或国防未能救国时,宁肯相信文学能够救民于水火。文学家的激情使全社会都相信了这种神话。而事实却未必如此。文学对社会的贡献是缓进的、久远的,它的影响是潜默的浸润。它通过愉悦的感化最后作用于世道人心。它对于社会是营养品、润滑剂,而很难是药到病除的全灵膏丹。"文学的功用曾被人为地夸大,但考虑到百年中国具体的历史处境,他同时指出:

> 一百年来文学为社会进步而前仆后继的情景极为动人。即使是在文学的废墟之上我们依然能够辨认出那丰盈的激情。我们希望通过冷静的反思去掉那种即食即愈的肤浅而保留那份世纪的忧患和欢愉。文学若不能寄托一些前进的理想给社会人心以导引,文学最终剩下的只能是消遣和涂抹。即真的意味着沉沦。文学救亡的幻梦破灭之后,我们坚持的最后信念是文学必须和力求有用。正是因此,

我们方在这世纪黄昏的寂寞一角辛苦而又默默地播种和耕耘。

这样的认识或许不合时宜,或许因不够"新潮"而有保守和"传统"之嫌,但它显示出的作为中国现代知识分子的郑重思考,却依然令人为之动容。最后他说:

> 作为 20 世纪的送行人,我们感到有必要把这一代人的醒悟予以表达。这种表达当然只能通过文学的方式。我们期待着放置于百年忧患背景之上而又将文学剥离其他羁绊的属于文学自身的思考。这种思考不意味着绝对的纯粹性,它期待着文学与它生发和发展的背景材料紧密联系。我们希望这种思考是全景式的,通过对于文学追求的描写折射出这个世纪的全部丰富性。

这套丛书,最大限度地发挥了每个作者的创造性,这些作品的学术个性及影响,至今仍为人们热情地谈论。但它不是在整体性的学术框架内系统谈论百年文学的著作。与此同时,1993年,谢冕主编了一本名为《中国文学百年梦想》的书,试图从文化思想史的角度,描述出百年中国文学的思想文化背景。这些,都是谢冕对百年中国文学总体研究构想的一部分。它们都还没有接近最后的目标。

1992 年 7 月始,他逐渐向这一目标靠近。在那段时间里,"批评家周末"的成员,也是丛书的大部分作者,开始就自己承担的工作在研讨会上报告。"百年中国文学"的大部分内容,都曾在研讨会上报告过。"批评家周末"的成员们,对每一个报告都热情地提出了建议和看法,它对于丰富丛书的内容、拓展作者的视野和思路,无疑是十分重要的。

1995年11月,召开了第一次编写会议。谢冕向全体与会者阐发了《百年中国文学总系》缘起、过程和追求的目标,并以16字对此作了概括:长期准备、谨慎从事、抓住时机、志在必成。他指出,丛书主要是受《万历十五年》《十九世纪文学主潮》的启发,通过一个人物、一个事件、一个时段的透视,来把握一个时代的整体精神,从而区别于传统的历史著作。根据这一启发他提出了丛书编写的三点原则:

一、"拼盘式":即通过一个典型年代里的若干个"散点"来把握一个时期的文学精神和基本特征。比如一个作家、一部作品、一个作家群、一种思潮、一个现象、一个刊物等等。这说明丛书不是传统的编年史式的文学史著作。

二、"手风琴式":写一个"点",并不意味着就事论事、就人论人,而是"伸缩自如"。"点"的来源及对后来的影响都可以涉及,强调重点年代,又不忽视与之相关的前后时期,从而使每部著作涉及的年代能够相互照应、联系。

三、"大文学"的概念:即主要以文学作为叙述对象,但同时鼓励广泛涉猎其他艺术形式,如歌曲、广告、演出,等等。

上述设想得到了严家炎、洪子诚、钱理群等先生的热情肯定和支持,并就年代选择、校园文化、政治文化、商业文化的关系,良好的文风和学风等看法,丰富了丛书的设想,并具有操作上的可行性。

《百年中国文学总系》丛书,从缘起到实现,历经了七年多的时间。它的出版,将为百年中国文学的研究提供一个参照。对我们这些参与者来说,它是一个值得纪念的工作,它的整个过程,值得我们深切地怀念。作为"跑龙套"的,我协助谢冕先生自始至终地参与了丛书的组织工作,因此,对丛书的全过程,我有必要做出上述记录和交代。

绪言 百年文学中的 1978

1970 年代在 20 世纪后四分之一的历史叙事中,是一个被人们反复谈论的年代,它的重要性,首先是作为开启又一时代的标示,它有了伟大的象征意义并深植于一个民族心灵深处。谈论起它就意味着体验共同的解放、拥抱共同的复活节,它仿佛传达了这个民族共同的情感与幻想,共同的精神向往与内心需求,它是人们激情奔涌的新的源头,往日的心灵创痛因它的涤荡抚慰而休止并且康复,因此,这也是又一个"结束或开始"的年代、又 段"激情岁月"。

文学作为这一时代的表意形式,最为有效和准确地表达了这一时段民族的精神形态和主流意识形态意图。它以传统的英雄情怀和启蒙话语参与了动员民众、决裂旧的意识形态和共同创造未来、走向彼岸的意志。在这一层面上,文学的作用和意义是不能取代和低估的,就如 20 世纪以来各个重要的历史关头一样,文学东方化的角色依然没有放弃。因此,"结束或开始"对于 1970 年代的文学来说,可能更是意味深长的。许多年以来,人们对文学与现实的关系争论不休,在文学远离现实或超凡脱俗、有意宁静致远的时候,人们会指责文学缺乏使命与忧患,指责文学家对生活缺乏热情地漠然置之;而当文学紧随时代脚步,积极参与公共事务的时候，人们又对雍容雅致、仪态万方的文学感慨系之叹为观止。因此，究竟需要什么样的文学实在是一个难以言说的问题。历史处境的差别必然会使人们产生不同的精神需要，进而会要求价值不同的文学。另一方面，文学不同的表现形态并不取决于人们一厢情愿的要求，它的生产起码来自两方面的规约，一方面是意识形态的意图，一方面是作家的内心需求，两者都会构成文学生产的支配力量。前者作为公共话语可以成为文学生产的守护力量，它使作为意识形态表意形式的文学获得合法性；后者则更多地源于民族的精神传统，它浸润了作为知识分子的作家的心灵，成为一种自我暗示性的文化指令。前者更多地契合了社会、时代精神的需要，更多地着眼于策略性、临时性和功利性目标；后者则更多地期待文学自身，更多地关注人类基本的价值目标，对理性、正义、善和爱、忠诚与友谊倾注热情。当然，二者并非截然对立的，事实上，许多优秀的作品既可能表达了对当下生存处境的关怀，同时又实现了对人类基本价值目标维护的承诺。

而于 1970 年代的文学来说，它奇异地统一了上述两个方面的规约，或者换句话说，它既表达了意识形态的意图，同时也满足了作家的内心需要。就意识形态来说，动员民众参与实现现代化的期待，并借此完成社会发展形态的转型，在新的目标设定中使民族心理重新获得自振并建立自身的权威性和社会信任感，是它重要的时段性任务；就作家的内心需要来说，挣脱长久以来的"一体化"的精神统治，争取精神自由，表达他们对社会公共事务的参与欲望，并以此体现知识分子的英雄情怀，使他们大有恰逢其时之感，他们的倾诉欲望终于有了机会得以满足。

那时,由于历史观念的惯性作用,虽然仍有顽强的阻力形式出现,但就历史发展的总体趋势来说,它们所扮演的角色更像是负隅顽抗的一出闹剧。因此,1970 年代的文学在 20 世纪下半叶首次以英雄的姿态通过了凯旋门,这在百年中国文学史中则是少见的景观。其重要的原因就在于,文学所表达的情感和愿望不仅仅只属于作家们,同时它也来自于主流意识形态的引导和守护。

20 世纪中国独特的历史处境,使中华大地布满了沉重和苦难,伴随它的文学便少有欢愉和雍容,更多的则是它的悲声与战叫,而受挫后的"闲适"或响遏行云的礼赞多被认为是变形的扭曲,文学的批判力量常常由于压制而难以尽其职守,文学的表达便不可能都是由衷之言,它的策略性考虑或自我保护的本能意识逐渐幻化为普遍性,甚至成为一种培育和侵蚀力量为后来者所接受,从而成为文学家们的自觉追求,这也是 20 世纪下半叶的中国文学多有"作假"之嫌的重要原因。1970 年代的文学则大不相同,从某种意义上说,社会批判的倾向是这一时代文学的主潮,就当代中国文学来说,以沉重的倾诉和愤懑的发泄作为叙事的主能指,这还是第一次。因此,1970 年代的文学也是重新改变文学形象的一次悲壮的努力。社会从来没有像这一时代那样对文学情有独钟,作家成了这一时代的民族英雄,他们所拥有的礼遇和尊重几乎是空前绝后的,这也极大地满足了作家内心期待的悲壮感和使命感。同时,它也为日后文学的失落埋下了伏笔。

应该指出的是,那一时代文学的影响力并非全然来自于文学自身,或者说,社会对文学的期待亦非是对精致与深长的讲求,普遍的心态是将文学作为宣泄的渠道、代言的工具,只要能够表达人们未曾道明的委屈饮恨、难以言说的莫名压抑,对文学的粗糙形态是可以忽略不计的。因此也可以说,1970年代的文学依然是政治文化的一部分。人们将解放的期待和欢快诉诸文学是大可理解的;现代化的承诺刚刚启动,物质世界的丰富还仅限于想象,在清贫平淡的生活中习惯了的人们,对实利的追求尚未觉醒,但长久的意识形态化的生活却培养了整个民族关怀政治的风尚,这一点酷似大革命时代的法兰西民族,人们可以忍受并不富足的物质生活,却无法忍受对政治参与的剥夺。物质世界的改变是需要时间和基础的,而文学的改变只需观念的改变即可部分地实现。被压抑已久的知识界在时机到来时,迅即被点燃,文学以超前的姿态赢得了社会信赖,它的政治性前提便是第一位的。尽管如此,对1970年代文学的肯定立场仍是我们不能放弃的。它的种种弊端我们将作出分析和述及,并论证出其背后隐含的文化原因。但它毕竟开启了一个不可改写的新时代,其后文学的发展和成就都有赖于1970年代的努力,甚至它以牺牲文学性作为代价,都将作为重要的文化遗产而备受珍视,独特的处境使我们有理由考虑,自由的文学不能在缺失自由的环境中意外地发生发展。

这一时代文学生产的主体主要是两代作家,一代是50年代成长起来的中年作家,一代是成长于"文革"期间的知青作家。他们的阅历和观念作为两代人来说有很大的不同,但又是最为相近的两代人,他们都共同受到新中国理想主义的哺育,共同经历过"文化大革命",同时都有被流放的共同经历。有区别的是,50年代那代人基本完成了受业过程,无论是知识性的还是观念性的,他们是国家规范化的精神流水线统一造就的产物。因此,观念蜕变于这代人来说相对困难些,在他们的作品中,无论以怎样激进的姿态出现都不能淹灭他们昔日接受的文化信念,对信仰的忠诚、对 50 年代理想主义的恪守、对未来充满信心的浪漫主义期待等等,往往以自我欣赏甚至自恋的方式予以表达;知青一代则提前了文化"断乳",他们没有受到完整的国家规范化教育,他们观念的形成一是源于"文化大革命"狂热而盲目的冲动,一是源于"文革"后知青生涯的幻灭困顿。巨大的反差使这代人大多处于精神漂泊状态,与 50 年代一代比较起来,他们更多的是怀疑、愤懑,寻找精神之根是他们在这一年代主要的思想活动。

这两代人作为 1970 年代文学生产的主体,他们的阅历和文化背景便大体决定了这一年代文学的品格。这是一个激情奔涌的时代,一个充满了青春气息和浪漫想象的时代,它具有传统与现代的双重意味,它又极大地影响或导引了时代的走向。毫不夸张地说,1970 年代是迄今为止我们民族新的精神故乡和文化资源,它培育的新的精神既同世纪之梦密切相关,承传了百年来优秀分子对历史挑战的回应,同时它又注入了新的文化血脉,即应运而生的精英文化。

精英文化的核心话语是现代性问题,它绵绵不绝地延续了百年。出于抵抗西方和赶上西方的内驱力,近代洋务运动在物质技术层面的变革,到康、梁政治制度改良的幻想,再到孙中山争取社会制度变革的努力,从文化层面来看,其中都明确地带有现代国家的追求意识。随着西方文化的不断涌入,有识之士意识到仅靠富国强兵、立宪运动或推翻旧的王朝并不能从根本上解决问题,更重要的是民族自身的变革,这一变革的要义是价值观念和行为模式。梁启超早年曾自称为"中国之新民",他办的杂志也叫"新民丛报",这一"新民"的思想甚至影响到青年毛泽东,"新民学会"就是以毛为核心的。陈独秀也曾谈道:"吾人首当一新其心血,以新人格、以新国家、以新社会、以新家庭、以新民族。必追民族更新,吾人之愿始偿。"①这一追求中有明确的民族意识;五四时期周作人又提出了"人的文学",把民族的更新具体化到"人的意识"。②

从"国家意识"到"民族意识"再到"人的意识",是现代性追求的具体表达。虽然自20年代起"阶级意识"以压倒一切的气势统治20世纪思想文化领域长达60年之久,但"阶级意识"里仍然具有明确的现代性关怀,把劳动人民和无产阶级从被剥削和被压迫中解放出来,建设一个民主繁荣昌盛的现代国家,打翻一个阶级,解放一个阶级,本身就蕴含着现代性的巨大诱惑力和目的论色彩。这也正是在长达半个多世纪的时间里人们接受、信奉这一理论的原因。只不过在疾风暴雨式的动荡和斗争中,这一意识的巨大缺陷被掩盖和忽视了。因此当七八十年代之交中国的又一次"思想解放运动"到来之际,知识界和主流意识形态对"阶级斗争"学说进行了深入的批判和反省。③关注的焦点重新又回到"国家意识""民族意识"和"人的意识"上来。

现代性作为核心叙事话语,同时便意味着它具有了普遍的意义。一方面,它成了凝聚民族向心力的共同关怀,可以以此来呼唤民众,可以建立起健康自信的主体意识;另一方面,对知识分子来说,可以找到一个生存的支点,一个可以依托的精神资源。马克斯·韦伯曾指出:"知识分子以各种方式寻找一种能扩展到无限的决疑术,以便赋予他们的生活一种普遍的意义,从而找出与其自我、人类和宇宙的统一性。正是知识分子把世界观转变成意义问题。"百年来,知识分子生存于现代性这个"普遍意义"之中,在这里他们找到了精神宿地,不再有那种"边缘人"和"流浪者"漂泊无为的惶惑。然而,这一关怀与主流话语合流之后,知识分子又因此付出了牺牲这一阶层属性的巨大代价。

在五四那代人身上,他们的现代性关怀与个人的精神独立存有深刻的矛盾,一方面,他们深怀启蒙的热望,同时又对昏睡中的华夏子民深怀绝望;另一方面,他们有强烈的"国家意识"和"民族意识",同时又不断有精神独立的自我暗示。作为启蒙的基本任务,是使全体国民从狭隘愚昧的小农文明中解放出来,成为具有现代文明品格的人。陈独秀当年在《敬告青年》中就提出,人应当是"自主的而非奴隶的""进步的而非保守的""进取的而非隐退的""世界的而非锁国的""实利的而非虚文的""科学的而非想象的"人。这些提法表明了启蒙思想家理想的现代文明同小农文明的根本区别。但是,"和维护传统的小农文明的农民运动、农民战争相遭遇时,启蒙运动自然就会发现,在反对帝国主义侵略与殖民掠夺、反对封建主义的政治压迫与经济剥削方面,他们确实是同一战壕的亲密战友;在变小生产为大生产、变自然经济为商品经济、变小农文明为现代文明方面,他们的价值取向与行动实践又大相径庭。启蒙运动所希望改变的,却往往正是农民运动所坚持的;启蒙运动所希望达到的,却往往正是农民运动所希望去除的。启蒙运动与农民运动之间这种既联盟又对峙的复杂关系,便引发了他们两者之间既相颉颃又相渗透的特种对流运动"④。这一问题显然是知识分子无力解决的，即便他们认识到了也束手无策，最具韧性的鲁迅先生也只能作绝望的抗争。

还有，动荡的社会环境以及血与火的残酷斗争，知识分子在五四时期形成的特立独行的风采和个性不可能形成传统并且延续。各种的政治斗争此起彼伏，从未间断，它可以把最为平和的知识分子也卷进它的中心，他们无法成为书斋的看客或局外人。国家和民族的意识促使他们必须投入到斗争中去，他们不能维系内心的平静。国家、民族这样的群体概念自然还会引起他们由衷的冲动。"革命文学"提出之后，反对个人主义而以群体至上的观念日甚一日地占据了统治地位，并得到日后几十年知识分子普遍的认同。20年代末，蒋光慈提出："革命文学应当是反对个人主义的文学，它的主人翁应当是群众，而不是个人，它的倾向应当是集体主义而不是个人主义。"⑤既然文学应当是群众的，是集体的，那么一个迫切的问题就是文学语言的"转译"问题。因此，"由谁提出民族文化的语言？这个问题对于中国知识分子来说，在30年代的民族危机中间已经很迫切；他们对'古老的'精英文化和20年代的西方主义都抱怀疑态度，他们带着现代性在中国的历史经验中寻求一种新的文化源泉；这种文化将是中国的，因为它植根于中国的经验；但同时又是当代的，因为这一经验不可避免是现代的。不少人认为'人民'的文化，特别是乡村人民的文化，为创造一种本土的现代文化提供了最佳希望"⑥。德利克教授的研究是相当值得重视的。随着民族矛盾的激化和服从于民族斗争的整体需要，一套新的文学话语被创造出来并日益完善。首先是对民间生活比较熟悉的作家创作出了具有浓重民间生活气息的作品,它的代表人物是赵树理。然后这套话语便占据了文学史的主导地位。但是,也正是自这一时代起,知识分子与大众的地位颠倒过来了,作为"开启民智"的知识分子开始成为大众的学生,他们从行为方式到思想情感都必须努力向大众倾斜,知识分子走向民间蔚然成风。开始它是被诱导的,但逐渐变为知识分子心悦诚服的指导性思想。以这样的观念和情感对待文学,就必然要站在劳动大众的立场上去阐发"大众"的看法和感情,而不可能再是作为知识分子的独自感受了。文学语言的"转译"问题正是在这样的文化背景下完成的。一切个人的或知识分子的情感、思想、趣味、选择,都必须"转译"为"人民大众"的、"民族"的、国家的。文学的表达形式也必须是人民大众喜闻乐见的形式。因此,文学的"现代性"意指,在"转译"的过程中,始料不及地首先改造了最初对它关怀的群体。文学的功利性关怀也日甚一日地影响和改变了作家的心理结构。

"现代性"意指作为历史精神的一部分对作家心态具有极大的制约性,在特定的时期内它甚至是无可抗拒的。但作为知识分子的作家的心态毕竟不同于职业革命家具有明确的目标,作家阶层属性的规定性决定了他们心态的多重性质。他们常常为历史精神所感染,自觉地投身于历史精神的驱动之中,但他们的个性品格又时时表现出特立独行的一面,这又往往遭到历史精神"权威"阐释者的不满乃至惩罚,因此即便作家怀有真诚善良的愿望,仍不免被残酷的斗争淘汰出局。自从知识分子与大众的位置发生了转换之后,知识分子惨遭淘汰和清洗的事件已不再令人感到震惊,它的屡屡出现已使人们司空见惯。从鲁迅遭到围攻之后，王实味、萧军、丁玲、罗烽、艾青在延安遭到了严厉而颇有"高度"的批判，新中国成立后从思想改造运动开始，批《武训传》、批俞平伯、批胡适、批梁漱溟、批胡风、反右斗争、批"中间人物论"、批"三家村"一直到所有的作家全军覆没的"文化大革命"，知识分子似乎与"历史精神"已经无缘，他们彻底地成了历史的"边缘人"。这一悲惨而残酷的历史境遇，极大地改变了作家们的心态。"三十年代以后的中国历史，就是一部不断逼迫知识分子舍弃理性的自尊和自持的历史，一部不断逼迫他们向求生本能屈服的历史。从消极退让到主动迎合，从自我压抑到自我毁灭，知识分子面对社会的精神姿态越来越低，由后退而下跪，又由跪倒而趴下——在'文革'的最初几年间，知识分子在精神上成片成片地自动趴下"⑦的悲惨情景，便可以想见他们在精神上曾受到了怎样的伤害以及心态发生了怎样的畸变。面对如此的现实，知识分子可以选择的道路无非是"逃避和依附"⑧这两条路。这外部环境自然是有目共睹不可忽略不计的。无论是出于作家的良知还是出于对权威话语的压力，作家都将自觉或不自觉地追随主流意识形态对历史精神的阐释，于是这就形成了百年来占主导地位的"主流文学"，在"主流文学"中我们都可以不费思索地认定它产生的特定年代以及发生的历史事件，因此说百年来的中国文学是百年历史的缩影乃至副本也并不是没有根据的。

但是，如果把作家心态的全部复杂性完全简单地归结于历史精神的制约或作家"进"与"退"的选择，则只涉及了问题的一半。另一方面也许是更为重要的，则是来自作家自身的原因。

尽管百年来的知识分子尤其是作家遭遇了太多的不幸，但

忧患情怀的传承仍促使他们情不自禁地以文学作为手段或方式
积极地介入社会,夸大文学改造社会和灵魂的作用,自觉地认为
自己肩负着社会的重大使命。在"'文革'后文学"中,不仅像王
蒙这样深怀"少布"情结的作家"热切地呼唤那些忧国忧民、利
国利民的作品,那些勇敢地直面人生、直面社会矛盾而又执着地
追求共产主义的理想和信念的作品,我们欢迎的是那些与千千
万万的人民命运休戚相关、血肉相连、肝胆相照的作品。从这些
作品中,我们将不仅看到文学的精致和美妙,作家的技巧和才
华,而且看到一颗颗跳动着的、鲜红的与火热的心"⑨。像蒋子
龙这样的"公民文学"⑩作家要求自己对"生活和命运负责,严
肃地、勇敢地阐明生活中的各种矛盾和困难"⑪,使自己"向人
们表达的思想和感情""有助于人们的斗争和成长"⑫。就像张
承志这样年轻的作家,也虔诚地认为,在自己的意识中,从未把
自己算作蒙古民族之外的一员,更没有丝毫怀疑过自己对这种
牧民的爱与责任感,并且也坚信他们总在遥远的北国望着自己
并期待着自己实践对他们没有说过的诺言。这虽然是建立在一
种想象中的关系,但这种想象却使作家变得异常庄严而沉重,因
为他已经负有了责任与使命。张承志是首都红卫兵那代人,
"火红的岁月"赋予他以理想的方式思考生活与文学尚有可以
理解的理由,但生于陕西乡村的富有中国传统文人特征的青年
贾平凹也同样认为"写书于我,是作用于社会,作用于时代"⑬,
几乎就是鲁迅在《我怎么做起小说来了》中的使命思想在 80 年
代的延续。

不仅男性作家如此,女性作家也同样肩负起了重担。初入
文坛时写过《从森林里来的孩子》的张洁、写过《一个平静的夜

晚》《留在我的记忆中》的张辛欣、写过《哦，香雪》的铁凝，都逐渐地放弃了她们女性特有的细致、温情、平和的特点而走进了富于男性化的激烈与沉重。张洁后来的《沉重的翅膀》等、张辛欣后来的《在同一地平线上》等、铁凝后来的《麦秸垛》等，都负载着鲜明而强烈的社会内容。这一心态的转换也许张抗抗说得更为清楚："十年内乱中对人性的摧残，对人的尊严的践踏，对人个性的禁锢、思想的束缚，1978 年以来新时期人的精神解放、价值观念的重新确立……这些关系到我们民族、国家兴亡的种种焦虑，几乎吸引了我的全部注意力，它们在我头脑中占据的位置，远远超过了对妇女命运的关心……这种作为男人和女人共同的苦恼还会是一个相当突出而又迫切有待解决的问题。"⑭ 因此，负起使命与责任仍是"文革"后作家的一种内心需求。这一状况虽然在以后的文学实践中逐渐为他们所认识，在内心深处，他们仍然怀有这一情结。这是一种百年传统使命意识和忧患情怀延续的心态，但这种心态中已经蕴含了自我解构的因素。1970 年代过去还不足十年时，在当代文学中已鲜见黄钟大吕式的慷慨激昂，那种坚定的使命感已基本丧失殆尽。作品中的普遍意义已经自行消失了。作家心态的这种大转换自然有复杂的外部原因，但作家自我设定的"角色"本身也同样是一个巨大的否定因素，文学不可能兑现它的承诺，它的力量和能够达到的实在是太有限了。

与此相关的是作家与读者关系的想象性建构。"'文革'后文学"的发展，同时也来自读者对作家创作的阅读期待。"伤痕文学"的最初阶段，虽然受到了来自不同方面的批评甚至责难，但广大读者接受了它并给予了极大的支持，从某种意义上说

"伤痕文学"为"文革"后的文学创作赢得了最初的荣誉。在无数读者欢呼和支持的声浪中,可以说作家们缺乏应有的分析,甚至完全把读者的阅读期待作为价值取向和努力的目标,以此实现"代言人"的悲壮。在王蒙看来,"人民期待"的文学,就是"更强有力的文学,反映新时期的重大的与尖锐的社会矛盾、反映人民的愿望与社会发展的要求、具有鼓舞人心、发人深省乃至振聋发聩或者醍醐灌顶的精神力量的文学"[⑮]。蒋子龙甚至说:"我们的文艺是属于人民的。人民的好恶是断定文艺好坏的标准。"[⑯]冯骥才则诚恳地愿意"把自己交给读者"[⑰]。把作家与读者的关系强调到了一种不适当的程度,那么来自读者的阅读期待必定在很大程度上左右作家的创作心态。但问题是来自读者的期待很少有深刻地涉及艺术问题的,他们关心的是作家在多大程度上喊出了"他们的声音",这一要求隐含的基本是社会性的问题,因此,许多处于文学边缘而直接触及社会问题的作品恰恰是受到狂热欢迎的。《班主任》《5·19 长镜头》《人到中年》《乔厂长上任记》《芙蓉镇》《许茂和他的女儿们》《悠悠寸草心》《说客盈门》《西望茅草地》《人妖之间》《小草在歌唱》《呼声》等等在 80 年代初期引起强烈反响的作品,几乎无一不是因为涉及了重大的社会问题而受到读者普遍关注的。有的著名作家声称自己"停在文学门外",其实并非是自谦之词。这些作品的文学价值是否像当年评论界评价的那样高,显然是个值得重新讨论的问题。文学的社会性取向为作家们带来了自信和荣誉,但它所蕴含的颠覆性因素业已为文学的发展所证实。社会问题逐渐得到解决(这与文学究竟有多大关系是令人怀疑的)。文学的社会效应自然要迅速减弱,从 80 年代中期开始,读者逐渐疏远了严肃文学,作为"文化英雄"的作家不再被英雄般地关注,这对于视读者为"上帝"的作家来说,无疑会产生被"上帝"抛弃的深刻恐慌。这一心理危机正是源于作家与读者关系想象性的建构中。十年过去之后,读者成群结队地拥向了街头书摊前,低俗的通俗读物惊人的发行数量使严肃作家的心态遭到了毁灭性的打击,"读者崇拜"的假想彻底幻灭了。因此,当我们看到幻灭失魂的作品风靡90年代文坛的时候,就不能不联想到"读者崇拜"假想所产生的负面影响,以及它对作家心态恶化所起的推波助澜的作用。也许雅斯贝尔斯的概括更为精当,他认为:"'公众'是一种幻象,一种被误认为存在于一群为数众多、而彼此间并无实际关系的人之中的幻象。而他们的那种意见,便是所谓的'舆论',这是被个人或团体利用来支持其特殊观点的虚构东西。它是很难感知的、会让人引起错觉的、短暂而变化无常的;它一下这样、一下那样、一下又消逝了;它是一种能暂时赋予群众提升或毁灭力量的空无。"⑱用这样的观点来分析作为"上帝"的读者,同样是有效的。

在一般的意义上说,作家心态的变化原本是正常的,因为所有的人都已经"意识到自己不过存在于一个其历史已被决定而且继续变动的处境中"⑲。"每一阐释的真确性"⑳正在受到怀疑,真实的世界和我们已知的世界存在着先在的偏差和区别,"这就是我们何以生活在一种变动、一种流转和一种过程之中,通过这些变动的过程,不断改变的认识也促成了生命的变化;反过来,不断变化的生命也促成了认知者意识的变化。这种变动、这种流转、这种过程将我们推进一个永不间断的征服与创造、失与得的旋涡之中,我们在这个旋涡中痛苦地打转,在茫茫大海中受到强劲潮流的冲击"㉑。这种被描述的处境也是我们真切的感受,因此对作家心态的变幻不定本应给以感同身受的理解。但是,"'文革'后"作家心态的变化并非完全出于对某一观念或理论阐释"真切性"的怀疑,而是出于一种抢占潮头的强烈欲望。所以这不仅不具备怀疑"阐释的真切性"的资格,每一"新潮"对自己是否持有较真切的了解都大成问题。只不过这一切都被花样翻新、语焉不详的话语策略掩盖了而已。

这种情况在历史上亦不鲜见,五四时代的大师们对西学无不逐一翻检,但都了解到什么程度则难说了。因此,信仰与主义不时变化并不令人感到惊奇。"人们往往从西方传入的最新文化、最新思潮中,抓住其表面的'符号',甚至来不及弄懂其本来意义,就凭着一种热烈的主观愿望和皮相的了解"㉒,便迅速地得出结论"并且转化为最坚决的实际行动"㉓。瞿秋白对马列主义的理解与接受,主要是"几本报章杂志上的零星论文和列宁的几本小册子"㉔,人们对于社会主义的认识是一种理想,而"对现实社会主义的了解在当时超不出瞿秋白的《赤都心史》《饿乡纪程》的描叙"㉕。这一状况在"'文革'后文学"发展过程中又不幸地被重复了一遍,我们又一次进入了新潮与主义的时代,又一次进入了混乱的、自我混战的时代,在自我颠覆中,当"意识流"和"朦胧诗"尚处于"情况不明"状态时,荒诞、黑色幽默、魔幻现实主义、"后崛起""新三论",一直到"后现代主义",当代文坛仿佛得了"恐后症",凡是新的,便大有趋之若鹜之势。"新的就是好的"这一早期进化思想仍顽强地延续着。为了趋新,以"新"命名的各种称谓不绝于耳,"新方法论""新批评""新写实""新历史主义""新保守主义""新体验""新状态"等等一时四起。更年轻的一代在标新立异上大都用一个"后"字，"后结构""后悲剧""后浪漫""后国学""后寓言""后知识分子""后东方""后精英"等等，"后"（Post -）的语义发生了变化，它成为新或"最新"的符号。表面上这仿佛与世界文学有了对应性的关系和结构，但实质上一浪赶一浪的趋新大战仍没有超出进化论的思想范式，来去匆匆、浮光掠影的趋新倾向相当集中地体现了当代作家的心态。但是，这些"旋生旋灭的迹象"㉖和"新说"，由于"毫不理睬前人遗产中的合理因素，它们自己也没有给后人留下任何有益的东西。它们只是思想发展史上的不正常的畸形儿"㉗。

在不断的自我颠覆中，文学仿佛获得了空前的自由，仿佛达到了前所未有的"自治"时代，但在不间断的狂舞中，作家逐渐疲惫不堪，心态急速地转向老化，关切业已四散，作家仿佛是旷野中的游魂，既无目标亦无归宿，孤独而凄苦无助地茫然前行，文学的苍茫时分在世纪之交如期而至。然而，迫使我们需要进一步思考的是，为什么在"一体化"的文化环境中，作家顽强地争取文学"自治"，并在这一过程中充满了达观自信和勃勃生机？而文学"自治"已经实现、外部压力日渐稀薄时，作家们反而失魂落魄、日见颓败？除了商品经济大潮的冲击，文学日益回到了原来的位置与当年轰动一时形成的反差而造成的失落之外，是否还有其他原因呢？在我看来作家心态的这一逆转，重要的大概还是源于内在的危机：以往，作家自觉地投身于社会历史的潮头或旋涡，这虽然也成为文学发展的制约力量，但历史精神作为作家的内心关怀毕竟为他们提供了精神宿地，他们的心中毕竟还有彼岸的感召和感人的冲动，而当他们主动疏离了这一切之后,新的信仰还远未建立起来,在今后相当长的一段岁月里,当代作家大概还无法摆脱这一痛苦。如果这一看法成立的话,那么我们就可以肯定地认为,作为精神生产者的文学家和作为精神产品的文学作品,大概是不可能缺少那虚幻的精神之乡的,乌托邦——这一并不存在、永远无法唤回的彼岸,于作家来说是不可缺少的,没有它,我们便会成为失魂的人群,文化的溃败感和内心的危机感就会终日纠缠着我们。作为中国知识分子的作家,"双重人格"宿命般地无法摆脱。在缺乏自由的岁月,他们"向往自由",但一旦"向往"实现了,他们便又失去了精神的依托。在普遍意义中生存了太久的人,一旦精神一无凭借,"他也就失去了他生活的意义,其结果是,他对自己和对生活的目的感到怀疑。……一种他个人无价值的无可救药的感觉压倒了他。天堂永远地失去了,个人孤独地面对这个世界——像一个陌生人投入一个无边际而危险的世界。新的自由带来不安、无权力、怀疑、孤独及焦虑的感觉。如果个人要想成功地发挥作用,就必须缓和这种感觉"。[28] 因此,人们必须"尽快地去追求新的意义,以免剩下的一切都变成一种虚无主义或空虚感"[29]。

于是,1970 年代就成为一个十分值得怀念和纪念的年代。那里有不言自明的肤浅和过分的投入,但对公共事务的关注,对百年梦想的执意追求,仍会给后来的人以鼓舞和激励,它的精英意识和启蒙假想还会长久地播散着它的魅力和影响。

注释:

① 陈独秀:《1916 年》,载《新青年》杂志第 1 卷第 5 号。

② 李以建:《文化选择与选择文化》,载《文学评论》1989 年第 4 期。

③　对"阶级斗争"提法的怀疑,较早见到的文章是胡乔木的《关于社会主义时期阶级斗争的一些提法问题》,载《三中全会以来重要文献选编》,36—40 页,人民出版社,1982。

④　姜义华:《论农民运动与启蒙运动在现代中国的颉颃与对流》,见《五四与现代中国——五四新论》,7 页,山西人民出版社,1989。

⑤　蒋光慈:《关于革命文学》,载《太阳》第 2 期。

⑥　阿里夫·德利克:《现代主义和反现代主义》,载香港《社会科学季刊》1993 年第 3 期。

⑦　王晓明:《潜流与旋涡》,281 页,中国社会科学出版社,1991。

⑧　同上,280 页。

⑨　王蒙:《创作是一种燃烧》,61—62 页,人民文学出版社,1985。

⑩　王蒙、王干:《自由与限制——当代作家面面观》,见林建法、王景涛编:《中国当代作家面面观》,509 页,时代文艺出版社,1991。

⑪　蒋子龙:《为"创业者"讴歌》,见《不惑文谈》,76 页,上海文艺出版社,1984。

⑫　同上。

⑬　贾平凹:《一封荒唐信》,载《文学评论》1985 年 5 期。

⑭　张抗抗:《我们需要两个世界》,载《文艺评论》1986 年 1 期。

⑮　王蒙:《生活呼唤着文学》,载《文艺报》1983 年 1 期。

⑯　同注⑪,75 页。

⑰　冯骥才:《我心中的文学》,载《文汇月刊》1984 年 12 期。

⑱　雅斯贝尔斯:《当代的精神处境》,35—36 页,三联书店,1992。

⑲　同上,2 页。

⑳　同上。

㉑　同上。

㉒　钱理群:《丰富的痛苦》,223—224 页,时代文艺出版社,1993。

㉓　同上。

㉔ 同上。

㉕ 罗荣渠:《从"西化"到现代化》,31—32 页,北京大学出版社,1990。

㉖ 《王元化谈研究当代新思潮吸取科学新成果》,载《文汇报》1986 年 11 月 10 日。

㉗ 同上。

㉘ 弗洛姆:《逃避自由》,36 页,北方文艺出版社,1987。

㉙ 丹尼尔·贝尔:《资本主义文化矛盾》,197 页,三联书店,1989。

一、黎明前的广场仪式

1. 广场文化

1970 年代作为一个新时代的标志,在政治上是重新启动了向现代化目标迈进的步伐,将经济工作作为社会生活主体思想的确立;在文化上则体现为紧张关系的松动,这使社会政治批判性内容的文学作品可以广泛传播。但这一文学的批判性诉求,却并非始于这一年代。广义批判现实主义文学与我们面对的文学现象并不尽相同,我们姑且不论。与这一文学现象血脉相连的则是 1976 年发生于天安门广场的诗歌运动,它们的承接关系是不难识别的。不同的是,天安门广场的诗歌运动遭到了血腥的镇压,而 1970 年代的文学则得到了有力的守护。然而可以肯定的是,它们同是政治文化的一部分。

1976 年,是中国发生巨变的年代,周恩来、朱德、毛泽东作为新中国的第一代政治领袖先后辞世,国家政治风云密布,激情过后的民众则保持着十年来鲜见的沉默,尔后便显示了沉默中爆发的力量,这就是"四五天安门诗歌运动"。这一运动爆发于社会行程的暗夜与黎明之间,它的场所是天安门广场,它的起因

是清明节祭奠周恩来,它的时间、地点和事由均与政治相关,而
文学仅仅充当了中介性的形式或手段。但有一点却格外地引人
瞩目,即事件自发于民间而不是源于诱导或特别的组织。这一
特征背后隐含的语义特别值得我们分析,它不仅喻示了民族迟
来的政治觉醒、参与意识,同时也喻示了长期以来一体化精神统
治的彻底失败、民众要求重建社会政治契约关系的努力,它的意
义不比寻常。

　　天安门广场具有明确的政治象征性,它处于北京的城市中
心,它更意味着政治的中心。1949 年以来,这片四周矗立着古
典与现代建筑的开阔地成了人们心中向往的圣地,来到这里的
人们,脸上挂满了幸福和甜蜜的醉意,心中涌动着难平的心潮,
无论是什么身份的人,无论他有着怎样的文化和教育背景,都突
然持有一份庄严感,一举一动也莫名地矜持起来:"迈着军人的
阔步,我曾漫游过多少地方!/如今,穿过北京的街道,必须把脚
步轻放。"①共和国培育的第一代青年诗人公刘的上述抒情,形
象地明示了广场在人们心中的位置。自 1949 年 10 月 1 日毛泽
东面对几十万庆典的人们,向全世界宣告"中国人民从此站起
来了!"始,广场便成了重大庆典活动的传统场所。想起广场,
便会想到滚滚人流、飞舞彩旗、嘹亮歌声或礼花焰火。一个书卷
气十足的资深诗人,曾困苦地与自己的内心战斗过许久,但在
"我们最伟大的节日"到来的时刻,他一改往日的矜持与忧虑重
重,由衷地放开了他不善于歌唱的歌喉:

　　　　欢呼呵! 歌唱呵! 跳舞呵!
　　　　到街上来,
　　　　到广场上来,

> 到新中国的阳光下来,
>
> 庆祝我们这个最伟大的节日。②

这是新中国的第一首赞歌。谁也不会想到,何其芳的这一声歌唱,引来了无尽的唱和并逐步酿成了一个文学传统,这些自然与何其芳无关,也绝非是何其芳的本意。甚至还可以说,初期与广场相关的纯真歌唱,有许多作品还是相当感人的。诗人或从事其他形式创造的艺术家,怀着真诚的向往和期待跨进了新时代的门槛,在他们的眼中,一切都新奇而令人感奋是大可理解的:

> 天安门前,焰火像一千只孔雀开屏,
>
> 空中是朵朵云烟,地上是人海灯山,
>
> 数不尽的衣衫发辫,
>
> 被歌声吹得团团旋转……
>
> 整个世界站在阳台上观看,
>
> 中国在笑! 中国在舞! 中国在狂欢!
>
> 羡慕吧,生活多么好,多么令人爱恋,
>
> 为了享受这一夜,我们战斗了一生!③

这样的诗充满了青春气息,它单纯但也真诚,它的旋律如轻音乐,总会让人将其与美好联系在一起。可以说,1970年代以前的诗人,几乎没有没写过以广场为抒情对象的作品的。

但是,随着对这一场所神圣地位的不断强化,特别是"文化大革命"中毛泽东八次在这里接见红卫兵,它作为圣地的形象进一步确立并深入人心。于是,一个有着特殊表达方式和语义系统的文化——广场文化,便发育成熟了。人们不断地赋予它新的意义,以想象的方式创造了它。与此形成鲜明对比的是和天安门连为一体的故宫,它是几代帝王的统治中心,是封建帝国的象征,它的宏伟和堂皇举世无双。然而,这大体相似的建筑却被赋予了截然不同的意义,故宫的太和殿永远失去了往日的威严,来自不同地域和肤色的人们悠闲地浏览,它成了人们眼中一道典型的东方文化奇观,一切神秘都公之于世,于是,人们不再对它感到恐惧、感到不可思议,它在世俗化的过程中渐次退去了皇家气派,它仅仅是一段衰落的历史和凝固的往日,在作家的视域里,它也成了一个被忽略的存在,很少有人再关注它。甚至一个异域人写到它的时候,书名也被冠之以《紫禁城的黄昏》,帝国的余晖在这里散尽。包括作家在内,所有的人们都将目光集聚到了天安门、集聚到了广场、集聚到了中南海——这再造的中心。有一首诗,相当典型地体现了广场文化的特征,诗人一再咏叹道:

> 碧波粼粼,日日溶着朝霞的光彩,
> 绿树葱葱,时时承受太阳的抚爱;
> 每一次走过你的身边呵,
> 都要久久凝望、豪情满怀,
> 激荡的心紧紧贴着庄严的红墙,
> 滚滚热血和你一起奔腾澎湃,
> 　　中南海呵,我心中的海!
>
> 浩浩东风,从你这里向千山万岭吹拂,
> 战斗号令,从你这里向四面八方传开;
> 红日高悬,照亮灿烂的今朝,

　　　　明灯闪闪,照亮光辉的未来,

　　　　毛主席在这里指引革命航程,

　　　　你的每层波纹,都留下辉煌的记载!

　　　　中南海呵,红光万丈的海!④

它还是"亿万人民向往的海""我们敬爱的海""闪耀着真理的
海""我们阶级的司令台""阳光普照的海""搏击风浪的海""高
擎红旗的海""连通五洲四洋的海""革命人民的海"等等。这首
诗的语词系统在很大程度上代表了广场文化的主能指和表达
式。而在语义上,它指涉的是高亢、明丽、崇高、宏伟和追随。它
所表达的都是时代的公共话语和公共意志,它不具有日常生活
性和私人性,它没有任何犹疑、困顿和哪怕是一闪而过的个人隐
秘,它的一切都源于高尚的道德原动力。在广场文化中所表达
的情感,再也没有悲伤和愤怒,人们只有欢乐,如同每天沉浸于
节日的狂欢之中。这一东方的文化景观却再现了二百多年前卢
梭的想象:"我们已经有了许多公共节日,让我们拥有更多的公
共节日吧。在蓝天下,在敞开的气氛中,在广场的中央,树立起
一个鲜花环绕的长矛,把人们集合在那儿,你们就拥有了一个节
日。"⑤我们也拥有了这样的节日,每天都有人们集合在广场,倾
心地体验甜蜜的幸福并且相互感染。值得人们思索的是,深受
俄罗斯革命启发的中国,结出的文化之果却形神兼具地酷似大
革命时期的法兰西,少有浪漫情怀而注重实用理性的民族,竟也
在无形之手的控制下拥向广场翩跹起舞。它不可思议却又是真
实的存在,其形式与后果都极为相似。但是"阳光下的灿烂"终
于"转出阳光下的阴影"⑥。

　　朱学勤博士在论述法国大革命时期的文化时,从五个方面

概括了它的特征:这一文化是排他性文化;它的心理是从众心理,个人情态、个人利益、个人隐秘必须扑灭;它的狂欢是意识形态操演,它听从奇理斯玛的话语催眠暗示,在集体舞蹈中进入集体睡眠;它的政治是民众冲动的海洋,风起无常,浪击恒常,一切规则、惯例、制度安排皆成浪底沉舟;它本身将走向悖论,广场成为扩大的剧场,成为每一个人对每一个人的表演。广场上确实没有一个座席,没有一个观众,却只有一个巨大的舞台,观众参与爆炸,众人卷上舞台,一齐进入革命狂欢![7]如果不是特指法国大革命时代的文化,偶读这些文字,不会有人怀疑它是针对中国的广场文化而做出的概括。

广场文化的核心是政治律令,是建立一体化的中心文化。它的道德理想是乌托邦式的,但却有难以抵御的感召力和传唤性。这些道德理想如与背后隐含的政治动机相剥离,无疑是一种至善至美的社会契约,它带来了人们对人际关系、社会关系企盼的一切,它足以让所有的人充满感动和幸福。然而这一设定的乌托邦也注定了它无可避免的命运:它仅仅关注人的社会理想而忽略了人作为个体存在的其他需要,精神统治者君临一切,他忽略了被统治者在精神奴役中可以睡眠多久,他的权威性能够延续多久。政治文化重要的体现是它无处不在的意识形态化,舆论是意识形态的重要形式,"谁主宰了一个民族的舆论,谁就主宰了这个民族的行动"[8]。主宰者不具有统治的永久性,它被颠覆的可能已先在地隐含于它的统治中。广场文化悖论的发生便不再难以理解。

2. 政治觉醒的仪式

"文化大革命"使广场文化达到了它的顶点,它的纯粹性使任何杂质都难以掺糅,一体化已晶莹透明。然而这种表面现象却难以掩饰其社会与精神的真正危机,代表社会发展不同取向的高层斗争已几经起伏。1976 年,作为"文化大革命"的尾声,预示着广场文化的"蜜月"期已过,已然来临的则是民众自发的"广场爆炸"。

这一爆炸的引发点同样源于两种力量的对峙。广场文化的维护者对权力与舆论的自信,使他们错误地判断了形势,他们依然相信舆论可以主宰一个民族的行动,甚至毫不掩饰地向社会传达、暗示他们的政治动向。但此时的民众与广场文化的鼎盛时期已判然有别,在卡理斯玛话语的催眠中昏睡了十年的人们,终于渐次醒来:十年狂欢不过是噩梦一场,长久的压抑感替代了狂欢时代的盲目冲动,沉伏已久的理性朦胧隐约地觉醒。那一时代,压抑感是每个人最为真切的生存体验。于是,千百万人又一次集聚到了广场,不是为了狂欢和庆典,他们要表达的是一次十年来从没有过的公开对峙和集体反抗,它宣告了民众与主宰者的决裂,同时,就广场文化的狂欢而言,民众也实施了一次勇武的自我否定。因此,说这次运动具有划时代的意义,绝非危言耸听。

这一仪式缘于清明节民众自发地悼念周恩来的活动,他们要表达对一位政治领袖的热爱之情,并借此表达对精神严酷统治的不满,因此这并不是一次寻常的祭扫活动。从 2 月中旬起,北京及全国各地陆续出现了表达民众不满的舆论,对政治极度敏感的北京市民体察了这一切,并在内心做好了准备。因此,这一活动一开始便注入了鲜明的政治色彩。惯常的广场活动没有例外地由官方统一组织,它秩序井然,五彩缤纷,广播里播放着或是欢快或是豪迈的乐曲,人们兴奋地等待着重大庆典的开始。而这次不同,人们无声地从四面拥来,3月初的广场,苍松缀满了白色纸花,纪念碑上堆满了挂着挽联的花圈,压抑而肃穆的气氛第一次使这个狂欢之地变成了灵堂,广场的悖论终于不期而至。

但是,从文化心理层面分析,在这一仪式中我们仍可发现它与广场文化的同一性一面。首先,流行于广场的是新的公共话语,人们的表达仍然大体相似;其次,在抗议精神统治的同时,新的神话亦隐约形成,这互为联系的两个方面是凝聚广场民众主要的精神力量。1978年12月人民文学出版社出版的《天安门诗抄》中,主要辑录了两个方面的内容:"中国人民对周总理深沉的爱和对'四人帮'无比的憎。"⑨一首被广为传抄并被谱成歌曲的诗悬挂于纪念碑的汉白玉石栏上,它的四周是松枝和纸花,《天安门诗抄》的摄影插页选登了它:"人民的总理人民爱,人民的总理爱人民;总理和人民同甘苦,人民和总理心连心。"诗写得平实素朴,它的内容与形式都恰到好处地表达了"人民和总理"的关系。而另一首则锋芒毕现:"总理逝世留英名,竟有蝇蛆贬丰功。排他抬己阴风起,吕后鬼魂逞淫凶。妖魔啮人喷迷雾,瘟鸡焉敢撼大鹏。奋起马列千钧棒,痛打白骨变色龙。"还有一首被"四人帮"列为"反动诗词"的五言诗更是悲壮惨烈:"欲悲闻鬼叫,我哭豺狼笑。洒泪祭雄杰,扬眉剑出鞘。"

广场上这统一的情绪从另外一面反映了广场文化的遗风流韵,一种"从众"的心理相当普遍。周恩来作为一代杰出的政治领袖,他的治国才能和个人品质被人们追怀纪念是理所当然的,但限于人们的思维惯性,那里隐含的同时还有不易察觉的新的造神意味:这位被人们追怀的领导者是个完美无缺的人物,他的一举一动几乎无时不与人民和国家相关,人们失去的不仅是一位卓越的政治家,同时还有国家民族的安危:"一生存殁系安危,星陨中天地动悲。民泣国伤今夜里,山呼海啸唤君回。"⑩在民众眼中,他是"顶天柱"⑪、"擎天柱"⑫、"一生洁白玉无瑕"⑬等等。这不只是悼诗的修辞需要,那里浓重的个人崇拜意味更在于它发自民众由衷的心声。民间自发性的运动不可能有成熟的理论作为指导,它更多显示的是民众要求和实践的力量,至于它在理性上蕴含怎样的缺陷,广场上的人群是不会有人指责的。当然,这些都不能掩盖这场运动的重大意义。

首先,民众对政治的积极参与改写了被动参与的历史,它又一次显示了来自民间力量的不容忽视,显示了一个民族要求民主、反对专制意识的再次觉醒。同时,它也从根本上否定了一体化的精神统治,使流行的意识形态丧失了影响力、支配力和权威性,为建立新的社会契约关系奠定了民众基础。作为抗争性的现代民众运动,在强大的国家机器面前是难以实现预期目的的,它只能是一种象征性的政治仪式。"四五"运动被定为"反革命暴乱性质"⑭而遭到了血腥镇压,但这伤害却成为全民族不能忘记的共同记忆,在民众心中实际上已为一个时代的终结画上了句号。另一方面,天安门诗歌第一次以反叛的姿态抒发了人们真实的情绪,它犹如喷发的地火,向世人告知了它运行的无可阻挡,这一艺术情感的转型意义深远无比,它作为一种重要的精神资源深刻地影响了 1970 年代的文学。

注释:

① 公刘:《致中南海》,见《离离原上草》,175 页,人民文学出版社,1980。

② 何其芳:《我们最伟大的节日》,见《何其芳选集》第一卷,109 页,四川人民出版社,1979。

③ 公刘:《五月一日的夜晚》,出处同注①,176 页。

④ 王恩宇:《中南海呵,我心中的海》,见《理想之歌》,1 页,人民文学出版社,1974。

⑤ 卢梭:《致达朗贝尔信——论观赏》,转引自朱学勤《道德理想国的覆灭》,131 页,上海三联书店,1994。

⑥ 朱学勤:《道德理想国的覆灭》,134 页。

⑦ 同上。

⑧ 卢梭:《科西嘉宪法草案》,见《卢梭全集》第 3 卷,261 页;转引自《道德理想国的覆灭》,133 页。

⑨ 童怀周编:《天安门诗抄·前言》,2 页,人民文学出版社,1978。

⑩ 同上,27 页。

⑪ 同上。

⑫ 同上,24 页。

⑬ 同上,29 页。

⑭ 见《当代中国意识形态风云录》,466 页,警官教育出版社,1993。

二、北京的"翻身道情"

1.重返广场

　　1976年10月6日,中央政治局对"四人帮"实行了隔离审查,消息首先从北京军队系统流传,然后迅速传播,人们悄悄议论、喜形于色,纷纷争购酒和"三公一牝"的螃蟹,痛饮庆贺。10月10日,"两报一刊"发表了《亿万人民的共同心愿》的社论。社论提出要学习毛泽东"要搞马克思主义,不要搞修正主义;要团结,不要分裂;要光明正大,不要搞阴谋诡计"的教导,提出要"最紧密地团结在以华国锋同志为首的党中央周围,维护党的团结和统一",社论同时还指出:"历史的经验证明,要搞垮我们的党是不容易的。任何背叛马克思主义、列宁主义、毛泽东思想,篡改毛主席指示的人,任何搞修正主义、搞分裂、搞阴谋诡计的人,是注定要失败的。"通过社论的措辞可以判断,中央高层的决定性搏斗已经结束。10月18日,中共中央正式发出《关于王洪文、张春桥、江青、姚文元反党集团事件的通知》。"四人帮"的被粉碎,使人们不约而同地重返广场,自10月21日起,北京数百万群众连续举行声势浩大的庆祝游行,10月24日,北京百万军民在天安门广场举行庆祝大会,将这一庆祝活动推向了高潮。①

又一个狂欢的时代来临了。人们重新回到广场文化的秩序中,在规模不等的庆祝性的文艺演唱会、诗歌朗诵会上,利用文学艺术来表达如愿以偿的由衷快乐。但广场文化的有序性使这一表达必须遵循它既有的范式,它不可能是随心所欲、标新立异或极端个人化的。于是,"文化大革命"的方式和"箴言"以及重返历史传统,成为"翻身道情"的主要形式。1976 年 11 月,《诗刊》编辑部和中央人民广播电台文艺部,在北京工人体育馆联合主办了"纵情歌颂华主席,愤怒声讨'四人帮'"的诗歌朗诵演唱会,受到观众的欢迎并引起强烈反响,后由人民文学出版社于次月编辑成册出版,它的目录如下:

国际歌

三大纪律八项注意

东方红

欢呼伟大的历史性胜利(锣鼓群口词)

欢呼毛泽东思想的伟大胜利

愤怒声讨"四人帮"

华主席和咱贫下中农心连心

江青大坏蛋(儿歌)

水调歌头·粉碎"四人帮"

革命人民的盛大节日

胜利鼓呵,尽情地敲

八亿人民扬眉吐气(男声独唱)

毛主席握过我的手

华主席登上天安门

华主席,请接受三军战士的敬礼

中国的十月

苗寨红心向北京

根除"四害"心欢畅

台湾人民心向华主席

打倒"四人帮",江山万代红(男女声二重唱)

毛泽东思想永放光芒(男女声二重唱)

十月春风吹散乌云

反听曲

大院里正开声讨会

丁丁要参加盛大的游行

大寨田里庆胜利

前进

怀念敬爱的周总理

大锤赋

万众拥护华主席(歌曲)

坚决砸烂"四人帮"(歌曲)

红太阳颂(歌曲)

这部命名为"胜利的十月"②的朗诵演唱集,除增加了《怀念敬爱的周总理》等两首诗之外,完全是按照演出时的次序汇编的,因此它也就是这次演唱会的节目单。它虽然满足了民众狂欢的心理欲望,但它简单、粗暴和空洞无物的表达方式,与"文革"时代几乎没有差别。在排列次序上,工农兵要排在前面,职业诗人和艺术家要排在后面;口号表态式的要排在前面,略有抒情意味的排在后面。这些细节同样传达了广场文化并没有从"文革"的阴影中走出,甚至它仍然是"文革"意识形态的一部分。有一首编辑入册并在当时反响强烈的诗,称作《中国的十月》,它开篇便写道:"1976 年——/中国的十月。/历史的巨笔,/将这样书写:/无产阶级继续革命的/又一重大战役,/文化大革命/新的光辉一页!"而他提出的问题则是伟大领袖"生前的遗志呵,/怎样实现?/如何继承/他开创的事业?"③因此,"文革"—领袖—欢呼—战斗,仍然是这一时代诗文语义基本的编码方式。人们虽然在情感层面表达了与"文革"断裂的愿望,却不可能同时与历史彻底告别,历史执拗地将它的影响力幻化为无形的意志,形成一种不必言说即可奏效的隐形规约。因此,那些狂欢式的表达徒有其表,表面上的隆重热烈不能掩饰其内里的苍白和虚空,流行于世的诗文及其他作品日复一日千篇一律。文学艺术的时间在那两年几乎是凝滞不前的,那狂欢的姿态也终于由亢奋期的消失而逐渐僵硬,并变得滑稽起来。

因此,广场文化作为一种文化形态面临着巨大的挑战,或者说,按照意识形态意图构建起的制度化的文化形态,是否具有自振机制?假如没有指令性的意图,它的运作是否失去可能?如果回答是肯定的,那么,它还有多少可资利用的储备性资源呢?

2. 重返历史

制度化的艺术生产不可避免地要造成单一性,它受个人或集团利益的驱使,并将这一意志强加于艺术生产,而单一性则是惩罚的直接后果。这一现象在"文革"期间就引起了高层领导的注意。邓小平在1975年就指示"开禁了一批电影,第一批有:音乐舞蹈史诗《东方红》、历史歌舞片《洪湖赤卫队》、故事片《霓虹灯下的哨兵》等,以后陆续分批开禁了100多部故事片。与此同时,反映红军长征的话剧《万水千山》和长征组歌《红军不怕远征难》,也在1975年10月纪念中国工农红军长征40周年的日子里,重新登上舞台"④。这里不只透露出了新的政治信息和文艺政策,同时它也含有缓解艺术品类贫乏短缺的策略性考虑。在一体化制度化的规约下,权威意志的作用就具有决定性意义。

这一重返历史的策略成为那一年代文学艺术重要的补充形式。有一首陕北民歌叫《翻身道情》,在40年代的解放区曾普遍传唱。70年代后期它又一次成为流行歌曲,各种晚会或庆典场合它成了一个保留性的节目。这首歌曲由于它的质朴、明丽和婉转高亢的陕北风格受到普遍的欢迎。然而,当文学艺术全面利用历史储备时,它便不再仅有"赈灾"性,而成了一种意识形态的导向。谢冕曾描述过这一时代有趣的场景:

> 千家万户从"洪湖水,浪打浪"开始唱,一直唱到久别的《兄妹开荒》。那种争当劳模的人为的误会和调侃,那些已变得异常陌生的陕北高原的开荒场面引起了轰动的兴趣。郭兰英成了最风行的歌星。她从《三绣金匾》一直唱到"北风吹,雪花飘"。一方面是禁锢太久,饥渴也太久,人们翻箱倒柜把能够满足食欲的东西统统挖出来。另一方面则是一种民族文化心理积淀,这是更为潜在也更为强大的

磁石般的"内驱力",它把一切的欲念都吸引到那个最永恒的神秘的所在。⑤

这也可以理解为社会机制正从僵硬转向复苏,但它并不是没有边界的,它更多的是限定于40年代以降的革命文艺,它以欢乐作为主旋律,以歌颂作为主调。我们又回到了广场,因此,"我们欢乐的旋风是一种旧梦的寻觅"⑥。谢冕认为,这是一种怀旧的文艺思潮,它将本应变革的心理准备作了消极的导向,"人们的目光投向过去的文艺,人们重新向着那个曾经造成窒息的文艺范式认同"⑦。而大众没有保留地接受了它。新文艺培育了它的接受者的鉴赏趣味和习惯,因此,它一旦复苏,便会轻易地调动起集体的情感记忆。走向历史是为了接续历史,在新的方位没有确定、高层斗争仍在进行的形势下,调动人们的怀旧情绪,让人们重新走进叙事性的温馨、崇高和悲壮,以想象的方式沉浸于浪漫情怀,却也获得了集体精神疗治的效用:历史青春的血液又鼓荡起人们澎湃的激情。那一时代的文艺不具有消费性特征,它寓教于乐,是人们重要的情感和精神来源,而中国革命史则是它流淌不息、清澈透明的源泉。

这一现象不仅体现于文艺舞台,在文学创作上也有自觉的追求。将近两年的时间里,歌颂老一代职业政治家成了首选的题材,它迅速风行并被普遍接受,想起他们就必然想到中国的历史,中国的历史必然有他们伟岸高大的身影,他们是新中国的缔造者,因此也是历史的创造者。于是,诗人仿佛成了历史的导游者,一次次地走在"长征路上",看那"莽莽昆仑'这多雪'",一次次地想象"娄山关前/'而今迈步从头越'",当然也还有"师傅肩头/大伯留下的血衣……/小侄儿手中/妈妈被卖的契约……";⑧革命圣地一再成为重要景点:"井冈烟云,延河落照;关山流火,鼓角红缨。"⑨当然,这一切仍然离不开对伟大人物的歌颂:

> 像土地,
>
> 离不开阳光的照耀——
>
> 我们谈论自己的人生,
>
> 像血肉般,
>
> 离不开您光辉的姓名。
>
> 呵,毛主席,
>
> 您在严冬走来,
>
> 迎着漫天风雪,
>
> 却在金秋走去,
>
> 为我们留下满地收成。
>
> 您把您为人类劳瘁的全部生命,
>
> 分给我们每一个人,
>
> 我们却不能用自己的生命,
>
> 挽回您的生命……⑩

诗写得真诚而悲伤,也显示了诗人对这一类型诗歌驾驭的才能和不凡的想象力,但它已没有主体意识可言,一切都让位于对伟人伟业倾泻性的歌颂中去,那没有保留的顶礼膜拜,总会让人感到造神运动的遗风流韵。因此,这类诗的生命力先天地存有问题。

对伟人的歌颂的另一个问题是道德化的评价。这在天安门诗歌中就有充分的体现,诸如忠与奸、善与恶、清与浊等。而后在歌颂周恩来的作品中,这一倾向得到了进一步的发展,"衣冠剑佩今何在,伟绩丰功万古存;锦绣江山添异彩,骨灰撒处见忠魂"⑪。"我们敬爱的周总理呵,几十年如一日,紧跟伟大领袖毛主席,昼夜为我们操劳!"⑫"想起您吃的粗茶淡饭,望着您穿的补缀的衬衣,呵! 磊落,纯朴,清贫,正直——"⑬一切与道德相关的评价语词,都可以没有边界地赋予这位伟大的政治家,他成了人们心目中至善至美的道德楷模和偶像。

旷日持久的"翻身道情",最终表达的仍是人们的感戴之情、景仰之情、怀恋之情和寄托感,没有谁能够表达要把握自己的命运,因此也没有什么作品能够表达一下对个体的关怀或思考,所有的喜悦与悲伤都纳入到了一个巨大的公共时空中。这种模式化与单调的局面,首先引起了有识之士的忧虑,孙犁在当时指出:"作家没有真正的生活实践,硬行编造故事,这并不是当前罕见的现象。从概念出发,强拉硬扯,编造故事,互相'观摩'、互相'促进',神乎其神,而侈言'高于生活',这就是当前有些作品千篇一律、凌乱冗长的重要原因。"⑭作家似乎丧失了把握现实的能力。日本佛教大学副教授吉田富夫在《朝日评论》1978 年第 1 期上发表了《粉碎"四人帮"后的中国文学界》一文,他也认为粉碎"四人帮"后的许多作品像盖了图章似的千篇一律。他以 1977 年《人民文学》发表的作品为例指出,杜斌的《今天》、萧育轩的《心声》、胡万春的《序幕》、叶文玲的《雪飘除夕》等,都把六十多岁的老干部作为反"四人帮"的主要人物,技术员都站在老干部一边,而"四人帮"的走狗却是不学无术的青年干部,并有中央首长派来的联络员为其撑腰,攻击他们的办法也都是破坏生产和写大字报。这状况的原因是复杂的,它既有"文革"文艺思想延续的影响,也与当时的政治思想、精神处境相关。因此,一些呼唤思想解放的声音在文学界已开始微弱地响起,唐弢说:"不承认毒草的存在是徒劳的,不允许百花齐放更为有害。""是和非,真理和谬误是客观的存在,允许齐放和争鸣就会有比较。"⑮但是,那时人们对批判"四人帮"可以放开手脚,而对"齐放"和"争鸣"来说,则没有切实的把握,在权威话语没有发出之前,很少有人敢于想象能够做什么。然而,公共话语的时空共振越来越微弱,它已陷入了真正的危机是必须面对的基本事实。

3. 启蒙之音

1976 年 11 月号的《诗刊》发表了刚刚逝去的著名诗人郭小川的两首诗:《秋歌》和《团泊洼的秋天》。这两首诗以郭小川惯有的抒情风格,反复吟咏、铺陈排比的表达形式和深刻的怀疑精神,在诗坛的流行风中卓然不群。由于郭小川的教育背景和革命经历,决定了他的追求和精神向往,但此时他已被放逐边缘,他远离了喧嚣的政治中心,使他有机会在"静静的团泊洼"思考他时刻关注的中心究竟发生了什么。1975 年 7 月 25 日和 29 日,毛泽东先后对电影《创业》编剧和《海霞》导演的来信作了批示,被指认为"毒草"的两部电影重新获得解放。郭小川听到这样的消息,心情激动万分,然后写下了《团泊洼的秋天》。

　　秋风像一把柔韧的梳子,梳理着静静的团泊洼;
　　秋光如同发亮的汗珠,飘飘扬扬在平滩上挥洒。

> 高粱好似一队队的"红领巾",悄悄地把周围的道路
>
> 观察；
>
> 向日葵摇头微笑着,望不尽太阳起处的红色天涯。

诗人先后用六组自然景物的排比,将秋天的团泊洼写得宁静而温馨,在这幅田园牧歌的景象中,诗人以想象的方式赋予了它全部美好。但这宁静平和的境界并非诗人追求和留恋的境界。平静的团泊洼是以反衬团泊洼人内心"奔腾咆哮的千军万马"和渴望战斗的"攻打厮杀"。由于时代的局限,郭小川也使用着流行话语,如"无产阶级专政的理论""反对修正主义的浪潮"等等,但他又毫不掩饰内心深处的种种矛盾,在一体化统治无处不在的时代,他仍以一个"战士"的身份表达着他的"性格""抱负""胆识"和"爱情",并以否定的姿态面对时势,体现了一个诗人独立的精神风貌和人格魅力。支配诗人的精神力量虽然是传统的革命理想和战斗情怀,但它的纯洁性仍能给人以巨大的感染,与流行诗空洞的、没有节制的虚假抒发和陈词滥调相比,它要亲切得多。

整整一年之后,1977 年 11 月的《人民文学》发表了刘心武的短篇小说《班主任》。它在"翻身道情"的时代语境中,是一篇具有振聋发聩意义的启蒙之作。在唱颂时代的浪潮中,它首先表达了批判意识和忧患意识。后来的各种当代文学史著作都赋予了它非比寻常的意义,作者刘心武也被喻为"伤痕文学之父"⑯。

《班主任》开启了一个新的话语时代,无论它的内容设置还是叙事视点,都具有明确无误的启蒙意味。面对着患有时代病

的孩子们,"班主任"的身份使他自然要担负起启蒙的角色,他的疾呼和自我定位,也重新确定了知识分子在时代转型期自我认定的社会角色。对于文学和知识分子阶层总体而言,它的意义还要宽泛得多。其一,它改变了以往知识分子作为"被改造对象"的身份,而成为一个启蒙者,这一位置的置换尽管表达了作者不经意的幻觉,但却重新确立了知识分子作为主体的自信与尊严感;其二,作品深刻地揭示了社会的精神危机,当这一危机通过幼小心灵的紧张感来表达时,就更具有冲击和震撼力。而这一揭示本身所传达的则是知识分子自身的再度觉醒和"以文入世"传统的恢复,社会理想人格将在知识分子的想象中重新设定。那是一个曙色初临但又情况不明的时代,它蕴含的新的历史信息使人们忽略了它粗糙和理念化的叙事形式。来自最初的评论甚至连它的"思想力量和艺术力量"[17]都持有无保留的肯定,在对峙的社会思想环境中,这一肯定也不得不借助政治话语的力量,即多从"'四人帮'毒害青少年的累累罪行"[18]出发,来阐释文本的社会学意义。

至今,许多年已经过去,《班主任》不断地被阐发,它的意义也不断地增值。站在知识分子立场的发言认为:《班主任》体现了"为国为民之忧、愤愤不平之气,以及对弱者下民的天然亲近之情。正因此,其创作也体现着作为知识分子的矛盾:一方面,知识分子是意识形态的批判者,是现存文化信念的破坏者,他揭示人们的生存困境;另一方面,知识分子又是文化的生产者,他提供种种想象的可能性使人和自己在困境中活下去,又是现存文化的维护者。……因此对刘心武这一代作家而言,他们的创作无形中回答着如何既批判又创造、如何既破坏又生产,这一历史提交给新时期知识分子的问题"⑲。而更年轻的研究者则根据"话语"理论,发现了文本中存在的"集体话语与个人话语"的"二元对立",发现了个人话语在《班主任》中"如何一步步取得合法性而集体话语的合法性如何一步步丧失的"⑳。这些研究显然是重要的,但就文学史的意义而言,《班主任》更在于它开启了一个新的文学时代,它的批判意识和人道主义情怀有幸使它成为一个时代文学的标志和先驱,事实上,当它被确认为先驱或标志之后,它的意义即已终结。

注释:

① 以上资料来源详见《当代中国意识形态风云录》,477—478 页,警官教育出版社,1993。

② 《胜利的十月》,人民文学出版社,1976。

③ 贺敬之:《中国的十月》,见《胜利的十月》,46 页。

④ 夏杏珍:《当代中国义艺史上特殊的一页》,载《文艺报》1994 年 12 月 3 日。

⑤ 谢冕:《文学的绿色革命》,57 页,贵州人民出版社,1988。

⑥ 同上,58 页。

⑦ 同上。

⑧ 以上均为贺敬之《中国的十月》中的诗句,出处同注②,47—51 页。

⑨ 李瑛:《九月献诗》,见《难忘的 1976》,上海人民出版社,1977。

⑩ 同上。

⑪ 茅盾:《周总理挽诗》,见《周总理,我们深深怀念您》,8 页,吉林人民出版社,1977。

⑫ 石祥:《周总理办公室的灯光》,出处同上,150 页。

⑬ 李瑛:《一月的哀思》,出处同注⑨,43 页。

⑭　孙犁:《关于短篇小说》,载《人民文学》1977 年第 8 期。

⑮　唐弢文,载《人民文学》1977 年 5 期。

⑯　见《文艺争鸣》1994 年第 2 期"刘心武评论"小辑。

⑰　朱寨:《对生活的思考》,载《文艺报》1978 年第 3 期。

⑱　同上。

⑲　孟悦:《历史与叙述》,49—50 页,陕西人民教育出版社,1991。

⑳　贺桂梅:《新话语的诞生》,见王蒙主编《全国小说奖获奖落选代表作及
　　批评》(短篇卷上),28 页,湖南文艺出版社,1995。

三、人道主义的话语实践

《班主任》的发表体现了知识分子悲壮的先驱意识,但就社会整体而言,仍是等待和拘谨的状态,微弱的变化在青年中既跃跃欲试又心存疑虑。美国《巴尔的摩太阳报》在 1978 年 10 月 6 日发表了一篇题为"谈情说爱在中国又成了正常的事;重新手拉手的现象"的署名报道,文中说:整整十年,由于极"左"思潮压制一切爱情的表现,中国似乎成了一个没有爱情的社会。爱情故事遭禁,爱情戏剧从舞台上消失,爱情电影被取缔,爱情歌曲不能唱,爱情成了禁忌的题目。但是谈情说爱并没有中断,只不过是在极其保密的情况下进行。今天,这一切变了……再次出现了公开谈论和讨论爱情以及妇女的服装。文中说,现在青年情侣手拉手散步已是常见的事,在景色迷人的杭州西湖,一对对年轻人谈到夜幕降临之后许久才离去,广州、北京亦如此。然而当局生怕走得太远,例如在上海市中心的人民公园,在情侣相会的庭园附近,布告牌上贴着一张要正确对待爱情的告示,要求青年人要以纯洁的动机对待它,不要在工作时间谈恋爱,不要因会见太多而影响工作,告示还要求青年们晚婚、计划生育、建立幸福家庭。同时爱情故事片也开禁,《五朵金花》重上银幕,场场爆满,《红楼梦》也重新成为畅销书。在这样的社会信息中,我们同样不难发现其含有的社会意识形态与民间日常生活的二元对立,即民间对自由与世俗化的向往和意识形态有意营建的紧张感。然而,这一"意识形态的取向"显然存有误差,它是长久以来意识形态"宁左勿右"猜想的无意表达。事实上,高层斗争代表历史意志的力量正在逐步取得进展,而意识形态方面的渗透也促使社会环境趋向松动。

1978年5月10日的《理论动态》和11日的《光明日报》发表了题为"实践是检验真理的唯一标准"的理论文章,从而引起了全国性的真理标准的大讨论。此前,"两个凡是"的说法曾占据过意识形态的主导地位,流行的理论认为:"半个多世纪的历史反复证明,什么时候,我们执行毛主席的革命路线,遵循毛主席的指示,革命就胜利;什么时候离开了毛主席的革命路线,违背了毛主席的指示,革命就失败,就受挫折。""让我们高举毛主席的伟大旗帜,更加自觉地贯彻执行毛主席的革命路线,凡是毛主席作出的决策,我们都坚决拥护,凡是毛主席的指示,我们都始终不渝地遵循。"①"两个凡是"在理论上维护了"文化大革命"和毛泽东晚年的错误,在实践层面则是维护一种新的政治权威,是坚持要把"毛泽东同志晚年'左'的一套继续照搬下去"②。它与当时意识形态领域的拨乱反正的根本趋势是背道而驰的。邓小平复出后不久,在一次谈话中指出:"两个凡是"的提倡者是自相矛盾的,而且"这是个重要的理论问题,是个是否坚持历史唯物主义的问题。彻底的唯物主义者应该像毛泽东同志那样对待这个问题"。③真理标准的讨论正是为了解决这一理论问题而展开的。文章指出,只有坚持实践是检验真理的唯一标准,才能够使伪科学、伪理论现出原形,从而捍卫真正的科学和理论。"躲在马列主义、毛泽东思想的现成条文上,甚至拿现成的公式去限制、宰割、裁剪无限丰富的飞速发展的革命实践,这种态度是错误的。"这一讨论事实上开启了意识形态领域思想解放运动的先河,并为新的思想路线的确立清除了理论障碍。1978 年 12 月中国共产党在北京举行了十一届三中全会,会议确定把全党的工作重点转移到社会主义现代化建设上来,提出了新的历史时期以经济建设为中心的总路线,决定停止使用"以阶级斗争为纲""无产阶级专政下继续革命"的口号。

这一会议是社会转型的起点,它连接起了 20 世纪的民族理想和世纪之梦,并使这一文化信念得以具体地实践。许多年过去之后,它的承诺已经得到了部分兑现,初步改变了国家的贫困面貌,重新树立了国家形象、民族信心和尊严感。因此我们有理由认为,在一个意识形态化的时代里,文学的生存与发展不可能与意识形态意图相分离,文学的自由有赖于意识形态的守护,文学的语义指涉总会程度不同地与意识形态发生关联,并且在不同的程度上含有意识形态的内容或消息。它不仅是一种制度化的规约,是判定文学话语是否具有合法性的依据,同时,在一定的时期内,它也是作家、艺术家自觉的追求,是他们内心需要的一部分。百年来中国内忧外患的历史处境,培育了不同时代包括作家在内的知识分子,对国家民族命运挥之不去的共同关怀,他们无法,也不可能超越于这一具体的处境,去关怀那永恒的主题或题材,这一精神传统也构成了一种不以人的意志为转移的隐形规约,决定着作家、艺术家表达什么或以什么方式表达。

精神处境与精神传统决定了 1978 年文学的形态,它是这一时代文学生成和走向的思想文化背景,也是我们分析、研究和把握这一时代文学的逻辑起点。对于已成历史的这一时代文学，那种了然于心之后的价值判断是没有意义的。不然,我们就不能理解为什么那一时代的作家以没有犹豫、矛盾的心态,以"众口一词"的表达和"阵地战"的方式去从事文学生产,也不能理解为什么那种粗糙的文学竟也赢得了民众由衷的热爱。当然,这一认识并不妨碍我们对这一年代文学缺陷的分析和批评。

1.大众化的"伤痕文学"

社会任何重大的变动,首先会在青年特别是校园青年中,得到敏锐的反应,相对自由的人文环境和自命不凡的感觉总会培育最初的觉醒。因此,"校园文学"在1978年率先打破了出路难寻的当代文坛。卢新华最初登在年级壁报上的小说《伤痕》,于8月11日的《文汇报》公开发表,这篇幼稚的习作却出乎意料地成为一个新的突破口,被引发的倾诉欲望在压抑已久之后迅速汇成潮流,"伤痕"的争相展示构成了统一的文学话语形式。《伤痕》的故事相当简约,它以主人公王晓华的视角,平行地叙述了年轻主人公不幸的遭遇:"文革"期间,她像所有激进的年轻人一样,以红卫兵的方式向自己母亲采取了断然措施,被错误指认为叛徒的母亲便从此八年未与亲生女儿相见,粉碎"四人帮"之后,母亲平反,母亲的亲笔信和其单位的公函解除了王晓华的疑虑。然而,当她悲喜交加地奔回上海看望母亲时,母亲却难以支撑到她的归来,终于溘然长逝。当初的决裂成了永远的别离。但是,这一悲剧似乎与当事人的王晓华并无关系。

好久好久,她抬起头来。她的痛苦的面庞忽然变得那样激愤。她默默无言地紧攥着小苏的手,瞪大了燃烧着火的眸子,然后在心中低低地、缓缓地、一字一句地说道:"妈妈,亲爱的妈妈,你放心吧,女儿永远也不会忘记您和我心上的伤痕是谁戳下的。……"④

小说揭示了主人公心灵伤痕的历史原因,这一原因的重要性就在于个人的力量难以抗拒,政治诱导使狂热中的青年很难做出其他选择。但除了历史的原因之外,显然还有文化上的原因,或者说,把流行于世的政治信念作为生活的第一要义,是否也有"道德主义"的考虑,而历史的道德化恰恰在这样的层面上显示了它的不道德。另一方面,作者的介入意识确实体现了他对思想传统的承继。然而,这种继承是不能笼统地一概而论的,"一种思想传统的命运取决于它的继承者的继承方式"⑤,而《伤痕》及以其为代表的文学潮流,在对历史进行审判的时候,过多地关注于经验的切肤之痛,它忽略了人经过危机之后内心的荒芜和无动于衷,而仍以不可扼制的澎湃激情兴致盎然地倾诉苦难,使这一文学潮流显现了不大的文化气象和胸襟,它更像是一种带有"报复"意味的"清算"。而这种类似"忆苦思甜"的文学潮流使它的品位命定地限于"大众化"的层面上:每个人都可通过诱导或暗示夸大自己的不幸和感伤;这些不幸或感伤通过叙事而成为"集体记忆",随之而来的便会形成或强化一种"仇恨感"。这一状况从一个侧面体现了"伤痕文学"文化反省的水平究竟达到了怎样的高度。因此,这一文学潮流的价值和意义只能更多地限定于动员民众的政治层面。而对危机意识的揭示它还远没有达到《班主任》的深度。新的领袖的名字依然像福音一样写进作品,他和未来、希望、每个人的命运联系在一起,他的出现使历史的苦难化为乌有,备受伤痛的人们在"感戴"之中得到救赎,人们又可以欢欣鼓舞地遥望彼岸。

与此有极大不同的是另一种文化心态。1944年奥地利作家斯蒂芬·茨威格死后两年,他的《昨日的世界》出版了。他以回忆的形式记述了从第一次世界大战前夜到第二次世界大战欧洲动荡的社会。这剧烈的社会动荡和深重无比的毁灭性灾难,并没有使茨威格的叙述痛不欲生,他没有失去理智,他清醒地告诫他自己:"我从未把我个人看得如此重要,以致醉心于非把自己的生平历史向旁人讲述不可。"他为自己确定的写作原则是:"希望我至少满足任何一部真实反映时代的作品所必须具备的首要条件:公正和不抱偏见。"⑥他叙述了许多鲜为人知的人物和事件,以及时代的气氛和人们的心态,当然还有他对欧洲文化传统无比热爱的心情。在那里,"总理或者最有钱的巨富豪绅可以四处行走,而不会有人回头仰望。但是,一个皇家男演员或者一个歌剧女演员在街上走过,每一个女售货员和每一个马车夫都会认出他们。……一位著名演员的诞辰纪念或葬礼成了压倒一切政治事件的大事"。人们热爱这些演员,是因为观众可以从他的身上看到自己的榜样,他该怎样谈吐,怎样走进房间,可以说哪些言辞和必须避免说哪些言辞,他们教人们正确的发音和优雅的风度。因此,当"老"城堡剧院为一幢新的实用建筑要让路拆除时,人们在那里度过了一个难忘的时刻:"当贝多芬乐曲的最后旋律消失时,没有一个人离开自己的座位。我们喝彩、鼓掌,一些妇女激动得啜泣起来。谁也不愿相信这是最后的告别。大厅里的灯光熄灭了,为的是把我们赶走。可是在那四五百名音乐迷中没有一人离开自己的座位,我们在那里待了半小时、一小时，仿佛我们用那种行动能够迫使那座古老的神圣大厅得到拯救似的。"⑦

不同的崇拜使人们的心理环境大不相同，茨威格平静从容的叙述隐含了他长久的忧伤，他不会再忘记那些战争，他的叙述亦显然是为了战争不再像噩梦般重临，而他对苦难的认识却达观而令人感动："只有经历过光明和黑暗、和平和战争、兴盛和衰败的人，他才算真正生活过。"⑧这里体现出的依然是欧洲人文情怀的动人风采。

当然，与文化心态相关的还有生存处境，茨威格的先辈们"自始至终过的是一种生活，没有平步青云，没有式微衰落，没有动荡，没有危险，是一种只有小小的焦虑和令人察觉不到的渐渐转变的生活，一种用同样的节奏度过的生活，安逸而又平静，是时间的波浪把他们从摇篮送到坟墓"⑨。而"伤痕文学"的创作者们则不相同，不仅他们的先辈们生活于动荡和战乱当中，而且他们自身的生活也少有宁静，生活赋予他们的已不只是小小的焦虑，而是没有休止的、令人丧气的险象环生。这时，要想让这一生存处境的人们持有一份典雅和宁静的心态，不啻是痴人说梦。从这个意义上说，"伤痕文学"急不可待的倾诉欲望又是大可理解的。

还有一点需要特别指出的是，"伤痕文学"对日常生活的正面书写。长久以来，文学作品作为一种寓言式的写作已成风尚，它的象征性意味甚至带进了具体细节的设置中，日常生活几乎被排拒于文学想象之外。这一怪异的现象起码在萧也牧创作《我们夫妇之间》就已开始，后来对《美丽》《红豆》《在悬崖上》《小巷深处》《寒夜的别离》等作品的批判中得到了强化。而在对《百合花》的争论中,已然见到的是,不仅抒发男女之情不被允许,即便是写了普通的人性、人情也须冒着极大的风险。《荷花淀》《李双双小传》等充满了浓郁抒情风格的作品之所以得到举荐和维护,是因为它具有明丽的乐观情怀和对落后人物轻喜剧式的讽刺。这一现象终于招致了它最为经典性的后果,到了样板戏,人物关系全部被革命化统一起来,日常生活关系已荡然无存了。而"伤痕文学"的全部作品又重新恢复了日常生活在文学中的合法性地位,从《伤痕》开始,舒展的《复婚》,孔捷生的《姻缘》《在小河那边》,关庚寅的《"不称心"的姐夫》,陈可雄、马鸣的《杜鹃啼归》,雨煤的《啊,人……》,以及接踵而来的中篇小说创作,如竹林的《生活的路》、陈国凯的《代价》、冯骥才的《啊!》和长篇小说如戴厚英的《人啊,人!》、叶辛的《蹉跎岁月》等,都几乎重新将人情、人性的各个方面反复地进行了书写。最能打动普通人情怀的作品在这一时代大放异彩。那普通的世间男女的悲欢离合,使它的读者们一次次地潸然泪下,所有的人都读懂了那些故事,文学在这个时代里真正地占有了大众。

其间,有一个并不引人注目的文学作品,这是毛泽东写于1923年的《贺新郎·别友》。这首写给妻子杨开慧的词,时隔半个多世纪之后才发表,在"伤痕"中沉浸的人们并没有给予太多的关注,与1976年《水调歌头·重上井冈山》和《念奴娇·鸟儿问答》发表时中央乐团连夜谱曲赶排时相比,已有恍若隔世之感。虽然权威的影响力在迅速衰退,但它仍然表达了主流意识形态打破禁忌、实现思想解放的意图。全词如下:

挥手从兹去。更那堪凄然相向,苦情重诉。眼角眉梢

都似恨,热泪欲零还住。知误会前番书语。过眼滔滔云共
雾,算人间知己吾和汝。人有病,天知否?

今朝霜重东门路,照横塘半天残月,凄清如许。汽笛一
声肠已断,从此天涯孤旅。凭割断愁丝恨缕。要似昆仑崩
绝壁,又恰像台风扫寰宇。重比翼,和云翥。⑩

在毛泽东已发表的诗词中,大多表达的是诗人在中国革命
重大历史关头的情怀和意志,那里或有王者之气魄,或有不可战
胜之豪迈,或是夺取政权后莺歌燕舞的太平盛世图,笔下硝烟与
旌旗几乎是一部形象的中国革命史。然而这首《贺新郎·别
友》则不同,它的英雄气概和儿女情长俱生,战斗向往和缠绵流
连同在,既有以天下为己任的果决,亦有别妻孤旅的惆怅。除
《蝶恋花·答李淑一》之外,我们还很少读到毛泽东类似的诗
词。但毛泽东深切的人间情怀不仅没有损害他作为伟大人物的
形象,反而使他从"神"恢复为人,显得更为生动和亲切。

这首词1978年9月9日在《人民日报》上发表,敏感的人都
会读出它背后隐含的时代讯息。事实亦表明,此后不久,一股强
势的人道主义潮流终于如期而至。

2.一代人的反省

"伤痕文学"中过分感伤的倾向,后来被有的学者称之为一
种"姿态"。洪子诚从不同的侧面论证了这一被夸大了的感伤,
并切中要害地指出了它"自怜"的表现心态。他认为:"在人的
情绪范围里,把某种正常的情绪发展为超出实际情况的'反自
然'的不正常地步,并且把已包含不真实成分的情绪状态作为

咀嚼、炫耀、自我欣赏的材料,期待着周围的人和读者对这些产生特殊兴趣,并从这种关注中取得乐趣。"⑪他援引梁实秋《现代中国文学之浪漫的趋势》中的一段话指出,受"自怜"心态的驱使,就会"离家不到百里,便可描写自己如何如何的流浪;割破一块手指,便可叙述自己如何如何自杀未遂;晚饭迟到半小时,便可记录自己如何如何的绝粒";便会"见着雨,喊它是泪;见着云,喊它是船;见着蝴蝶,喊它作姊妹;见着花,喊它作情人"。而这一趋向也可以说是"伤痕文学"经常使用的叙事策略。这一策略除了"自怜"的心理动因之外,与主流意识形态的意图引导也是密切关联的。卢新华在自述中曾说:"《伤痕》的初稿中,没有'梦'这一节。在修改中,为了更好地突出主题思想,揭示'四人帮'在王晓华的思想上戳下的伤痕,才补添了这一细节。"⑫郑义写完《枫》之后,几乎用同样的语言叙述了他的追求:写作之初,许多女同学在"文化大革命"中那种圣洁的殉道者的形象浮现在他的眼前,他认为是林彪、"四人帮"的"新宗教"导致了卢丹枫的悲剧,而他"决心要写好卢丹枫,让仇恨的火焰烧毁林彪、'四人帮'封建法西斯殿堂,戳穿他们的骗术"⑬。类似这样的自白在当时许多作家那里已相当普遍。作家们对苦难的理解基本上是从"四人帮"的罪恶中找到依据的;而"感伤"的夸大也正是源于对"四人帮"清算的需要。

然而,与这种表面化的"感伤姿态"大不相同的是一批具有反省意味的作品,但是,由于这些作品并没有直接把揭批"四人帮"作为主题来处理,似乎游离于时代中心话语之外,因此,它们或是遭到批评,或是被有意忽视而不受时代的青睐。其中赵振开的《波动》、靳凡的《公开的情书》和礼平的《晚霞消失的时候》,就是有代表性的作品。这些作品,在"文化大革命"中曾以手抄本的形式在青年中广泛流传,它们成书的年代,正是当代中国专制统治最为严酷的时代,它们的作者都是"文革"中的老红卫兵,经历了狂热和幻灭的精神历程之后,他们在更深广的意义上省察了这一历程。他们都生活于中心都市北京,在幻灭的日子里他们阅读了许多经典性作品,从黑格尔、费尔巴哈到马克思、恩格斯以及许多西方文学名著。这一情况我们不仅可以从礼平与王若水的论辩中明确地做出判断⑭,而且丁东的《黄皮书 灰皮书》⑮一文对此作了更详尽的介绍。这些并不是面向青年而是"供领导机关和高级研究部门批判之用"的书籍,"青年却成了最热心的读者"。黄皮书为文艺,灰皮书为政治。据介绍,这些书有美国小说《在路上》,苏联小说《带星星的火车票》,爱伦堡回忆录《自然·岁月·人》,剧本《愤怒的回顾》,德热拉斯的《新阶级》,托洛茨基的《斯大林评传》以及《格瓦拉日记》等。作者认为:"黄皮书和灰皮书影响了一代人。"他们从这些书中获得了有别于流行思想的营养,并使自己初步获得了自我反省和思考的能力。

《公开的情书》成书于1972年3月,定稿于1979年9月。小说没有人们熟悉和习惯的故事线索,没有具体细致的场景描写,它通过四个主人公:真真、老久、老嘎、老邪门半年时间的43封书信,反映了"文革"风暴中成长的一代人不同的生活道路和命运,抒发了那代青年对理想、事业、爱情和祖国命运的思考。作为书信体的形式,与作者追求的精神探寻极为吻合,那主观抒发的特点使每个人的思考都一览无余,它是深沉的也是浪漫的。作者也选择了主人公"流浪"于路上的形式,在青春想象中营建了向往的浪漫情调,他们谈论艺术和爱情,真诚向友人宣泄失意的苦恼和迷惘的困惑,以理想的方式塑造自己的主人公。但这一"流浪"当然也含有象征性的寓言意味,它更是一代青年归宿难寻、精神漂泊无定的意指。这也正像真真在描绘老久时所说的那样:纵然两旁是冷漠严峻的悬崖,地上铺满刀尖般的怪石,他总是背起画夹顽强地前进着。路是多么长、多么长,多么难、多么难呵! 自然,《公开的情书》也难免有对"自怜"的钟情,特别是真真,在第六封信"真真致老久"中,亦将自己心灵的创伤作了过分的渲染,不厌其详地复述着自己的"艰难时世"和"悲惨世界",甚至直截了当地说出:"我不得不对你诉说我经历的坎坷。当你了解到我这些经历在我心上留下的创伤以后,你就会明白我现在感情上的缄默。"但真真终于还是没有"缄默",她倾诉的欲望同样没有超越那代人对感伤的夸大,使这部小说蒙上了故作深沉之嫌。但是,这并不妨碍这部小说气质不凡的品格,老久的勤奋和庸常心理,老邪门的自信和恃才傲物以及所有人时常发出的空泛议论,都相当真实准确地揭示了那代青年知识分子涉世不深又欲作悲壮和深刻的心态。更为与众不同的是,在那样的时代作者通过人物而发出的怀疑之声。在第一封信"老嘎致老久"中,他发出了这样的感慨:

> 在这笼子似的、静静的山谷里,栖息着十多只异乡的鸟:有北农大的、清华的、南开的、武大的、川大的……他们生长在 20 世纪 70 年代,却又生活在刀耕火种的桃花源里,这是怎样一种"再教育"呵。

这种无奈的感慨虽然还构不成尖锐的挑战,但它却显示了一代人的初步觉醒,它甚至比此后流行的"知青小说"中既要逃离乡村,又要表达他们对乡村的热爱之情,既要返回城市,又要把姿态做足,以至于挖空心思地为此寻找合理性要真实、深刻得多。

比较起来,《波动》要显得更为复杂、冷峻和沉闷。在艺术手法上,作者也采取了多种平行视角,人物在场时情节和情绪才得以展开,它没有全知叙述视角的叙述人无处不在、无所不知的"全知全能",这一规定性也给人一种现场感。作为一种思考类型的小说,它的情节和故事性同样是稀薄的,但通过人物关系我们依稀能够感到它是以杨讯和肖凌的悲惨命运和爱情悲剧作为主线的。与《公开的情书》不同,靳凡在小说的结尾毕竟出现了光明:真真以她的大胆和热情的心灵,"获得了爱情和事业",而老嘎也在自己的歌声中"登上漫长的旅程,重新开始心儿的歌唱"。《波动》则远没有这份乐观,同时也不再随意相信什么,他们的怀疑和心灵的创痛来得要深刻和长久得多。杨讯登车北上之后,林东平和肖凌在月台上有这样一段对话:

"青年人在感情上的波动是一时的。"

"林伯伯,您体验过这种一时吗?"

"我们有过许多惨痛的经验。"

"所以您拿这些经验来教训青年人。告诉他们也注定失败,对吗?"

"我不希望悲剧重演。"

"悲剧永远不可能重演,而重演的只是某些悲剧的角色,他们相信自己在悲剧中的合法性。"

"你指的是我?"

"也就是说,您相信这种合法性喽?"

"肖凌，我是为你们好。"

"我们小时候去看电影，总有大人告诉我们好坏之分。可在今天，我不知道这种词还有什么意义？"

肖凌挑战的锋芒几乎是毫不掩饰的，她不仅深刻地怀疑着前辈关于"好与坏"的价值判断，同时也对他们的生存方式表示了愤怒和不屑。更为严厉的，是肖凌痛苦彷徨中真正的迷失和被遗弃感。她同杨讯有这样一段对话：

"请告诉我，"她掠开垂发，一字一字地说，"在你的生活中，有什么是值得相信的呢？"

我想了想。"比如：祖国。"

"哼，过了时的小调。"

"不，这不是个用滥了的政治名词，而是咱们共同的苦难，共同的生活方式，共同的文化遗产，共同的向往……咱们对祖国是有责任的……"

"责任？"她冷冷地打断我，"你说的是什么责任？是作为供品被人宰割之后奉献上去的责任呢，还是什么？"

"需要的话，就是这种责任。"

"算了吧，我倒想着你坐在宽敞的客厅里是怎样谈论这个题目的。你有什么权利说'咱们'？有什么权利？"她越说越激动，满脸涨得通红，泪水溢满了眼眶，"谢谢，这个祖国不是我的！我没有祖国，没有……"她背过身去。

肖凌的绝望和情感方式在百年来的文学中是极为鲜见的。我们惯常看到的是，无论知识分子遇到了怎样的挫折和苦难，他们唯一不能改变的就是对祖国的"苦恋"，民族国家的神话和现

代性的追求,是他们心中不能化解和更移的永驻。早期,郁达夫
即便在苦闷中"沉沦",也仍然不能放弃"祖国啊,你快强大起来
吧"的呼唤;晚期,从维熙《雪落黄河静无声》中他心爱的主人公
范汉儒,面对情人的发问,他亦只有一个错误不能原谅,即对祖
国的不热爱。而杨讯面对肖凌的质问和坦白不仅显得苍白无
力,而且因辩解的困难就悬置不论了。不止如此,肖凌对以往经
常谈论的青春题目都产生了追问的欲望,比如幸福、希望、探求
等等,既有的答案都已无法解释她处境中的委顿,也正因此才显
示了她作为一个青年知识分子的思想能力和精神力量。但这并
不意味着她困境中的委顿,她同样还有这样一段自问自答的
独白:

> 你在探求什么样的目的?
>
> 这正是我们这代人所提出并要回答的问题。也许探求
> 本身就已经概括了这代人的特点。我们不甘死亡,不甘沉
> 默,不甘顺从任何已定的结论! 即使被高墙、山峦、河流分
> 开,每个人挣扎、彷徨、苦闷甚至厌倦,但作为整体来讲,信
> 心和力是永恒的。

这又从一个侧面表达了作者对这代人的评价和期待。应该说,
小说的主人公是相当复杂和矛盾的,最终她也仍然没有找到出
路。1979 年的时代环境已经大变,但作者并没有因此而肤浅地
赋予作品一束耀眼的光明,主人公将会有怎样的命运? 作品为
读者留下了充分想象和思索的空间。

　　如果说《公开的情书》《波动》是在更广阔的空间中探索了
一代青年对社会、人生等命题的思考,那么,《晚霞消失的时候》

则更多地限定于对红卫兵运动的反省。这是一部文字优美、有鲜明的抒情风格和浪漫气息的作品，是一部充满了理性思考又有独立品格的作品。它体现了作者的文学才能和不同凡响的艺术想象力及表现力，在相当的程度上体现了那一时代文学创作的水准。小说创作于1976年，此后四年四易其稿，最后定稿于1980年。

这虽然是一部充满了理性思考的作品，但它仍以人物和故事作为小说结构的基本框架。在一个春意盎然的清晨，主人公李淮平和南珊在树林晨读中不期邂逅，他们都是十六七岁的中学生，南珊"聪明而清秀"，她的举止言谈温文尔雅，友善平和，这些内在气质都表达了她所具有的教养；而李淮平则出语粗俗、野蛮霸道，流露出干部子弟常见的优越感和顽劣之气。一场恶作剧之后，他们却讨论了一场远非是他们有能力把握的"文明与野蛮"关系的问题。不久"文明与野蛮的冲突"终于发生，李淮平作为红卫兵的领袖，带领红卫兵抄了国民党起义军官楚轩吾的家，原来南珊竟是楚轩吾的外孙女。在对楚轩吾的审讯中，李淮平又得知了楚轩吾原来是自己父亲李聚兴手下的降将。此后，李淮平成了海军军官，南珊则由一名知青而后当了翻译。十几年过后，世风大变，李淮平依然如故，虽心存苦痛但仍自信无比；南珊则历尽沧桑，不再有"坦率的谈吐和响亮的笑声"。

这显然是一个感伤的故事，一个极具悲剧意味的故事。一场动乱改变了南珊的命运，使她原本可以预知的未来变得千疮百孔，溪水般快乐的心灵变得犹如千年古潭；那位"淳厚正直"的原国民党将领楚轩吾，曾深深忏悔过个人的人生选择，而动乱又将他的痛苦雪上加霜；李淮平虽然是历史的宠儿，但他却同样因此付出了代价。小说开篇两个少年讨论的关于"文明与野蛮"的问题，并没有因十几年过去而得出结论，反而越加变得扑朔迷离。

《晚霞消失的时候》虽然带有那代"思想家"们理性思考的普遍特征，大段的议论时常从人物口中喷薄而出，但由于作者所具有的对艺术的感悟和把握能力，仍然使作品的人物鲜明可感，并没有使小说陷于理性的泥沼，没有让空泛的议论淹灭其艺术的感染力。小说最为成功的是南珊与楚轩吾两个人物的塑造。南珊从一个清纯美好的女孩变为一个"永远改变了她的音容笑貌"的中年女性的秘密，显然不只是时间，她经历过的毁灭过程和她心如止水的冷漠，比任何声色俱厉的控诉都要深刻得多，它从人性的角度无声地表达了野蛮对文明毁坏的后果。当人的尊严被剥夺后，要修复心灵的荒原是多么困难，而丧失了对人性、现实、未来的信念，才预示着危机的真正出现。正是在这一点上，《晚霞消失的时候》体现了"伤痕文学"所能够达到的深刻程度。

楚轩吾是一个争议颇大的人物，其原因大概出于作品对脸谱化、公式化的超越。在传统的文学作品中，国民党将领几乎就是杀人如麻、声色犬马、抢男霸女的同义语，它成为许多人习惯性的阅读符号。而这里的楚轩吾却是"淳厚正直"，处乱不惊，既能理性地直面自己的过去，又有个人尊严的、大度的长者。他似乎超越了"阶级"的界限，同样具有"普遍的人性"的一个人物。他引起了许多人愤然的指责。然而，也正是在这一点上，礼平做出了可贵的探索，他一改流行的处理方法，使一个真实可感的人物跃然纸上。

按照作者的说法,"如果说我写《晚霞消失的时候》,寄托了某种思考的话,那便是集中在对于'文化大革命'及其'红卫兵运动'的反省"⑯。这样,作者不仅要通过南珊的命运及其性格的改变来实现这一期许,同时他无可避免地要写到这一运动的参与者李淮平。因此,这部小说也可以看作是一部一位老红卫兵的忏悔录。应该说,作者对李淮平初期领导抄家时的盲目兴奋、以强凌弱的心态和行为都表达得相当准确和充分,他面对南珊时的矛盾和无情的训斥,也传达了规定情境中人物的真实,然而,当李淮平直接表达他的忏悔时,却不经意地显示了他的狭隘性:

> ……失去的,也就永远不会再循环回来。现在我面前的这位成熟而刚毅的已近中年的妇女,曾经是一个多么天真活泼的女孩子。她曾经在我心中唤起了多少美好的憧憬啊!可是在那个无情的夜晚,我却亲手将它打得粉碎。多少年来,我梦想着重新见到她,梦想着恢复那已经失去的希望。然而直到今天,她才为时已晚地回到我的面前。而命运使她重新回来,似乎也只不过是为了向我证实:十五年前的那个少女已经不复存在,而我那少年之梦的任何一点影子,也永远不会再现了。

这抒情中的忏悔不能说不真实,它的感伤也不能说不楚楚动人。然而,这一忏悔更多的却是对自己昔日爱情幻灭的感伤凭吊,是对往日青春已如明日黄花般的黯然神伤。当南珊重提昔日野蛮与文明的话题后,李淮平居然又焕发了往日的激情,并同外国同行和泰山长老兴致盎然地谈起了颇有炫耀意味的话题。最后,他仍然信心满怀地憧憬期待着"更加广阔的未来"。这些,又使小说多少涂上了一层轻浮的色彩,使"忏悔"的有限性暴露无遗。

上述三部作品都引起了激烈的争论,虽然也有支持的声音,但批判者的训导、质问和权威话语的优越,都给人一种不容商讨的专制感。批评者认为:"1979 年,中篇小说《公开的情书》发表以后,在青年读者中不胫而走,青年人欣赏小说里的那些思想与人生哲理,同他们压抑已久的苦闷心境一拍即合。评论界更多地看到了它揭露、批判'四人帮'的失道的积极方面,而对它的消极的、错误的倾向缺乏认真研究,也没有对它实事求是地评论。因为当时革命现实主义文学潮流正蓬勃兴起,在咆哮的浪花中偶然有几个小小的不很协调的泡沫,是不足为虑的。"但是,他"已经明显地感觉出革命现实主义遇到了某种挑战:文学创作出现了分化,非现实主义和反现实主义的思潮已经有端倪可寻了"。

1981 年开始,我们又读到了中篇小说《晚霞消失的时候》和《波动》。这两部作品的发表,特别是《波动》,使我长期以来处在朦胧状态的一种看法更加明确了:"一种以存在主义为指导思想的文学流派,已经在社会上(主要是青年中)的存在主义思潮的影响下出现了。"⑰当时比较宽容、开明的批评家虽然认为《晚霞消失的时候》"不属于浅薄、庸俗的那一种"小说,但也仍然将其纳入"阶级性""主义""改造世界的哲学"⑱的框架内进行讨论,将文学作品混同于一般的政治教科书。

这些作品不仅在相当深刻的程度上表达了一代人对人生、社会、"文革"和红卫兵运动的反省,同时,它们所具有的现代主义倾向，也为这一潮流在中国的再度兴起开了先河。

3. 情感危机

　　1978 年 5 月 27 日至 6 月 5 日，中国文联第三届全委会第三次扩大会议在北京举行，巴金先生在会上作了《迎接社会主义文艺的春天》的发言。巴金说："在 1960 年召开的第三届全国文代大会上，我谈到新中国作家的莫大幸福……我们的文学一定要跑在时代的前头……这一片阳光的大好形势正是我们施展身手的好时光。……我们跟着六亿五千万人民一同前进，还有什么困难不能克服，什么奇迹不能创造，什么事业不可完成！"但巴金接着沮丧地说，"整整十八年过去了，奇迹并未创造出来。"[19]巴金限于当时的环境，只能将这一状况归结到"刘少奇、林彪、'四人帮'的严重破坏"。但事实远非这样简单，它复杂的原因不仅联系着当代作家的精神传统和精神地位，同时更联系着文学艺术的功能观对作家的制约。就 1978 年的文艺形势而言，揭批"四人帮"是主要任务和基本题材，文学的工具性理解仍然处于支配性的地位。因此，一方面是呼吁"打破禁区，发扬民主"[20]，另一方面是稍有突破便争论不休。

　　同年 10 月 26 日开始，在我国举办了日本电影周，放映了《望乡》《追捕》等影片。这是"文化大革命"后首次引进的西方电影，它表明了意识形态领域的开放意图，但同时也检验着封闭了十年的中国观众的心理承受力。反响果然十分强烈，甚至北京电视台还播放了市民代表座谈会实况。[21]《人民日报》于 10 月 28 日刊登了影评，尤其是对《望乡》的评论。各种议论便接踵而至,否定意见的主要理由是"对于教育青年来说是不太理想的"。实际上影片进口之前"已经剪掉了一部分"[22]。在一片议论声中《人民日报》再次发表了长篇评论,其最后的结论是:"不要害怕副作用,要放开眼界。"

意识形态的松动,促进了人的自我意识的进一步苏醒,社会危机感的逐渐缓释并不能替代人自身的危机,特别在情感领域,极度缺乏个人空间并很少被真切关怀过,它被压抑已久的处境注定了它的爆发性宣泄无可避免。我们的意识形态和人文学科很少以具体的人作为关怀对象,我们喜欢使用虚设的群体性概念。这一点与西方有很大的不同,文艺复兴以来,在人本主义思想的昭示下,对人的精神处境和需要的关怀,始终是西方学人和文艺长久谈论的话题,这成了他们的一个精神传统,对人的精神焦虑或疾患始终怀有热情的关注,对诸如意识、神智、病症、分裂、癫狂、危机等精神现象议论不休。这一关怀的起点或目标是:"人无法静态地生活,因为他的内在冲突促使他去寻求一种心理平衡,一种新的和谐,以替代那种已失去的与自然合一的动物性和谐。在满足了动物性需要之后,他又受到他的人的需要的驱使。他的肉体告诉他应该吃什么,该躲什么,而他的良心则告诉他哪些需要应该培养、满足,哪些需要应该让它枯萎、消亡。"[23]这一努力是为了让人避免内心疾患,缓释内在紧张,神智健康地建立起与社会和生活的联系,从而促成一个"健全的社会"的实现。也正是基于这样的关怀,西方许多人文学者多以冷静、耐心的分析,解释、揭示现存社会隐含、潜在或已经发生的精神疾患,并对造成这一疾患的社会、文化原因予以理性的批判。50年代,弗洛姆对他身处的世界造成的文化缺陷表示过极大的忧虑:人同机器人一样,他们不再有真正的自己的经验,却又自以为是地行事,人们"用做作的微笑替代了真正的笑声,用无聊的饶舌替换了坦诚无私的交谈,用阴沉的失望取代了真正的悲痛"㉔。因此,西方的心理学研究——一门关于人的学科格外地发达,而我们却对斗争哲学格外热情。对人的精神需求的关怀,我们存有先天的缺陷。一些杰出的学者意识到了问题的存在,并对西方的精神传统做出了回应。顾准先生在70年代的学术笔记中曾指出:"不设想人类作为主人,这个世界就无须认识。人类认识世界,就是为了改进人类的处境。"㉕顾准的这一思想,显然也包含了人类对自身的认识和关怀。但是,基于具体的历史环境,顾准的认识不可能引起注意,他睿智却又微弱的声音无力改变人们习以为常的目标和兴趣。

70年代末期的文学,首先迈进了人的精神情感领域,它大胆地撕开了种种面纱,揭开了人的最隐秘、也最具私人性的角落,文学的私人性话语时代的帷幕,在谨慎而羞涩中缓缓启动。首先是1978年1月刘心武的小说《爱情的位置》的发表,小说最先接触了被视为禁区的爱情题材,中央人民广播电台播发了它,在群众中引起强烈反响,《十月》编辑部几个月的时间就收到三千余封来信。但小说所表达的爱情,还不具有私人性,它仍是公共话语在个人情感领域中的移植。那个作为"爱情导师"的冯姨,对孟小羽的训诫是:"爱情应当建筑在共同的革命志向和旨趣上,应当经得起斗争生活的考验,并且应当随着生活的发展而不断丰富、提高……当然,性格上的投合,容貌、风度的相互倾慕,也是不可缺少的因素。当一个人为爱情而忘记革命的时候,那便是把爱情放到了不恰当的位置上,那就要堕入资产阶级爱情至上的泥坑,甚至做出损害革命的事来。当一个人觉得爱情促使他更加热情地投入工作时,那便是把爱情放到了恰当的位置上,这时候便能体会到最大的幸福。总之,爱情在革命者的生活中应当占据一席重要的位置……"这一看法相当流行。毛泽东的《贺新郎·别友》在这一年公开发表后,赵朴初读后有感,也写了一首《贺新郎》以及文章。他在词中说:"惯听轩昂调。忽然来、溪声切切,莺声袅袅。"㉖老诗人感慨颇多,并希望"文坛从此呈新貌",希望有更多的爱情题材的出现,但他更寄望于毛泽东、杨开慧的爱情生活,"对我们,尤其是对青年一代正确人生观之形成","深有教益"。因此,禁区的开禁并非意味着没有限度。上述爱情观的流行表达实际上并没有离开传统的意识形态立场,并不肯定爱情私人性的合法地位。

在这一领域进行了卓有成效探索的,是张洁的《爱,是不能忘记的》的发表。这是一部理想主义的爱情颂歌和挽歌,是对理想爱情的无声言说和向往。如果用一句话来概括小说,就是女儿叙述了母亲一生爱的不幸。女主人公钟雨有过婚姻生活,但那是自己还不了解"追求的、需要的是什么"的婚姻,那并不是爱情,在女儿很小的时候,她就同那位"相当漂亮的、公子哥儿"式的人物分手了。后来她遇到了一位老干部,一位老地下工作者,他们一见钟情,并结下了不解之缘,他占据了她二十多年的感情,但从未越雷池一步,因为老干部已经有了"幸福"的家庭,而这一家庭的组合充满了神圣的殉道色彩,它虽不是爱情,但它是责任、阶级情谊和对死者的感念。女主人公对这些没有正面评价,但潜意识中她是愿意维护的,甚至被老干部的崇高精神和选择感动过。女主人公找到了爱情却又无法拥有,这便构成了这位女作家一生爱的不幸。她只能在冥想中与他相会，而现实中却连手都没握过一下。她以自己爱的哲学去教导自己的女儿，以至于使一个 30 岁的老姑娘真的产生了"我不想嫁人"的理性冲动。张洁也因这篇小说而有了"淡淡的哀愁"的独特风格。在雄关漫道昂扬朗健延续了几十年的时代，一个"淡淡的哀愁"犹如石破天惊，文学界或惊喜有加，或愤怒不已。它是这一时期引起过争议最大的作品之一。赞同者认为："这篇小说并不是一般的爱情故事，它所写的是人类在感情生活上一种难以弥补的缺陷，作者企图探讨和提出的，并不是什么恋爱观的问题，而是社会学的问题。假如某些读者读了这篇小说而感到大惑不解，甚至引起某种不愉快的感觉，我希望他不要去责怪作者，最好还是认真思索一下为什么我们的道德、法律、舆论、社会风气等等加于我们身上和心灵上的精神枷锁是那么多，把我们自己束缚得那么痛苦？而这当中又究竟有多少合理的成分？等到什么时候，人们才有可能按照自己的理想和意愿去安排自己的生活呢？"[27] 而反对者不仅对作品提出指控，而且劝诫评论家不要"陪伴作家沉陷在'悲剧人物'的感情里，共同'呼唤'那不该呼唤的东西，遗失了革命的道德、革命的情谊"[28]。当然，这种指责和期待并不能改变老干部被"四人帮"迫害致死、女作家也郁郁而终的悲惨命运。无论如何，张洁以极大的勇气探寻并揭示了人在情感领域的隐痛，将那隐秘的角落公之于世，开启了将对人的关怀诉诸私人情感领域的先河。

也许缘于压抑太久，也许缘于渴求太多，张洁之后，文学界充斥着感情危机的风声鹤唳，仿佛每个家庭、每对恋人都隐含着未能说出的种种不幸，作家则急不可待地欲表达他们对人类永恒话题的理解。阿蕾的《网》㉙,龚巧明的《思念你,桦林》㉚,航鹰的《东方女性》㉛,陈可雄、马鸣的《杜鹃啼归》㉜,陈建功的《迷乱的星空》㉝,张弦的《被爱情遗忘的角落》《挣不断的红丝线》《银杏树》㉞,尤凤伟的《因为我爱你》㉟,赵本夫的《"狐仙"择偶记》㊱,张抗抗的《夏》《北极光》㊲等等,爱情题材一时蔚然成风,壮观无比。就连当年那位名重一时的"老二黑"也排进了"离婚"㊳的队伍。东方式的悲喜剧、百折不回的追求、单纯大胆的表白、愁肠百结的矛盾、羞愧难当的迷途知返等等,在"感情危机"中都得到了极为充分的表达。所有人的情感,甚至许多年前儿子与父妾的性爱也重新得到了肯定和赞美㊴。人情、人性、人道主义的追求正是在几种不同类型、题材的作品中共同形成潮流的。但是,这种人道主义关怀显然是一种话语实践,它更多地停留于以人道主义为尺度的价值判断上,它由此带来的问题便难以避免。

4.人道主义话语实践的双重性

"伤痕文学""理性反省"和"情感危机"这三种类型的文学,分别表达了1978年前后的文学对人的"社会地位""精神地位"和"情感地位"合法性的追求,表达了对人的价值、人的尊严和私人精神空间肯定并尊重的努力。它的意指首先设定于社会批判的基础上,这也正是人道主义文学思潮值得充分肯定的意义所在。长期以来,人道主义在我国是一个备受警觉的命题,它被视为一种资产阶级或修正主义思潮而放逐于研究和讨论之外,而人的异化问题更难以作为理论命题认真思考。但这并不表明人的价值、尊严、以人为出发点、关怀人等问题都解决了。恰恰相反,不仅现实生活中人的价值和尊严遭到了粗暴的践踏和任意剥夺,而且思想文化领域一体化的专制式统治,也严重妨碍、限制了人的创造性和想象力,人性不能在文学艺术作品中得到表达,人的情感必须控制在限定的范围之内。到了"文化大革命",已不是非人道盛行,而是兽道主义大行其道。面对这样的历史处境,文学家为良知和正义所驱使,率先倡导人道主义,呼吁社会重建价值目标,以人为中心,让被异化的人性回归原处,让友善、尊重、互助成为新的社会风尚等等,它不仅是社会进步和现实的必然要求,同时它也在意识形态层面对过去的"真理规范"做了一次强硬的侵越,暴露了现存关系的致命缺陷。因此,70年代末期,当朱光潜先生重提人性、人道主义这些古典命题的时候,在学术界引起了出乎意料的反响,就当时的思想环境而言,这一古典命题却具有了超前性,它为现实批判提供了适时的思想武器,对长期以来不可超越的意识形态话语构成了有力的冲击,也使风行一时的"伤痕文学"在理论上获得了合法的依据。在这一层面上考虑问题,人道主义对于改变人与社会的契约关系,确实是功不可没的,它甚至成为这一时代人们精神思想上的主要依托。或者说,如果没有人道主义的理论启蒙和对现实关系的理论纠正,就不会有后来的一切。

但是,人道主义理论也必然含有话语实践的一面,它的真理性更多地体现于批判非人道的过去,而对这一理论功用不适当夸大的过程,自然要产生一种人道主义的真理意志,这一意志忽略或模糊了人道主义的局限性。在人道主义者看来,似乎只要关怀人、尊重人、以人为中心,人即可通过理想而得到自我完善,获得人性的自由,但这种话语实践显然存有问题。事实上,人道主义提供的只是一种价值立场,它不可能从本质上改变人的命运。众所周知,我们曾有过完整的人道主义传统,从孔子、孟子一直到近代的谭嗣同、孙中山,都倡导把人当人,在中国哲学史上就是那个被称为"仁"的东西。仁的本体论意义也就是仁道,它就是今天的人道主义。然而它从来也没有成为一种独立的思想力量改变过中国的命运,它的背后总还隐含着倡导者的其他关怀。西方的许多学者也都指出了人道主义的致命弱点,马尔库塞从文化的角度指出了它作为文化教育力量的幻觉性。他指出:人道主义文化与其说会给我们带来一个更美好的世界,还不如说它会给我们带来一个高尚一点的世界:实现这个世界不是靠纠正这个生活的物质秩序,而是靠在人的灵魂中发生的变化。人性变成了一种内在的条件,自由、善良和美成了精神品质:对一切人情人事的谅解,对一切时代的大事有所了解,对一切巨大而崇高的事物抱有同情,对丁包容这一切历史的尊重 文化应当渗透进这个现存的世界,使它高尚一些,但不是用一个新世界去替代它。如此我们可以认为,这种思想完全可能成为权力的祭品。

从"神本"到"人本"是一种巨大的历史进步,但这一思潮在"其历史的正义性和现实的合理性"[40]的掩盖下,忽视了作为历史观的人道主义,"其理论极为肤浅和贫乏,它不能历史具体地去深入分析现象,不能真正科学地说明任何历史事实,不可能揭示出历史发展的真相,从而经常流为一堆美丽的辞藻、迷人的空谈、情绪的发泄"[41]。这也正是基于人道主义立场的1970年代文学的致命缺陷。当大写的人在叙事中挺直了腰杆,受到普遍尊重和关怀之后，人道主义的作为也就到了尽头。

另一方面，这一思潮背后同样有政治需求的驱动，为了实现这一需求，许多作品在题材和主题处理上难免先入为主，面貌的相似性和古旧性就构成了一个问题。一篇评论《啊，人……》的文章曾指出：他看了这篇小说，"觉得它是'旧'的，其中若干情节……可以发生在两百年或三百年前。1980年第1期《上海文学》上发表的张弦的《被爱情遗忘的角落》，深刻地反映了在所谓革命的名义掩盖下，封建势力压制自由婚姻的悲剧，这同样是一篇感人至深的小说，阅后也同样使我感到，如果把其中的革命外衣和革命辞藻除去，仿佛又让我看了'梁祝'和《白蛇传》《西厢记》《茶花女》《少年维特之烦恼》等等强烈地反封建的文艺作品似的"㊷。这位评论家是以同情和赞许的态度来对待这一"旧"的，他认为这些作品赖以存在的现实基础决定了这一点。但他也仅仅停留于合理性的认同，对其存在的问题却因其谅解视而不见，他的偏执也正表现在这里。

70年代末期，当人道主义成为我们重要的思想武器时，美国著名学者戴维·埃伦费尔德发表了《人道主义的僭妄》一书，率先对人道主义作了检讨和反省。他以有力的论述动摇了在思想界长期占统治地位的人道主义神话，第一次指出了人道主义神话对人类生活造成的有害后果。这一振聋发聩的声音使人们有理由对人道主义的"力量假设"产生怀疑。他援引小约翰·赫尔曼·兰尔德的观点，认为"人道主义在气质上包括下面这一点，即人应该相信人自己，相信人的无限可能性。当然，这种相信应该与对人类无限的现实认识结合起来。简言之，人道主义就是相信理智、相信人"㊸。人道主义成了现代世界的宗教，它相信人的无所不能。但在埃伦费尔德看来,人道主义徒有宗教的傲慢倾向,其实,人不仅不能控制心灵,不能控制身体,同时也不能控制环境。埃氏的论断在现实中无情地得到了证实。而1978年中国的人道主义神话不久也逐渐趋于衰落,它的有限性决定了它无力改变社会秩序和人的多重欲望。因此,人道主义在中国的兴起与衰落就多少具有了一种"悲壮"的色彩。

注释:

① 《学好文件抓好纲》,载《人民日报》1977年2月7日。

② 《三中全会以来重要问题选编》,上册,597页。

③ 《当代中国意识形态风云录》,486页,警官教育出版社,1993。

④ 卢新华:《伤痕》,载《文汇报》1978年8月11日。

⑤ 汪晖:《关于科学与道德的对话》,见《无地彷徨》,433页,浙江文艺出版社,1994。

⑥ 斯蒂芬·茨威格:《昨日的世界·序言》,1—2页,三联书店,1991。

⑦ 同上,16—18页。

⑧ 同上,480页。

⑨ 同上,3—4页。

⑩ 《人民日报》1978年9月9日,后收入人民文学出版社1986年出版的《毛泽东诗词选》,邓小平为该书题写了书名。

⑪ 洪子诚:《作家的姿态与自我意识》,23页,陕西人民教育出版社,1991。

⑫ 卢新华:《谈谈我的习作〈伤痕〉》,载《文汇报》1978年10月14日。

⑬ 郑义:《谈谈我的习作〈枫〉》,载《文汇报》1979年9月6日。

⑭ 可参见礼平《谈谈南珊》一文,载《文汇报》1985年6月24日。

⑮ 丁东:《黄皮书 灰皮书》,载《中华读书报》1995年11月22日。

⑯ 礼平:《我写〈晚霞〉所思所得》,载《青年文学》1982年第3期。

⑰　易言：《评〈波动〉及其它》，载《文艺报》1982年第4期。

⑱　若水：《南珊的哲学》，载《文汇报》1983年9月27—28日。

⑲　巴金：《迎接社会主义文艺的春天》，载《文艺报》1978年第1期。

⑳　李春光文，见《文艺报》1978年第1期。

㉑　《参考消息》1978年12月3日第4版。

㉒　同上。

㉓　弗洛姆：《健全的社会》，22页，贵州人民出版社，1994。

㉔　同上，12页。

㉕　《顾准文集》，345页，贵州人民出版社，1994。

㉖　赵朴初：《读毛主席1923年作〈贺新郎〉词书感》，载《文艺报》1978年
　　第4期。

㉗　黄秋耘：《关于张洁作品的断想》，载《文艺报》1980年第1期。

㉘　李希凡：《倘若真有所谓天国……》，载《文艺报》1980年第5期。

㉙　载《钟山》1980年第1期。

㉚　载《四川文学》1980年第5期。

㉛　载《上海文学》1983年第8期。

㉜　载《青春》1980年第6期。

㉝　载《上海文学》1980年第9期。

㉞　见张弦短篇小说集《挣不断的红丝线》，人民文学出版社，1983。

㉟　载《中国青年》1981年第9期。

㊱　载《雨花》1981年第9期。

㊲　分别载《人民文学》1980年第5期、《收获》1981年第3期。

㊳　载《汾水》1979年第10期。

㊴　雨煤：《啊，人……》，载《花溪》1980年第10期。

㊵　李泽厚：《试谈马克思主义在中国》，见《中国现代思想史论》，203页，
　　东方出版社，1987。

㊶　李泽厚：《夜读偶记》，载《瞭望》1984年第11期。

㊷　王若望:《大胆和可贵的尝试》,载《花溪》1980 年第 11 期。

㊸　见《人道主义的僭妄》,国际文化出版公司,1988。

四、归来者的自述

　　1978 年,也是知识分子的节日。许多因各种原因流放于底层的作家、诗人、批评家等,大都于这一年重新返回了城市,返回了重新恢复的各地作协及文艺刊物。一时间,那种自述式的"归来"的吟唱成为文坛的"典型心态和诗情核心"①。这些作品和作家的自白同流行的"伤痕文学"一道,构成了对历史严厉控诉的声音。因此,在严格的意义上说,这类作品没有也不能超越"世俗化"的潮流,它们所具有的也只能是意识形态层面的意义,它们的时效性使这些作品受到了普遍的欢迎。由于作者特殊的流放经历和艺术化的处理,使这些作品更能集中表达普通人被激起的感受要求。但这里的情况仍然不同,那些于三四十年代成名的诗人很快就离开了直露的时事参与的立场,而是企图在不脱离现实语境的情况下,以更富历史感的眼光,去观照和处理生存体验和内心感受,这使他们不同程度地接续了自己以往的创作传统,从而使他们的创作拥有了更为博大深沉的内涵,也更接近于艺术的规约性;而 50 年代成长起来的部分诗人,或是更诗性地赞美现实,或是更尖锐地针砭时弊,使他们的创作更具战斗意义。所不同的是,无论哪代诗人,我们似乎再也很少见到他们内心的犹豫彷徨、迟疑踯躅。因此"归来"便不只是地域的移动、工作的变迁,它更是话语权利的失而复得,更是归属感的落实和内心期待的兑现。这便决定了"归来"诗的品质和它们所能达到的高度。

1."归来的歌"

1978 年,艾青重新回到诗坛成为一个象征性的事件,此时他已是一位 68 岁的老人,完整地走过了他的青年和中年时代,他早年从欧罗巴带回的思想,几乎仅能从他诗歌语言中寻到一点痕迹,几十年外在的压力和内心的搏斗使他基本完成了思想蜕变,虽几经反复但他还是放弃了个人的坚持,将艺术从内心转移到了现实。这一转变最初表达于他的名作《向太阳》中:"昨天/我曾狂奔在/阴暗而低沉的天幕下的/没有太阳的原野/到山巅上去/伏倒在紫色的岩石上/流着温热的眼泪/哭泣我们的世纪/现在好了/ 切都过去了/……今天/奔走在太阳的路上/我不再垂着头/把手插在裤袋里了/嘴也不吹那寂寞的口哨/不看天边的流云/不彷徨在人行道。"②而事实上他仍几经彷徨,无论在延安还是在新中国成立后的最初几年,他的人生和艺术都有大起大落的遭遇。1978 年,他结束了悲惨的日子,他曾做过如下自述:

> 我是在 1957 年被划为"右派分子"的。接着,我到北大荒、新疆国营农场。1961 年 11 月《人民日报》公布我摘掉"右派分子"帽子。
>
> 但是,摘了帽子与没有摘掉帽子并没有区别。……
>
> "文化大革命"中我又受到冲击,抄家、下放到最艰苦

的连队(叫"小西伯利亚")、戴高帽示众、游街,而且叫作"大右派"。③

但艾青在创作中并没有流露出不可抑制的控诉之情,没有做出委屈忍恨、欲言又止的弱者姿态。他除了有几首与时事相关的作品如《在浪尖上》《清明时节雨纷纷》等,更多的也更有影响的作品则是那些寄寓了诗人对人生和历史理性思考的作品。这些诗,并不对切近的历史做直观性的评价,也不对灾难性的经历做肤浅的宣泄。他选择了相当典型的意象,以"寓言式"的写作象征和透视一个时代的风云变幻及人性被肆虐后的图景。因此,艾青的诗充满了人道主义情怀,也体现了他作为一个大诗人的胸怀、视野和气度。他那被诗评家和文学史家反复谈论过的《鱼化石》《盆景》《墙》《古罗马的大斗技场》等,因其经典性而仍然值得谈论。这些诗也写尽了苦难,甚至因其艺术力量的不可抗拒,使苦难显得更加漫长,"鱼化石"的"绝对的静止",使人强烈地感受到一种长久的窒息。然而,诗人虽然提炼于个人的经验,但他又超越了对自我的关怀,甚至"连叹息也没有",从而使这一意象具有了超越现实的理性力量。《盆景》的意指与"鱼化石"大体相似,这一人为的景观透露出的却是一种残忍:它们虽然"在古色古香的庭院/冬不受寒,夏不受热",但是:

> 其实它们都是不幸的产物
> 早已失去了自己的本色
> 在各式各样的花盆里
> 受尽了压制和委屈
> 生长的每个过程

都有铁丝的缠绕和刀剪的折磨

艾青通过这些意象表达他对历史和现实的态度,他没有直接指出不合理性的存在,但他却以诗的方式证实了不合理性是怎样被掩盖了的。

中国百年来的历史处境和诗人普遍性的经历,使他们都有一种"政治无意识"情结,都不由自主地想充当一个"政治斗士",寻找到一种"政治身份"。因此,"战士与诗人"的双重角色常常是他们有意追求的。以至于在90年代,有的青年学者的心中还回响着"月照征途风送爽,穿过了山和水沉睡的村庄"的情怀与向往。④艾青虽然没有明确表达过他对"战士与诗人"双重角色的期待,但他自然也无法超越于具体的历史处境和文化环境:一方面,他有对现实参与的自觉和热望,他不能无视许多年来中国的不幸和个人的境遇,这使他的诗不必刻意就具有了历史感和现实感,它的政治性寓意是不言自明的;另一方面,艾青又对"传声筒"式的写作有抵制的自觉,他有过切肤之痛,那几次反复过的失败的教训他不能忘记。这为诗人带来了极难超越的困难:既要以参与意识关怀现实的处境,又要将其限定于诗的范畴之内。在当代文学发展过程中,对所有的作家来说,它都构成了问题。许多人因其简单化的方式总是处在昙花一现的境遇中,又有些人因对现实的回避而自命清高于边缘。能处理好这一问题的作家或诗人并不多。而艾青则是其中的一个。他的诗是中国土壤培育出的,但又不是今日翠绿明日枯黄的那一类。以至于美国的《时代》周刊也将他称为诗坛的"王子"。⑤因此,艾青之成为一个大诗人,显然是与他对20世纪中国的理解、对诗歌艺术的理解,并对二者在艺术的范畴内进行了卓有成效的探索分不开的。而对于中国作家来说，这些也可能构成了全部的困难所在。

从那一时代过来的诗人，由于艺术传统的熏陶，使他们大多选择了这一写作方式，绿原、牛汉、曾卓、郑敏、蔡其矫、辛笛等等，他们虽然在历史上曾属于不同的诗歌派别，但他们的文化背景和对诗歌传统的理解，在新时代又使他们表现出了许多相似之处。

牛汉写过一首《悼念一棵枫树》："湖边山丘上／那棵最高大的枫树／被伐倒了……／在秋天的一个早晨。"村庄村民震动了，诗人更被震动了。诗仿佛写的是人与自然的关系，然而由于它的容量和解读的多种可能性，这里所要表达的又不只是一棵自然的树。它显然也含有对一切生命的珍视，对那种缺乏生命敬畏感的所有暴力行为的别一种抗议。这就是意象的艺术含量。这一看法我们还可以在牛汉的另一首诗——《麂子，不要朝这里跑》中得到证实。"灵巧美丽"的麂子正飞也似的朝这里跑，但这里正埋伏着一个巨大的阴谋："五六个猎人／正伏在草丛里／正伏在山丘上／枪口全盯着你。"诗人全知式的抒情，其经验显然不是来自于猎击，而是人间的经验。但他避免了那种政治化的对抗与告诫，从一种想象的意象中抒发了他在人间的真实感受。

类似的还有曾卓的《悬崖边的树》、彭燕郊的《家》、蔡其矫的《玉华洞》等等。这类作品构成了当代中国诗歌纯正艺术的主流，它们至今仍散发着巨大的影响力，是启示着健康的中国诗歌的力量。

2.重新进入社会

与上述诗人诗风不同的是50年代成长起来的一代诗人,如公刘、白桦、邵燕祥、赵恺、流沙河等等。这些诗人曾在青年时代为共和国献上过最年轻而真诚的歌唱,但也正在他们风华正茂的时代,被无情地流放于生活的最底层。他们的成长背景和所接受的文化传统,与上一代人有极大的不同。这代诗人受到共和国理想主义的教育,革命传统文学和俄罗斯文学是他们最基本的文学营养,那种被称为社会主义现实主义的理论已深植于他们的文学灵魂,对文学功能理解的单一和偏狭,使他们归来之初的创作仍有鲜明的青春时代的印记。白桦在《春节晚会的即兴诗》中忘情地歌唱:"今夜的歌舞充满了江南五月田野的欢乐,我的诗像融化了的冰雪那样透明地诚恳。"在《春潮在望》中他又写道:"伟大的转变在人民心中开始,就像春天的信息来自大地山川;集聚成一声震撼宇宙的春雷——党中央的决议顺应了人民的夙愿。"这样的诗句仍是肤浅的幻觉式的。而对"归来"之后的欣喜若狂,也同样表达了这代诗人共有的特征。梁南在《归来的时刻》中说:"我的心被怀念擦洗得有如明镜,她/也归来了,望着自己豆蔻花似的年轻……/于是心,在最美的渴望里变得深广。"流沙河的欢乐更溢于言表:"我回来了,我回来了/我活着从远方回来了,远得像冥王星的距离,/仿佛来自太阳系的边缘。"邵燕祥在《假如生活重新开头》中则作了更为诗性的抒发:"假如生活重新开头,/我的旅伴,我的朋友——/还是迎着朝阳出发,/把长长的身影留在背后。/愉快地回头一挥

手。"他们乐观的、豪情的、童心未泯的浪漫情怀，和他们在共和
国之初的诗歌创作一样。这里透露出的不是一种文化信念的坚
持，也不像是经历了生活磨难之后对历史与人生获得了分析和
理性把握能力的思考，这里没有更深沉的、更有力量也更有魅力
的诗情。它们很欢快，但不动人，就像狂欢节上的狂舞高歌。如
果简短地来概括他们的心态，可用赵恺的一首诗的名字，那就
是——"我爱"：

> 我爱我柳枝削成的第一支教鞭，
>
> 我爱乡村小学泥垒的桌椅。
>
> 我爱篮球，它是我青春的形体。
>
> 我爱邮递员，我绿色的爱情在他绿色
>
> 　　的邮包中栖息。
>
> 可是，我的第一声爱还没有落地，
>
> 就凝成一颗苦涩的泪滴。⑥

不能不说是诗意盎然，也不能不说充满青春的热情涌动。然而，
这"苦涩的泪滴"不仅不使诗人悲伤，反而成为他今天歌吟的理
由："世上有谁比我更幸运？我有幸参加了一场民族的悲剧。"
于是，悲剧过后，诗人便呈献上了以往诗歌中惯有的承诺。把玩
苦难在这时的创作中已不是个别现象，许多人都有对历史了然
于心之后的弹冠相庆。未央在《假如我重活一次》中甚至说：
"假如我重活一次，/我仍愿有那苦命的童年。/喷香的野菜，/
使我懂得饥饿的滋味。/破旧的单裤，/使我领会三九的严
寒。"⑦如果说这是一种个人的趣味和选择，可另当别论。然而，
这一时代的诗人几乎鲜有什么人不具有强烈的代言情怀。他们

的抒发，内心中大都潜含着"人民的名义"，抒人民之情，是他们创作的基本出发点。梁南在谈到这代诗人时说："他们经受过深重灾难的严酷磨洗，身临过复杂奇异的遭遇、忧患缠身，劫难临头，都和人民血肉相连。光怪陆离的经历促成诗人特别是新一代诗人在政治上、思想上的早熟，养成思考的习惯，学会探索的本领，善于以哲理眼光剖析社会。"[⑧]流沙河也声称："但愿我们的诗歌有益于人民而又为人民所喜爱。"[⑨]赵恺则更为激情澎湃："什么是时代强者？那就是：中华民族正在坚忍前进。"[⑩]

这些思考是否应成为诗人思想的支配性力量暂且不论，但这里起码有两个问题需要讨论。一是诗人对苦难或民族悲剧探讨的回避，他们以《我将爱到永远》《我不怨恨》的姿态，与历史很快就达成了和解，甚至连起码的追问的意愿都没有，苦难成了礼物，拱手奉献给苦难的制造者。没有谁给诗人这样的权利。二是以"人民的名义"的虚假性。人民是个复数概念，它是"公意"的代码，但"公意"是不能证实的，它有极大的可操纵性。历史上有许多以"人民的名义"制造的罪恶和苦难，然后再用这一名义来清算。"文化大革命"就是典型的一例。同时，愿意使用人民这个概念的诗人，为什么真的同人民在一起时又万念俱灰，心态破碎，显出一副破落相呢？流沙河的《故园六咏》最能表达他沦落底层时的心态："荒园有谁来：/点点斑斑，小路起青苔。/金风派遣落叶，/飘到窗前，纷纷如催债。/失学的娇女牧鹅归，/苦命的乖儿摘野菜。/檐下坐贤妻，/一针针为我补破鞋。/秋花红艳无心赏，/贫贱夫妻百事哀。"[⑪]离开中心，放逐于边缘仿佛就与人民无关，诗人阔大的与人民同在的情怀便荡然无存，他不仅视野里仅有日常生活的琐屑，而且诗风也骤然退回古典。那么"与人民同在"究竟是一种信念、支点、内心需要，还是一种策略、向往？这些问题，上述诗人的作品是无法回答的。然而流沙河的诗却是有价值的，因为他真实地揭示了自己内心的危机，他不能在未然的历史中实现自我拯救。

因此，50年代成长起来的诗人归来时，酷似时间移民，他们仿佛又接续了自己的青春和断裂的历史，在时光重现的青春风采中才能找到自我。他们把对历史的反省和检讨做了消极的引导而使他们与精英文化无缘。他们留下的作品，更多地成为研究这代人特征的生动材料，它的社会学意义远远地超过了文学的意义。当然，这些诗人中的许多人后来都离开了他们最初归来时的立场。

然而，也有一些复出后便显示了别样风采的诗人，他们放弃了50年代天真的幻想，放弃了早年培养起来的粉饰意识，一出手便显得凝重深厚。他们不仅直面现实，而且对历史有一种强烈的质询意愿："既然历史在这儿沉思，我怎能不沉思这段历史？"⑫公刘的诗歌就相当集中地表达了他复出后的变化。50年代他曾出版过多种诗集，名篇《西盟的早晨》《上海夜歌》等，许多年过去之后仍为诗评家们津津乐道、视为经典。它们不仅构思讲究，语言简练，而且确有动人的情致。但30年中一多半时间都在流放中度过，那动人而多情的诗，"只是由于缺乏活命的水，连它都变成火了"⑬。于是，公刘的诗变得不再如过去那样肯定，他充满疑问，发问式的诗句相当普遍：

　　哎，大森林！我爱你！绿色的海！
　　为何你喧嚣的波浪总是将沉默的止水覆盖？
　　总是不停地不停地洗涮！

　　总是匆忙地匆忙地掩埋!

　　难道这就是海?! 这就是我之所爱?!

　　哺育希望的摇篮哟,封闭记忆的棺材!⑭

面对烈士饮恨的洼地,诗人难以抑制情感的波澜,但他却将感情
转化为理智,他"痛苦",是因为"渴望了解";他"痛苦",是因为
终于"明白":"富有弹性的枝条""饱含养分的叶脉",有时"也
会枯朽","也会腐败"。他像上一代诗人一样,在许多意象中找
到了适于抒发自己思考的对应物。不同的是,公刘要更炽热、更
富于激情。《竹问》也是相类似的一首诗:

　　哎,好一片成林的春笋,

　　有鸟喙一般鼓突的唇!

　　有胎毛一般金黄的葺,

　　有蛟龙一般密致的鳞。

　　长大了你干什么? 我不敢问,

　　也许将七窍通灵箫笛流韵,

　　也许将编扎火把再次夜行,

　　照旧挑落后的担子,呵,真沉。

　　也许将玲珑剔透悬帘铺簟,

　　为炙手可热者奉献着凉荫,

　　也许将横节竖刺呼啸恶声,

　　教鲜血淋漓者驯服于命运······⑮

　　他鲜有同代诗人欢乐的歌唱和希望的承诺。在每一个诗的

意象中,都将思绪引向历史并发出询问。他不认同宿命,历史发展和个人命运不带有先天的合理性。那个神秘之手究竟是什么？这是公刘深切痛苦的、需要解释的焦点。因此,当有人将"一支圆珠笔"插在"父亲"的耳轮上时,公刘怒不可遏,他依然用他发问式的句式:"难道这就象征富裕？难道这就象征文明？难道这就象征进步？难道这就象征革命?"他甚至催促"父亲""快扔掉它！扔掉那廉价的装饰品!"⑯公刘对历史反省的同时,对现实又充满警觉,每个细微的现象都会触发他敏锐的神经。因此,公刘仍然是现实感很强的、具有明确的介入意识的诗人。

昌耀虽然有过他同时代诗人共同的命运,但他仍身处"遥远的地方",他似乎不喜欢倾诉苦难,也失去了对现实强烈介入的欲望。他复出之后,更多的诗是对生命和自然的礼赞,他将视野投向高原深处和永恒的所在,他不再热心、也不屑于纠缠新怨旧恨。他仿佛是远古大迁徙中的公刘,充满了气概不凡的英雄风采。《划呀,划呀,父亲们》,不仅有大海波涛的律动,有船夫奔向彼岸的深情,同时它更隐含着责任和使命:"我们是一群男子。/是一群女子。/是为一群女子依恋的一群男子。"于是划声反复响起:

> 可是,我们仍在韧性地划呀。
> 可是,我们仍在拼力地划呀。
> 在这日趋缩小的星球,
> 不会有另一条坦途。
> 不会有另一种选择。
> 除了五条巨大的舳舻,

　　我只看到渴求那一海岸的船夫。⑰

诗句博大而不空疏,情绪激奋而无矫饰,历史、现实、生命和自然
和谐地交织于一处,读后令人怦然心动。显示了昌耀在题材选
择上的别一种追求。《峨日朵雪峰之侧》更是写得大气磅礴:

　　这是我此刻仅能征服的高度了:
　　我小心地探出前额,
　　惊异于薄壁那边
　　朝向峨日朵之雪彷徨许久的太阳
　　正决然跃入一片引力无穷的
　　山海。石砾不时滑坡,
　　引动棕色深渊自上而下的一派喧鸣,
　　像军旅远去的喊杀声。
　　我的指关节铆钉一样揳入巨石的罅隙。
　　血滴,从撕裂的千层掌鞋底渗出。

　　呵,真渴望有一只雄鹰或雪豹与我为伍。
　　在锈蚀的岩壁,
　　但有一只小得可怜的蜘蛛
　　与我一同默享着这大自然赐予的快慰。⑱

它的气势,只有《黄山松》和《日出》⑲可与之相比。但张万舒寓
情于景,借景抒情,最终还是一首现实的赞歌,时代的局限一目
了然。而昌耀则极写了人征服自然的欲望和生命的不可战胜,
征服了自然又无骄横之气,而是实现了人与自然的和谐。它的
语气充满了动感,使人如临其境,同时又张弛有致,动与静、阔大

与细微,交相复出,让人叹为观止。当然,更为重要的是昌耀诗中的精神力量,时间越久,它们仿佛越有魅力。许多为各种传媒宣告为经典的作品渐次被人们遗忘,但人们却不能不对昌耀的作品深怀敬意,这是艺术的生命,也是诗人人格力量和高山雪冠般的尊严的力量,同时,它还是理想精神永存的明证。

3. "重放的鲜花"

1979年5月,上海文艺出版社出版了《重放的鲜花》一书,它的作者即是50年代以来受到不公正对待的"归来者"。这些作品因历史的原因又一次名重一时,而它的作者们也重新成为当代文坛的主导力量,他们的声音,就是当代中国文坛的声音。然而他们也遇到了与同代诗人相同的问题,即体验与叙事的矛盾性。他们真实地经历了几十年的灵与肉的摧残,经历了底层的贫困与愚昧,艺术良知使他们不能不真实地道出这一切,但他们又不能怀疑哺育他们成长的历史故事,这些叙事曾是他们生存下来的理由和依托。那些伟大的历史叙事于这代人来说几近于宗教,他们后来虽然是受难者,但同时又是圣徒。于是,当这些人归来时,首先感到欣慰的就是一种"归属"感,他们又重新找到了自己的角色。归属感化解了几十年的不幸,苦难升华为崇高,灵魂在受难中得到了净化。王蒙归来后的自白相当典型地体现了这代人的心态:"20年来,……我得到的仍然超过于我失去的,我得到的是大有作为的广阔天地,得到的是经风雨、见世面,得到的是20年的生聚和教训。"当"党重新把笔交给了我,我重新被确认为光荣的、却是责任沉重、道路艰难的共产党人。革命和文学复归于统一,我的灵魂和人格复归于统一。这叫作复活于文坛"。[20]这种角色的自我认定,决定了他们不再仅仅属于自己,他们宿命般地要承担起一份使命:"文学与革命天生地是一致的和不可分割的。它们有着共同的目标——把旧世界打个落花流水,鲜红的太阳照遍全球。文学是革命的脉搏,革命的讯号,革命的良心;而革命是文学的主导,文学的灵魂,文学的源泉。"[21]这样的认识,先在地限定了他们的叙事思想和目标。后来有两位年轻人在评价这一代人时说,他们"别无选择,他们的人生宗旨就是接受与服从。他们几乎没有怀疑!""接受与服从,不光表现在行为选择上,也表现在行为方式的其他方面。几乎所有的第二代人在行为方式上都有着惊人的相似,在这方面他们比他们的上一代人有过之而无不及,以至于使人都怀疑,他们是由机器批量生产的。"两位年轻人称这一代是"单调而神奇的灰色"[22]的人。这一评价虽然失之尖刻,但也不是全然没有道理。然而即便如此,由于每"一代都有自己的情感,自己的象征,这些象征能感动他们"[23],因此,就 50 年代这批作家而言,将他们的情怀和关切视点置于具体的历史处境中,仍是可以解释的。

但是,值得我们注意的是,这代作家的关怀并不完全出于他们的选择,而是出于历史叙事的需要预先设定的。因此,流放者归来后行使的话语权力乃是"期待者"的话语权力,在他们的作品中,话语讲述的年代与讲述话语的年代已判然有别,他们将劫难化为传奇,创造了一个 50 年代知识分子受难圣徒的神话。

在这些以自传形式写出的作品中,如《天云山传奇》《牧马人》《布礼》《大墙下的红玉兰》《雪落黄河静无声》等等,作家以真实的体验和不那么真实的感受引起过广泛的争议。

《布礼》中的钟亦成是一个年轻的共产党人,对党的事业充满了热情并忠心耿耿,1957年他莫名其妙地被划成了右派开除出党,送到农村改造。二十多年的时间他受尽了灵与肉的折磨,后十年里他又重新被"再批判",尽管如此,"这二十多年中间,不论他看到和经历到多少令人痛心、令人惶恐的事情,不论有多少偶像失去了头上的光环,不论有多少确实是十分值得宝贵的东西被嘲弄和被践踏,不论有多少天真美丽的幻梦像肥皂泡一样地破灭,也不论他个人怎样被怀疑、被委屈、被侮辱",他对共产主义和党的热爱仍然是矢志不移,仍然是"忠"亦"诚"。"他宁愿付出一生被委屈、一生坎坷、一生被误解的代价,即使他戴着各种丑恶的帽子死去,即使他被17岁的可爱的革命小将用皮带和链条抽死,即使他死在自己的同志以党的名义射出来的子弹下,他的内心仍然充满了光明,他不懊悔、不感伤,也毫无个人的怨恨,更不会看破红尘。"甚至认为"中国如果需要枪毙一批右派,如果需要枪毙我,我引颈受戮,绝无怨言"。钟亦成的虔诚不能不令人感动,也不能说王蒙在创作小说时是不真诚。但这里总会让人感到是一种变形、扭曲的人格。钟亦成谦卑的、原罪式的、丧失了尊严与思考能力的形象值得这样赞美吗?王蒙不认为《布礼》"是一篇自传性小说"[24],但他同时也承认:"在我许多作品中的人物身上,正面人物身上有我的某种影子。"[25]如果说王蒙是以批判、检讨的心态来塑造钟亦成的,那《布礼》不失为一部深刻的小说,主人公作为那一代人实在是太生动、太有代表性了。然而,王蒙完全是以一种赞赏的、投入的甚至是怀有郑重的敬意来写他心爱的主人公的。他要实现的是"公民的社会责任感","对祖国大地、对人民、对生活的热爱和对革命的追求,对共产主义理想的追求"。㉖他要"春光唱彻方无憾"㉗。不止《布礼》,《蝴蝶》中的张思远、《杂色》中的曹千里、《相见时难》的翁式含等,他们的原型与钟亦成都是一脉相承的。因此,当批评家李子云用"少布精神"来概括王蒙的作品时,王蒙竟被感动得"眼睛发热"。㉘

当然,"钟亦成现象"并不仅仅体现于王蒙身上。从维熙笔下的葛翎、鲁泓、范汉儒,鲁彦周笔下的罗群、冯晴岚,张贤亮笔下的许灵均、章永磷等人物形象,共同构成了这一时代独特的文学景观。他们都历尽了劫难,但他们又都是"传奇"中的英雄,都有不能放弃的侠肝义胆。美国新历史主义批评家伊丽莎白·福克斯·杰诺韦塞曾指出:"本文不存在于真空中,而是存在于给定的语言、给定的实践、给定的想象中。语言、实践和想象又都产生于被视为一种结构和一种主从关系体系的历史中。所有以集体的名义写作——虽然可能十分狭隘并以自我为中心——的文本制作者们,都是带着这样一种意识写作的。即他们是那些组成社会和文化的大众的特权代言人。"㉙"传奇"是需要给定的形式,这一形式满足了"给定"的观念需要。《大墙下的红玉兰》中的葛翎被诬陷下狱,同30年前枪伤过他的还乡团分子和流氓头目同囚一室,受尽凌辱,但他仍痴心不改,与大墙外天安门的群众运动相呼应,不顾个人安危爬上大墙摘取白玉兰花,殒命于大墙下,他的鲜血染红了白玉兰。它的结构方式同"传奇"作品有许多相似之处,作家被"给定"的观念所控制,只要能烘托出"典型人物"的崇高和悲壮,艺术细节和整体的真实性是可以忽略不计的。

从维熙的另一部引起争议的作品《雪落黄河静无声》,写的是两个右派在劳改中的恋情悲剧。女主人公陶莹莹被划为右派企图越境潜逃而被捕入狱;男主人公范汉儒被划为右派送进大墙内劳动教养。在大墙内他们产生了爱情,后来两人都被释放,本应顺理成章地结秦晋之好,可他们却分手了。原因很简单:范汉儒的"爱国主义"不能容忍陶莹莹的"叛国潜逃"。他曾追问陶莹莹为什么被送来劳改,而且可以原谅她除了"叛国"之外的所有罪行或过失,这些只要改了,就可以完全不计较。"'只要不是叛国犯,我都能谅解。'我脱口而出,'别的错误都能犯了再改,唯独对祖国,它对于我们至高无上,我们对它不能有一次不忠……"在范汉儒看来,"一个炎黄儿女的最大贞操,莫过于对民族对国家的忠诚。"这些表白不仅确定了范汉儒单纯、正直、有坚定信仰的人格操守,同时也使作家沉醉。然而它的虚假性和观念的混乱引起了批评界严厉的批评。高尔泰先生指出:"祖国是一种实体,不是一种观念。爱是一种情感,不是一种规范。""把祖国同极'左'路线混为一谈,这实际上是为极'左'路线辩护和粉饰。"⑳就当时批评所能达到的深度而言,高尔泰是切中要害的,但他仍然没有超出"反思历史"的文化语境,对极"左"路线的批评是全社会的共识,而对知识分子性格扭曲、精神空间完全陷落的历史成因,他仍然没有触及。

另一方面,以钟亦成为代表的知识分子英雄,是作家在叙事中的一次虚假的允诺,有了这些信仰坚定的英雄,历史就变得"不那么不可忍受,不那么令人恐怖,特别是不那么令人自我恐怖,不那么令人因善恶并泯,功罪交融而陷入空虚的绝望。叙事使'过去'变得可以忍受的东西有:正义与非正义的清晰分野、遭到冤屈的好人及其同情者、逆境和高压毁坏不了的信念与理想，以及应当为恶行承担责任的坏人形象（很难想象，倘若这些因素真的在现实中占有小说中给定的结构性位置，那么这场群众性的'文化大革命'怎么会'进行到底'）。在这种意义上，新时期文学非但不是对'痼疾'的'诊断'，倒像是某种未经诊断的'健康'的允诺"[31]。在这种叙事的允诺中，历史一次次地被拯救了。对于读者来说，噩梦醒来后的慌乱可以在"再叙事"中得到镇定和鼓舞，在幻觉中相信那经历的一切是不真实的、偶发于角落的历史，而"真实的历史"则在上述故事中：即便是在最黑暗的日子里，正义与希望同在，暗夜就会过去，这些英雄以肯定的姿态作了证实。然而，这一切概出于作家的"我不悲观，也不埋怨。比起我们的党、国家和人民这些年付出的巨大代价，个人的一点坎坷遭遇又算得了什么"[32]的观念，强加于读者的。因此，1978 年对于这代作家来说，精神血缘并没有真的实现"结束"，因此也不意味着"开始"。他们既没有前儿代作家如鲁迅、瞿秋白、朱自清、叶圣陶、茅盾、何其芳等，敢于言说危机和自剖、真实坦言内心困惑和矛盾的勇气；也没有下一代作家如靳凡、赵振开、礼平等敢于怀疑、质询、反抗的自觉。他们的创作在这一时代之所以成为主流，恰恰是因为他们适应了意识形态重建希望的要求，它们都无一例外地获得了轰动效应。同时，它也满足了这代人强烈的"自恋"情绪。然而，它背后所隐含的还有社会对知识分子改造的"余威"。

1952 年，新中国刚刚诞生不久，面对新的生活，到处发表的是昂扬礼赞的奋进之作，这时的何其芳却发表了一首题为"回答"的诗，他表达了自己的犹疑和"惊恐"，他没有进入导演为他规定的"角色"。面对新的生活和新生活对文学的要求,他没有心领神会,他仍真实地抒发着自己真实的情感。这是一种矛盾痛苦的情感,一种既受鼓舞又有惶惑、既有前进的愿望又有迷失道路的担忧的情感。他感到自己有一种危机存在。但在"标准化"的文学环境中,这种不甚明朗的情绪是不被允许的,后来的许多作家都有过相似的努力和命运,王蒙本人亦概莫能外。从那一时代起,便有了人人自危的氛围,知识分子的精神地位开始了全面陷落,思维方式开始全面蜕化。这种情形即使在宣告"第三次思想解放运动"到来的"新时期",也还散发着巨大的威慑力,作家向"自我保护"层面倾斜,便成为一种"本能"式的反应。考虑到这一因素,上述归来者们的自述,又有其可同情的一面。

但这一景观确实是我们独具的。当苏联倡导民主化、公开性和新思维的时候,一些被查禁的作品重见天日并被重新评价,被称为"第二次解冻"时代的文学轰动了苏联社会。反思苏联七十多年曲折的历史行程成为苏联文坛的中心视点。其中帕斯捷尔纳克的《日瓦戈医生》、阿赫玛托娃的《安魂曲》、格罗斯曼的《生活与命运》、雷巴科夫的《阿尔巴特街的儿女》等,是有代表性的作品。帕斯捷尔纳克的《日瓦戈医生》完成于50年代中期,历时八年。作为一个正直而命运坎坷的知识分子,他以真诚和特立独行的品格,精心刻画了日瓦戈医生这样一个知识分子的形象。主人公出身豪门,幼年不幸,成年后他博学多才并成为一名外科医生。第一次世界大战时他曾担任军医,目睹了俄国社会的黑暗和腐败,因此当十月革命到来时,他由衷地表示欢迎,他为新政权努力地工作,即便是在粮食和日用品奇缺的情况下,他对新政权也毫无敌意。但他从莫斯科到乌拉尔的路途上的所见所闻却给了他以极大的刺激,游击队的生活和从乌拉尔返回莫斯科的见闻使他大感不解。投机分子飞黄腾达,忠诚的安季波夫却惨遭清洗。加之爱情生活的不幸,不仅使日瓦戈对革命的态度发生了转变,同时也日甚一日地陷入了精神危机,他过早地离开了人世。帕斯捷尔纳克向人们昭示的不只是日瓦戈作为知识分子的悲剧,同时也揭示了人类精神领域永恒的困厄、危机和悲剧。他反对把人作为可以随意奴役的奴隶和工具,反对漠视人的尊严和个性。他强调"靠强力是什么也得不到的,只有用善行才能引导善"。这一宗教式的情怀虽然承传了托尔斯泰"勿用暴力抗恶"的旧人道主义思想,但帕氏挣扎思考于痛苦的精神深渊时的绝望感,则给人以深刻的震撼。

格罗斯曼的《生活与命运》和雷巴科夫的《阿尔巴特街的儿女》被称为80年代苏联文坛的"回归文学"[33]的代表作品。前者表现了斯大林时代人们精神世界的深刻创伤,揭示了极权政治给人们造成的恐怖感,同时也揭示了在恐怖压抑下人们的盲从心态和求生本能,精神危机笼罩着每一个人。无论是核物理学家施特鲁姆还是老共产党员阿巴尔丘克,都不能幸免于这种危机的折磨。作品同时还揭示了"党的工作者""坚定而忠诚"的虚假性,因为那些完全是源于一种"自我保护的本能",它与内心的信仰并无关系。后者是一部引起极大轰动的作品。它写出了阿尔巴特街区一群青年人不幸的命运,同时前所未有地刻画了斯大林矛盾的性格。作品的成功,是"因为它向广大读者揭示了30年代历史上和生活中鲜为人知的篇章,展现了镇压心理和法律结构"[34]。但批评家科仁诺夫却对作品评价不高,他认为:"我毫不怀疑,经过比较短暂的一段时间以后——随着对反映在《阿尔巴特街的儿女》中的时代的认真研究和理解,对于这部小说的绝大多数读者来说,小说提供的关于那个时代的概念的肤浅和显然的不真实将十分明显。"㉟苏联著名作家拉斯普京也认为:"我读完了《阿尔巴特街的儿女》,既有一种像人们所说的真实感,但又觉得作者的笔端显露出一种平庸。"㊱拉斯普京所感到的这种"平庸",是指作家迎合读者心理的写作心态。

还有第二次世界大战后的日本文学。它们表达的不仅是战争创伤如何得到了修复,还写出了繁荣的经济并不能从根本上医治人的精神伤痛。战争改变了人的生命轨迹,改变了人的命运和心理。战争结束了,但它造成的巨大阴影并未随之而消失,人仍陷在危机中不能自拔,并且导致了新的悲剧。《人性的证明》中的八杉恭子和《砂器》中的和贺英良就属于这类人物。他们都是战争的受害者,战后他们又都取得了卓越的个人成就和优裕的社会地位。但八杉恭子被美军强暴的屈辱和和贺英良卑微贫困的童年,使他们产生了强烈的报复心理,遗憾的是,这种报复再也无法施加于战争本身,他们报复的对象同样是战争的受害者。八杉恭子杀死了自己的儿子,和贺英良害死了自己的父亲。人的危机使人在一定环境下暴露了人性恶的一面,尽管他们都是普通人。因此,这样的作品不仅有社会政治批判的功能,同时它也具有对人自身的可认识性。

美国学者马尔科姆·考利曾写过一本著名文化史著作——《流放者的归来》,80年代中期在中国青年批评界极度风行。考利以大量的第一手材料描述了"迷惘的一代"从欧洲归来后的情形。第一次世界大战结束了,他们又回到了美国,但此时的美国已远不是他们想象中的家园，挫折随时可以遇到，苦闷终日难以排遣。虽然他们一旦投降并过起城市普通人的普通生活，就会得到充分的补偿，比如有舞会、酒会、滑稽表演、音乐会、桥牌牌局，还可到乡下小住等等，可是，他们还是产生了逃避现实的愿望，但并不明确要逃往何方，"也许是在他们仍然梦寐以求的自己的家乡，也许是在康涅狄格的一座农场"[37]。他们实在是太"迷惘"了。然而这些叙述却深深打动了许多人。

而我们的"归来者"是"重放的鲜花"，他们不曾迷惘也没有危机。但他们后来的文学实践表明，这一"危机"和"迷惘"并非不存在，只不过是迟到了而已。对"归来"一代文学作检讨式的回顾，并不意味着"彻底的否定"或轻视，那些真假参半的叙事及策略带着它们的全部特征成为留给我们的精神遗产。对于研究这代作家来说，它的丰富性还远未被我们揭示。"新历史主义的代表人物葛林伯雷说他从事新历史主义批评的最初愿望是想要同死者对话。然而我们如何同过去对话，怎样透过时间的距离来理解过去要说些什么呢？我们试图理解某一事件在它发生的时代里意味着什么，同时也要理解这件事对于我们今天具有什么意义。这两个阐释维度并不是彼此毫无联系的，因此一个学者的工作不仅仅是恢复和解释一个已经存在了的文本，他更需要识别文本中由数个文本组成的关系网，以及当时写作的话语与学者本人的话语。批评者使历史'再现'，为历史确定个现在的位置。但是，'再现'历史的做法并不能逃离受现在价值观的支配。"[38]葛林伯雷的提醒显然是必要的。现时价值观的支配隐含于"真理意志"的控制之中。但同样，当我们在深受局限的价值观的支配下，"再现"历史的同时，我们也"试图参与和

建构关于未来(而不只是关于过去)的对话"。㊴

注释：

① 洪子诚、刘登翰：《中国当代新诗史》，269 页，人民文学出版社，1993。

② 艾青：《向太阳》，见《新诗选》，上海教育出版社，1979。

③ 艾青：《要造成一种民主风气》，载《文艺报》1979 年第 3 期。

④ 青年学者李书磊于 1995 年的《中华读书报》上发表了一篇《论当世之爱》的短文，表达了他的这一向往。

⑤ 《我常常享受一种孤独——获奖诗人诗歌选萃》中蓝棣之先生的"选编者序"，北京师范大学出版社，1992。

⑥ 赵恺：《我爱》，载《诗刊》1980 年第 11 期。

⑦ 未央：《假如我重活一次》，载《诗刊》1980 年第 9 期。

⑧ 梁南：《我将爱到永远》诗前的话，见《百家诗会选编》，23 页，上海文艺出版社，1982。

⑨ 流沙河：《车行古云梦泽》，出处同上，33 页。

⑩ 赵恺：《镍币》诗前的话，出处同上，180 页。

⑪ 流沙河：《故园六咏・吾家》，载《诗刊》1980 年第 9 期。

⑫ 公刘：《沉思》，载《诗刊》1979 年第 2 期。

⑬ 公刘：《离离原上草・自序》，人民文学出版社，1980。

⑭ 公刘：《哎，大森林》，见诗集《仙人掌》，四川人民出版社，1980。

⑮ 公刘：《竹问》，出处同上。

⑯ 公刘：《读罗中立的油画〈父亲〉》，载《诗刊》1981 年第 11 期。

⑰ 昌耀：《划呀，划呀，父亲们》，载《诗刊》1982 年第 10 期。

⑱ 昌耀：《峨日朵雪峰之侧》，见《昌耀抒情诗集》，青海人民出版社，1986。

⑲ 《黄山松》《日出》均系诗人张万舒创作的诗，载《诗刊》1963 年第 1 期。

⑳ 王蒙：《我在寻找什么》，载《文艺报》1980 年第 10 期。

㉑ 同上。

㉒　张永杰、程远忠:《第四代人》,79—80 页、76 页,东方出版社,1988。

㉓　马尔科姆·考利:《流放者的归来》,14—15 页,上海外语教育出版社,1986。

㉔　王蒙:《文学与我》,载《花城》1983 年第 4 期。

㉕　王蒙:《创作是一种燃烧》,见王蒙评论集《创作是一种燃烧》,100—101 页,人民文学出版社,1985。

㉖　同上,103 页。

㉗　这是王蒙复出后雷达写的一篇王蒙访问记的题目,它亦可透露当年的语境及社会在整体认识上所能达到的程度。

㉘　李子云、王蒙:《关于创作的通信》,载《读书》1982 年第 12 期。

㉙　伊丽莎白·福克斯·杰诺韦塞:《文学批评和新历史主义的政治》,见张京媛主编《新历史主义与文学批评》,62 页,北京大学出版社,1993。

㉚　高尔泰:《愿将忧国泪,来演丽人行》,载《读书》1985 年第 5 期。

㉛　孟悦:《历史与叙述》,33 页,陕西教育出版社,1991。

㉜　同注㉗。

㉝　《论中苏义学发展进程》中《苏联 80 年代文学发展体系中的回归文学》,华东师范大学出版社,1991。

㉞　同上,336 页。

㉟　同上。

㊱　同上,277 页。

㊲　马尔科姆·考利:《流放者的归来》,180—181 页,上海外语教育出版社,1986。

㊳　同注㉙,7 页。

㊴　同上。

五、知青一代的乡村之恋

1978 年底,知青一代开始了全面大返城,对这一代人来说,这无疑是一件惊天动地的大事。知青作家都生动地描述过大返城的情形,尤以黑龙江和云南两个生产建设兵团为最。邓贤后来在《中国知青梦》中回忆说:

> 在西双版纳,在德宏、红河、临沧、文山,每个农场都为知青返城敞开大门,成千上万的知青在场部办公室挤得水泄不通。在勐撒农场,知青在场部外面围起里三层外三层的人墙,等待办理烦琐的回城手续:体检、政审、鉴定、提档、转组织关系、工资关系、粮食、户口等等。其中唯有一项户口证明须由公安局盖章方才有效。于是农场唯一一辆破吉普车吱吱嘎嘎地开动起来,天天奔波于农场与县城之间。不料有天吉普车一去不复返,心急如焚的知青蹲在寒潮的霜冻里一连等了三天三夜,有人险些没有放一把火烧掉场部。当那辆风尘仆仆的吉普车终于爬回农场时,年过半百的办公室主任一下子从车里滚出来,双膝跪在人们面前放声大哭:"不是我有意耽误大家回城,实在是别人放假不上班啊……"①

仿佛是一种呼应,这发生在西南生产建设兵团的返城场景,在东北生产建设兵团同时发生。梁晓声在《今夜有暴风雪》中写道:

> 知识青年大返城的飓风,短短几周内,扫遍黑龙江生产建设兵团。某些师团的知识青年,已经十走八九。四十余万知识青年的返城大军,有如钱塘江潮,势不可当。一半师、团、连队,陷于混乱状态。

> 兵团总部下发了一个紧急文件,为缩短以兵团体制恢复到农场体制过渡时期,为尽快稳定各师团的混乱局面,须建起各师各团连队新的领导机构,重新形成生产秩序,确保春播,知识青年返城手续,必须在三天之内办理完毕。逾期冻结。②

这些真实的场景再现了当年知青返城的渴望,以及他们被压抑多年的内心焦虑和烦躁。他们还来不及感伤,一切都笼罩在急于返城的冲动和愤怒中。这一点,他们同上一代流放者有极大的不同。"右派们"在"引蛇出洞"的鸣放中受到冤屈,或因诗文招祸,尚有悲壮可言,历史最终还要为他们平反昭雪,他们的"归来"是重返中心的归来,是"重放的鲜花"。知青则不然,他们是在堂而皇之的接受再教育的思想路线指引下被集体送到"广阔天地"的。而他们下乡时,正是红卫兵运动退潮、思想处于极度苦闷的时期。这些单纯的青年,曾于1966年8月左右走出校门,响应号召参加"文化大革命",以秋风扫落叶般的毁灭欲望,疯狂地对"牛鬼蛇神"实行了从思想到肉体的清除。仅北京市的8、9月间,就打死1000多人,4922件文物被毁,85198名"牛鬼蛇神"被撵回原籍,33695户被抄家。③一年之后,毛泽东视察了大江南北,他目睹了这场混乱的革命后又指出:"对红卫兵要进行教育,加强学习。要告诉革命造反派的头头和红卫兵小将们,现在正是他们有可能犯错误的时候。"④被利用的红卫兵运动终于遭遇了冷落,但这并不是让所有的知识青年集体下乡的唯一理由。资料表明:1968年全国的经济形势仍在倒退,社会总产值2648亿元,比上一年递减126亿元;工农业总产值2213亿元,比上一年递减93亿元;国民收入1415亿元,比上一年递减72亿元。同时,两年积累的大中专、普通中学需要就业的人数约1000万人。⑤政治与经济的双重危机,使如火如荼的红卫兵运动迅速转化为上山下乡运动。一位外国学者曾指出:"把这些年轻人全部送到农村去,在地理上把他们分散开,除了可以缓和城市的失业问题,也是一种拆散红卫兵组织网的方法。"⑥而这一策略性的大规模运动本身就潜伏了日后的危机。不会有人对这一事件负责,也无须为谁平反昭雪,只需一个政策,他们就像当年潮水般地涌向农村一样,再潮水般地返回城市。不同的是,他们当年是浪漫的红卫兵。

> 知识青年到农村去……
>
> 毛主席发出了进军号令!
>
> 百川归海呵万马奔腾。
>
> 决心书下,签名排成一列长龙,
>
> 接待站前,同学少年待命出征!
>
> 呵,不可战胜的幼芽,
>
> 在火红的年代诞生!⑦

他们幻想的一切不仅没有、也不可能兑现,而得到的更多的是幻灭后的苦闷与绝望。他们急于离开那广阔的天地,再也没有当初的那份天真。因此,当真的回到了城市之后,表达这代人情感的文学,便自然是悲切的伤痕之声。初具写作能力的这一代作家,用他们幼稚、也是真切的笔调,写出了伤痕文学的青春声部。卢新华的《伤痕》、郑义的《枫》、竹林的《生活的路》、陈建功的《萱草的眼泪》、孔捷生的《在小河那边》、叶辛的《蹉跎岁月》《我们这一代年轻人》,以及陈可雄、陆星儿、张抗抗、肖复兴、晓剑、严亭亭、刘进元等人的作品,就是在这样一种社会文化背景下孕育诞生的。这些作品,突出的特征是对"血统论"的批判,但这一宣泄式的知青文学第一波,很快同社会上的"伤痕文学"一道成为过去。

1. 知青"悲壮的青春史"

就其生活和精神资源来说,知青一代也远不如他们的上一代人。"归来者"们不仅可以讲述"故国八千里",而且还可以讲述"风云三十年"。他们诉说了个人的苦难和信仰之后,又可以在历史变得清晰起来时,去"反思"几十年来国家的政治教训。知青一代不同,他们短暂的生活阅历使他们不得不反复重复对这一生活的认识,他们先是控诉自己的遭遇,但又不愿否定自己的青春史,于是,他们以想象的方式构筑了不同的"青春悲壮史",在这些悲壮的、大写的青春史中,他们有了自我确证的依据,同时也证明了自红卫兵运动以降,这代人与理想主义血脉相连的关系,其代表性的作家是张承志和梁晓声。多年以后,许多作家都离开了这一立场,但这两位作家却始终不渝,成为知青文学极富特色的、两种不同的理想主义的声音。

张承志是一位相当"特殊"的现象,在十几年的"'文革'后"文学中,他既在文学的前沿,成为人们关注的焦点之一,同时又在任何文学潮流之外。他桀骜不驯和自视甚高的个性使他很难认同流行的潮流和范畴。因此,即便是在"知青小说"的范畴内来谈论他也显得相当勉强。他在自己的第一本小说集《老桥》的"后记"中,流露过自己真实的心态和写作的原则:"无论我们曾有过怎样触目惊心的创伤,怎样被打乱了生活的步伐和秩序,怎样不得不时至今日还感叹青春;我仍然认为,我们是得天独厚的一代,我们是幸福的人。在逆境里,在劳动中,在穷乡僻壤和社会底层,在思索、痛苦、比较和扬弃的过程中,在历史推移的启示里,我们也找到过真知灼见;找到过至今仍感动着甚至温柔着自己的东西。"⑧在这样认识的支配下,他确定了自己"为人民"写作的原则。在他看来,"这根本不是一种空洞的概念或说教。这更不是一条将汲即干的枯水的浅河。它背后闪烁着那么多生动的脸孔和眼神,注释着那么丰满的感受和真实的人情,它是理论而不是什么过时的田园诗。在必要时我想它会引导真正的勇敢。哪怕这一套被人鄙夷地讥笑吧,我也不准备放弃"⑨。张承志贯彻了自己最初的创作动机,从《骑手为什么歌唱母亲》始,到《绿夜》《大坂》《老桥》《黑骏马》《北方的河》,乃至后来的《金牧场》《黄泥小屋》《心灵史》《神示的诗篇》,其精神向度虽然有重要的变化,但理想主义始终是他固守的气质。他的这些作品与"新潮"无缘,但又"超越了许多同时代人"⑩。他固执地漫游于心中的圣地,以强烈的宗教情怀表达他对人民和大地的由衷礼赞和感动之情。这些多少有些偏执情绪的作品,也完全可以看作是张承志个人的"心灵史"。在他名重一时之后,评论界都热衷于谈论他的《北方的河》《黑骏马》等,当然这些都是很好的作品;而学界则对他的《心灵史》情有独钟,可恰恰忽略了他的成名作——《骑手为什么歌唱母亲》。这是一篇自我叩问同时又带有宣言性质的作品,是他天真同时也最为诚实的一篇作品,那里没有矫饰,没有姿态,一如孩子对母亲由衷的诉说。

而这部小说亦写于1978年。当时,许多作家都忙于控诉,急于让痛苦幻化为仇恨的记忆,然后同"四人帮"算账。在泪水几成汪洋时,张承志却独自走进草原深处为他的额吉感动并且祈祷,他写出了自己业已完成了的精神蜕变。因此,"歌唱母亲"是他感动至深的文化信念,是一个"骑手"拥有了强大的内心力量的告白。从那以后,他践行了自己的诺言,他"放浪于幻路",一次次地来到中亚腹地,来到他灵魂的"麦加"圣地,朝拜他的额吉们。在一次次的洗礼中,张承志实现了他人生的期许,并且成为一个"敢于单身鏖战"的人。正因为如此,《骑手为什么歌唱母亲》对于张承志来说才重要无比。他似乎不大诉说关于个人的苦难,他"讨厌人们那抹鼻涕抹了十年的臭控诉"⑪。这是他与许多知青作家的区别,他的目光长久地注视着辽远博大的草原和中亚腹地,注视着从远古奔流不息的大江大河,注视着额吉、边塞牧人、宗教领袖们的道德情怀和坚忍的意志。他不止受到了同代人的喜爱,也受到了上一代人的褒奖。那时,他们尚有许多相似之处。当王蒙多年后重返伊犁时,他曾动情地写道:"我又来到了这块土地上。这块我生活过、用汗水浇灌过六七年的土地上。这块在我孤独时候给我以温暖,迷茫的时候给我以依靠,苦恼的时候给我以希望,急躁的时候给我以安慰,并且给我以新的经验、新的乐趣、新的知识、新的更加朴素与更加健康的态度与观念的土地上。"⑫王蒙对那里的护林员、青杨树、维族阿帕同样充满了亲近与感激之情。因此,他在张承志的作品中似乎找到了年轻的自己,他称赞张承志的作品,有"一种抑制不住的火热的情思"⑬,他"最可宝贵的品格",就在于"对于生活、人民的爱,这样一种激动的思考与思考的激情,这样一种灵魂的不安、充满追求和进取的运动,这样一种对于生活的雄健的而又不乏妩媚温馨的感受"⑭。如果说王蒙的理想主义之源是一种"少布"精神的话,那么张承志的理想主义则是一种"红卫兵"精神。狂热的红卫兵运动被误导而致失败,但它所体现的宗教般的忠诚本身,似乎被张承志认同并坚持下来。在《刻在心上的名字》里,他分析了红卫兵精神的双重性;在《骑手为什么歌唱母亲》里,他又重新找到了自己的信仰,从那时起,对人民的崇拜便成了张承志人生的支点。

他毫不掩饰自己的好恶,甚至在他后来精致的美文里也溢于言表。他认为"美文即理想;无共同理想则无理解可言,也无交流必要"⑮。他的青春史是一种"心史",他的悲壮是属于心灵和气质的。后来他离开了草原,但无论走到哪里,草原都成了一个不灭的参照。在日本,他"不客气地拒绝了一个个电话,并且公开申明自己不愿意与日本的文学界,特别是他们的中国文学研究界接触"⑯,因为他们糟蹋了美文和美的精神。他同时拒斥一切与他的理想格格不入的其他文明形态和思维形式。在德国,"原野上的绿树"使他感到"不祥","它们之间有一种健壮而邪怪的类属";在美国,那些树"长得挺正常","但这种乐观很快又被粉碎了",而"美国人在炎热的夏天只剩下裤衩大的礼仪"更使他不快,让他至今觉得"绅士风度根本不属于美国"⑰；在巴伐利亚,他心里"恹恹嘀咕"高速公路的"不和谐"……在其他文明的环境里,他充满了挑剔的目光,他甚至不能容忍在乌兰巴托看杂技演出时,一个欧洲男演员搂着自己妻子的情形,只因那个"年轻漂亮的女人"是"蒙古女人"⑱。而无论在美国的印第安旧地 Mesa Veerde,还是在巴伐利亚,无论是在求学的日本,还是车过苏尼特草原,他除了崇拜梵高和冈林信康外,都能联想起新疆、草原、额吉、干旱赤褐焦黄的大西北。只有在那里,他纵情地唱蒙古民歌,"显得挺从容、挺随便,一支接一支"⑲,并且可以"终日兴奋癫狂"⑳。他在那里才能找到内心亲近的东西。而在异乡,似乎总有一种不平等的敏感在刺伤他,他看不惯那里的"骄横劲儿"和"没有教养"。他以强烈的主观情绪挑剔和批判那里的人文景观甚至是自然景观,绝不宽容。他何以充满了如此的紧张呢？

　　在这些激进的意识里,总会让人感到张承志的某种脆弱,他的"人民崇拜"不能有稍许松弛,他必须不停顿地去实现精神还乡,在面对中亚腹地的贫困或落后时,他才能找到自己的灵感。在第一世界的文明中,他失魂落魄,甚至平等感也丧失了。只有想到大西北,他的心才"湿润而柔和"；在追悼前清统治阶级屠刀下亡人的集会上,在回回撒拉东乡两万个悼念者的拥挤呼喊声中,他再次唤醒了自己,没有他们,他就"从心底感到孤独"㉑,于是,他"慌忙追上了他们"。而在沙沟乡,"面容坚忍的哲合忍耶回民,许许多多熟识面影仿佛在向我启示着什么"㉒。这种追随不能不说是感人的,但这诉说中似乎也同样让人感到他内在的焦虑。或者说,他不大像找到了信仰后应该持有的那份情怀,他仍不能宁静、祥和地叙述,张扬似乎多于自信。

然而,可以肯定地说,作为作家的张承志是由红卫兵运动和上山下乡运动培育的,没有这两个相互关联的运动,就不可能有张承志式的情怀和追求,也就不会有他所播散的那份影响。回民百姓说:"张承志——偌是为偌们回回写书的人。"㉓他的崇拜者发疯般地寻找他的书,甚至在深夜漫步的大街上会突然喊出:"只有我,才能读懂张承志。"㉔并像少年维特时代的青年学维特穿燕尾服自杀一样,也学张承志到写作《金牧场》的地方,在"同一片林海,同一个房间,同一张书桌"上去写作。㉕他履行了自己的承诺!坚持住了"十年来我独自坚持和提出的一些概念"㉖。张承志的悲壮情怀,成了知青悲壮青春史的一部分或表意形式,不同的是,他更诗意甚至偏执。

如果说张承志的理想主义具有诗性的神圣光环的话,那么梁晓声的理想主义则具有一种"世俗英雄主义的色彩"㉗。他的成名作是短篇小说《这是一片神奇的土地》和中篇小说《今夜有暴风雪》。这两篇小说奠定了他在"知青文学"中的突出地位。前者描绘了一幅可歌可泣、气势非凡的青春垦荒图,在那富于传奇色彩的故事里,隐含了作家对知青生活的深刻眷恋。后者则书写了在"知青"返城的特定环境里,在800知青愤怒和对抗的情绪中,在一场大骚乱一触即发的危难时刻,知青和老一代共产党人在上山下乡运动史上前所未有的悲壮。这部作品不仅在当时的评论界享有很高的声誉,而且作家蒋子龙、王蒙对其亦评价甚高。蒋子龙认为,作品"以对历史负责,对一代人命运负责的态度,用积极的理想的光芒照亮人物的性格"。他"阅读它的时候时时想到那些大手笔写的史诗".㉘王蒙"肃然起敬"地感叹:这部"作品的作者比一切圆熟老练机智而又和谐的专业小说大师更有其值得尊敬、值得羡慕的地方"。"它比一切文人雅作都更粗犷、更浓烈、更震撼人心。"㉙当时,在知青文学一片悲切的抽泣声中,《今夜有暴风雪》确实以其悲壮和英雄主义气概而独领风骚,它与《这是一片神奇的土地》《白桦林作证》等作品一起使知青小说以阔大悲壮的美学风格再度引起了文坛的关注。"读者能强烈地感受到作家的社会感、历史感和北大荒人对社会的责任感。"㉚而梁晓声在谈到自己的这部作品时则说:上山下乡运动,"是一场狂热的运动,不负责的运动,极'左'政策利用了驾驭着极'左'思潮发动的一场运动。因而也必定是一场荒谬的运动。必定是一场以'失败'告终的运动。……知青大返城,是对它的'过'的一种惩罚,但荒谬的运动,并不同时也意味着被卷入这场运动的前后达11年之久的千百万知识青年也是荒谬的。……他们身上,既有那个特定的历史时期内鲜明的可悲的时代烙印,也具有闪光的可贵的应充分肯定的一面"㉛。

梁晓声的独白相当明确地传达了他对那场运动的矛盾心态:一方面,他要否定那"荒谬的运动";一方面,他要肯定知青并不荒谬的对于理想的追求。在这一设定的矛盾的框架里,梁晓声以"典型化"的方法,创造了"典型环境中的典型人物":"鬼沼"中的李晓燕、摩尔人王志刚、梁珊珊;"暴风雪"中的曹铁强、孙国泰、裴晓云、刘迈克等,那险恶的环境更有力地衬托出了人物的悲壮和理想。但离开历史处境的青春和悬浮于时代的理想是不存在的,任何青春理想都是时代的产物。因此,在极"左"

思潮指导下的荒谬运动却成了理想主义和英雄主义生长的土壤,显然是缺乏说服力的。这些作品只能表明作者对世俗英雄主义作了又一次拯救,那些戏剧化的结构本身,就具有一种强烈的"被看"欲望。梁晓声曾声称,写知青"首先是写历史,写群体命运历程"[32]。这一创作观念本身就具有强烈的历史阐释的味道,加上他对知青一代人的认识,他必然要重塑知青"神话",并一定要找到所谓的"意义"。因为"要他们承认自己的失败是很痛苦的,他们把这种失败也看得很悲壮"[33]。但这里"所谓的意义只不过是他们想象出来的东西罢了。他们运用一种叙事化的结构技巧,注重事件的封闭性、可信性以及戏剧性,从而制造出历史必然性的假想,然而,这种通过叙事手法建立起来的所谓必然性最终仅仅是一种虚幻的象征性意义结构"[34]。它满足的仅仅是"伟大与和谐的渴望"[35]。

但这又似乎不是梁晓声一个人的认识,对青春的悲壮诉求,几乎是知青一代共同的需要。这一声音一直延续到90年代。邓贤的长篇纪实小说《中国知青梦》,同样是一部这样的作品。作者以档案式的采访材料,无可争辩地诉说了一代人真实的青春历程。但他仍以理想主义的情怀同北京知青的"魂系黑土地"系列活动、四川知青的"青春无悔"回顾展一样,再次凭吊了以往的岁月和幻灭的青春。80年代以来,云南知青当年种植的橡胶树,已有90%乃至100%地死亡了,它无情地诠释了那场荒唐的空想运动。即便如此,面对死者和古战场般荒芜的橡胶林,邓贤仍诗性地赞叹:"不管怎么说,这些拓荒者的生命没有白白燃烧,她们毕竟化作胶林,化作照亮边疆夜空的星群,化作装点山川大地的一片新绿。不论她们是否创造过伟业,作为一代人曾前仆后继为之献身的拓荒大业的永恒坐标,她们的殉难本身不就是一种灿烂,一种理想主义和人类精神的生动化身么?"㊱然而,橡胶林已经死亡,边疆夜空的星群依旧,这种不能成立的悲壮使邓贤仍没有超出梁晓声的认识框架。他们急于评价自己,证实自己,这种青春自恋症削弱甚至淹灭了对这场荒谬运动的反省和认识能力。

倒是一些普通知青的自述来得更为平实。林樾在《黑土地上的收获》一文结尾处说:"这 10 年,我们在贫穷中求生存,在苦涩中求欢乐,在屈辱中求自强,在人生中求真情……尽管我们时时都想留在农村,尽管我们或迟或早都离开了农村,但我们的心已永久地留在了那里,随着我们的汗水和泪水,播进了那片黑土地。在那黑土地上,我们收获的是直面人生的坚忍、顽强、乐观、真诚……在艰苦的生活中,我们长大了,成熟了。日后不管怎样的大苦大难,我们都会从容面对,因为我们是插过队的一代。"㊲刘黛琳在《重返大青山》中说:"与当地老乡朝夕相处的三年知青生活不仅检视了我们在癫狂年代的激进理想,同时也使我们有机会认识了底层的中国。青春的代价换取的是理想的幻灭,求证的是历史的错误。"㊳这些认识比具有强烈的世俗英雄主义的知青作家要深刻得多。因此郭小东在《青年流放者》的序言中表示:要"以十二分的理性去面对许多作为平民的知青,而且把这种理性的努力实践于他们的心理分析中",他决定把视角转向这一代人"在创造新生活时,那种由于青少年时期所经历的磨难和心灵创伤,那种不可铲灭的追忆,是如何成为他们灵魂的十字架,是如何阻碍着他们的精神健康的"。他在创作完《中国知青部落》后说,就是要"彻底抛弃粉饰和以成功者的反思去看中国知青运动"㊴。郭小东的话显然是有针对性的。

对知青小说的整体评价,后来有人感叹说:"知青作家始终没有像西方现代青年厌恶战争那样去厌恶这场上山下乡运动,没有对它的反动本质给以充分揭示,实在是使人失望的。"它的世俗英雄主义立场,正是"没有把这种倒退的历史悲剧写出来""没有把落后的文化怎样抹杀现代文明萌芽的事实写出来"㊵的主要障碍。作家们总是试图寻找青春的证明和壮美,在想象的关系中,造成这种灾难的罪恶之源始终没有受到审判。他们仅仅创造了一部知青运动的"辉煌史"。

2. 重返乡村乌托邦

当年,知青终于实现了对于乡村的胜利大逃亡,与心如止水的乡村相比,那狂躁的逃离情绪和廉价的英雄主义是不是太虚伪和无情了些呢? 知青们终于返城了。但城市又无情地粉碎了知青的梦幻,十几年过去之后,城市已根本没有他们的位置,甚至家庭都没有他们的栖身之地,他们成了城市和家庭的包袱。家人团聚的短暂欢乐很快为具体的生存困境弄得窘态百生。对于知青来说,城市已经陌生化了,他们想象中的城市已不再属于他们,他们宿命般地又成为城市的"多余人"。于是,张承志走进草原深处久久没有归期;孔捷生又一次踏上"南方的岸";王安忆乘上"本次列车"飘然而去;史铁生则在"遥远的清平湾"拾起旧事进入梦乡;张抗抗也不得不感伤地"回乡"……乐黛云对知青返城后的处境给予了深切的同情,她描述这代人的景况时说:"整整一代人就这样在物质的极大匮乏和精神的激烈冲突中献出了自己的青春,当他们由于政策的纠正,重新再回到城市时,早已被挤出原来的生活轨道,想再找到自己的位置,简直是千难万难。"[41]知青又面临了新的危机,他们的青春阅历和有限的文化资源使他们无路可投,他们只能再次以想象的方式重返乡村,重返一个虚构的乌托邦。

在《我的遥远的清平湾》中,史铁生笔下的陕北山村的生活不再那么沉重无比,虽然仍旧贫困,却因其日常化叙述的温馨而充满了诗意,民间的幸福感和对小小愿望的追求以及陌生人的亲情,都重新让叙述人向往无比,对"清平湾"一声悠长的叹喟,道出了史铁生对城市印象的无限感慨。后来他在创作"后记"中又充满诗性地回忆说:"我总记得一个冬天的夜晚,下着雪,几个外乡来的吹手坐在窑前的篝火旁,窑门上贴着喜字,他们穿着开花的棉袄,随意地吹响着唢呐,也凄婉,也欢乐,祝福着窑里的一对新人,似乎是在告诉那对新人,世上有苦也有乐,有苦也要往前走,有乐就尽情地乐……雪花飞舞,火光跳跃,自打人类保留了火种,寒冷就不再可怕。我总记得,那是生命的礼赞,那是生活。"[42]这一想象显然是与处境对比给出的。那时史铁生正在一个街办小厂单调地劳作,《午餐半小时》中庸常无比的场景,使他失望无比,他需要诗意和梦幻的慰藉,而假想则是失落最有效的填充形式。史铁生独特的生命体验和心路历程使他最早以诗化的情感重新书写了知青的"苦难历程"。重返乡村乌托邦后,"古老的生活情景和生产方式,常被加以美化地描写,也出现对木犁、水磨、窑洞、木屋、清澈溪水、还未留下人工痕迹的自然风貌和景观等的蕴含感情的描写。当然,作家所要维护的并不是这些生活和生产方式,维护的是道德范畴上的东西"㊽。这如诗如画式的梦幻遥想，缓释了他重返城市而缺乏准备的内心恐慌，同时也为人们审美阅读置换了激进思想的连续冲击。但这种怀旧式的情调也恰好证实了知青一代的精神处境。他们再也没有悲壮可言，几番失落，欲说还休，知青的"英雄"末路不期而至。就连"硬派"人物张承志，在回草原"探家"南归时，也深为"那个游牧的家出动了全部人马"为他送行而感动不已，这个家的无论老小都"为我流下了惜别的泪水"。㊽他为之动容的沉重心情，被打动的仍然是温馨纯朴的乡情和未被城市文明浸染的传统伦理道德。

知青一代首先充当了城市的流放者，然后他们再充当的是乡村移民，反复的无所适从使他们产生了精神的混乱和不安，在他们还没有能力战胜城市现代文明的残酷、没有能力对此做出批判时，他们只能选择退却，又一次将灵魂栖息于古老安谧的乡间，让理想主义在传统文明的发祥地安营扎寨。这是知青一代又一次被打败的真实记录，他们百孔千疮的心灵因此而雪上加霜。更有甚者，一些作品已不仅仅停留于史铁生、张承志的想象中，他们让自己的主人公再次远行，重新返回农村，但它不是什么上山下乡运动的重演，而是一种尊严和需要，为了重寻人生的价值，孔捷生的《南方的岸》的发表，就具有一定的代表性。易杰与慕珍返城后开了一间小铺，他们完全可以应对日常生活，生存已完全有了保障。但在他们看来，这一切并非目的，他们更看重自己曾经有过的历史，更看重他们与土地建立起的感情，同时也就更看重乌托邦对他们不可抗拒的感召力量。他们认为只有回到那里才会更充分地体现他们的价值，于是双双重新回到了海南。这里所隐含的激进的思想情感比上山下乡运动来得更为自觉,它与大学生下嫁农民或暴风雪中立誓扎根北大荒的姿态并无本质上的区别。孔捷生写完这部中篇小说后说:"任何民族,他们的青年一代缺了理想,缺了志气,便将要衰败灭亡。我真希望中国的青年变得浪漫一些,与那种市侩式的'现实'离得远一些,对前途热血多一些,而冷嘲少一些。这样中国便更富强更有朝气。"⑤在乡村梦幻里依然隐含着他宏伟的叙事,他不承认这是一种失败,而是战胜了现实的胜利者。王安忆的《本次列车终点》似有不同,主人公陈信回到城市的艰窘使他不能再滞留,他不能容忍作为"多余人"的尴尬,他不得不离开他曾向往的城市,城市并不属于他。

但是,无论是易杰、慕珍还是陈信,这些为理想主义所哺育的,或除此之外没有任何文化资源的青年理想主义者,除了格瓦拉式的冲动外,他们根本就没有想到,即便回到了农村又会怎样。

这情形又一次让人想到了美国"迷惘的一代"的作家们,他们从欧洲返回美国之后,发现已不是自己从前熟悉的城市,于是他们便策划了"新的反叛",他们回到了乡间,企图自绝于社会。然而,考利深刻地指出,他们"在寻找已经不再存在的东西"。乡间,"人也变了——他现在可以写他们,但不能为他们写作,不能重新加入他们的共同生活。而且,他自己也变了,无论他在哪里生活,他都是个陌生人"⑥。他们宿命般地只能反复向往。考利接着分析说:"压迫着美国作家们的不安感和孤独感并不纯然是地理过程所造成的结果,不可能用顺着原路返回的办法来消除——他们可以回到衣阿华。但只能是作为外来的观察者,他们可以回到威斯康星,但只是像格伦韦·韦斯科特一样,去告别。他们不仅是从出生地，从一个县或一城镇连根拔起。他们实际上是被流放于社会本身之外，被流放于他们能真正为之作出贡献并从其中汲取来源于共同信念的力量的任何社会之外。"[47]考利对美国迷惘一代的分析，似乎完全适用于我们的知青文学作家。他们回到城市，声音沙哑地发出几声控诉之后，又只能悄然地撤回农村"根据地"。

一位青年批评家在分析中国的青年怀乡病时指出，这种乌托邦的心态"对乡野的怀恋只是他们的一种精神需要而不是现实需要；对他们来说，乡野生活是可向往的而不是可到达的，是可欣赏的而不是可经验的。对乡村的怀念使他们有一种情感的完整，而对城市的固守则保证了他们生活的完整。这种'叶公好龙'式的矛盾处境恰好是城市人正常而和谐的状态"[48]。这种批判很可能从本质上做了揭示，然而，考虑到知青一代作家当时的处境，考虑到他们已经告别了旧的东西，但又没有确证的东西可供依附，他们不安地表达反抗的同时，怀念早年的经验和情感并将其诗化，又有其可理解的一面。

知青作家最后还是意识到了"回归"的不可能。韩少功的《西望茅草地》虽然是写50年代的垦荒故事，但它仍深刻地批判了那场运动的荒唐，它摧毁了青春所有美好的东西，而热衷于它的农民出身的军队将领张种田正是以农民式的、山大王式的专制使农场变成了一块蛮荒之地。它失败的命运同后来的知青下乡运动如出一辙。历史终于从"茅草地"上撤出了。后来韩少功又写了一篇小说《归去来》，它验证了还乡梦的彻底破灭。主人公黄治先在走访一个乡村时，被重新命名为当年的知青"马眼睛"，他无法分辨也分辨不清，他只能半推半就地应对各种问话和问题,当他渐渐地进入了马眼睛的角色时,他又深怀恐惧地拒绝了重演历史的光荣。与其说他拒绝了,毋宁说他被乡村驱赶回了城市。"真实的历史挑破了美学的历史。"⑲这一切无情地表明:"乡村的纯洁与可亲仅仅存在于城市人的怀乡梦,这种怀乡梦实际上是城市文化的一个附件,城市文化将未曾解决的难题推卸到了乡村,从而求得一个诗意的答复。"⑳如果真的去实践它,所证明的只能是一种可笑的谵妄。

这是一个只可想象而不可实现的乌托邦。但作为虚设的情感家园,在情怀上与之保持联系,又可能有效地抑制城市现代病的无限蔓延,文学终要为人类守护一片想象的净土,提供一块宁静的空间,这也是乡村乌托邦不经意中的一个收获。它不可兑现,它的功用仅止于对精神焦虑的一种拯救、抚慰和疗治。后来,在"后现代主义"盛行一时的时代里,我们仍然可以在海子、骆一禾、戈麦以及其他作家那里读到大量赞美乡村与土地的诗篇,青年艺术家也兴致勃勃地"到乡下找感觉"㉑,满怀信心地去实现所谓的"乡村计划"㉒。人类共同的向往不会泯灭,但它只是"乡村别墅",只供短暂的停留,而不可奢侈地永久驻足。

注释:

① 邓贤:《中国知青梦》,326 页,人民文学出版社,1993。

② 梁晓声:《今夜有暴风雪》,载《青春》增刊,1983 年第 1 期。

③ 火木:《光荣与梦想》,96 页,成都出版社,1992。

④ 王年一:《大动乱的年代》第一编第六章,河南人民出版社,1988。

⑤ 同注③,114 页。

⑥ 阿妮达·陈:《毛主席的孩子们》,史继平等译,渤海湾出版公司,1988。

⑦　高红十等:《理想之歌》,人民文学出版社,1974。

⑧　张承志:《老桥·后记》,北京十月文艺出版社,1984。

⑨　同上。

⑩　许子东:《张承志和张辛欣的梦》,载《当代文艺探索》1985年第2期。

⑪　《荷戟独彷徨》,载《上海文学》1987年第11期。

⑫　王蒙:系列小说集《在伊犁·代序》,作家出版社,1984。

⑬　王蒙:《漫话几个作者和他们的作品》,载《文艺研究》1983年第3期。

⑭　同上。

⑮　同注⑪。

⑯　张承志:《美文的沙漠》,见《绿风土》,117页,作家出版社,1992。

⑰　同上,3—4页。

⑱　同上,53页。

⑲　周涛:《张承志这个人》,载《文汇月刊》1985年第10期。

⑳　《绿风土》,第7页。

㉑　同上,259页。

㉒　同上,249页。

㉓　叶舟:《永远的张承志》,载《文艺报》1994年5月14日。

㉔　同上。

㉕　同上。

㉖　《绿风土·后记》。

㉗　《自由与限制——当代作家面面观》,载《文艺报》1989年6月17日。

㉘　蒋子龙:《从兵团到文坛》,见《不惑文谈》,246—247页,上海文艺出版
　　社,1984。

㉙　王蒙:《英勇悲壮的"知青"纪念碑》,载《青春》1983年第2期。

㉚　同注㉘。

㉛　梁晓声:《我加了一块砖》,载《中篇小说选刊》1984年第2期。

㉜　梁晓声:《雾帆》,载《文汇月刊》1988年第11期。

㉝　王安忆：《两个 69 届初中生的对话》，载《上海文学》1988 年第 3 期。

㉞　赫尔穆特·绍伊尔：《文学史写作问题》，章国锋译，见《重新解读伟大的传统》，128 页，社会科学文献出版社，1993。

㉟　同上。

㊱　邓贤：《中国知青梦》，363 页，人民文学出版社，1993。

㊲　刘中陆主编：《青春方程式——五十个北京女知青的自述》，19 页，北京大学出版社，1995。

㊳　同上，26 页。

㊴　刘怀昭：《人文精神讨论与红卫兵理想主义反思》，载《中国青年研究》1995 年第 6 期。

㊵　陈思和语，同注㉝。

㊶　乐黛云：《青春方程式·序》，北京大学出版社，1995。

㊷　史铁生：《几回回梦里回延安——〈我的遥远的清平湾〉代后记》，见《自言自语》，184—185 页，广东旅游出版社，1992。

㊸　洪子诚：《当代中国文学的艺术问题》，307 页，北京大学出版社，1986。

㊹　张承志：《老桥·后记》。

㊺　孔捷生：《旧梦与新岸》，载《十月》1982 年第 5 期。

㊻　马尔科姆·考利：《流放者的归来》，189 页，上海外语教育出版社，1986。

㊼　同上，189—190 页。

㊽　李书磊：《〈这是一片神奇的土地〉文化测量》，载《文学自由谈》1989 年第 3 期。

㊾　南帆：《冲突的文学》，45 页，上海社会科学出版社，1992。

㊿　同上。

51　易英：《到乡下找感觉》，载《艺术世界》1994 年第 1 期。

52　同上。

六、文化英雄

英雄文化是中国传统文化重要的一脉。从远古神话中的英雄崇拜到现、当代文学中的以文入世的忧患与使命,都体现了英雄文化在中国的绵绵不绝。英雄文化必然要造就文化英雄,文化英雄再承传着英雄文化,代代相因以至不穷。文化英雄的重要特征就是悲壮的救世情怀和勇于献身的精神。他们对胸怀、抱负、胆识、气节等格外地看重。近百年来的中国作家在文学上的表达不仅承袭着"言志"的传统,同时更渗入了现代知识分子的批判精神。他们以人民代言人的身份,在正义感和艺术良知的驱动下,在七八十年代之交思想解放运动的文化背景下,重整了几近萎缩的批判意识,再度焕发了英雄的救世情怀,以英武的姿态企图再度实现对生活的"干预"。这与知识分子的价值目标是密切相关的,它首先源于传统的忧患意识,虽几经受挫但矢志不移,他们的梦幻与宿命没有人能够改写。

20 世纪下半叶以降,在一体化的精神统治下,知识分子独立的精神地位几乎丧失殆尽,独立思考的能力不断下跌。特别是经历了 50 年代中期对"干预生活"作品的整肃,文学界几乎鲜有时代的不谐和音。像"文革"时代的遇罗克、张志新等思想勇士已属凤毛麟角。在巨大的压力之下,从学界名流到文坛巨擘,剩下的只有检讨、自责和忏悔,文人的内心一片灰暗,他们是一群丢失了文化地图的人,不要说英雄情怀,甚至连查找自己的能力都失却了。然而,这一切并不意味着知识分子作为一个群体真的被"改造"了,从他们致命的缺陷到坚持的精神传统几乎都完好无损地保留如初,一遇到适合的环境,就会迅速地复原并诉诸实践。1979年和其后的两年间,在时代风潮的鼓荡下,作家笔下热情奔涌着人文激情,对历史的痛诉已不再令人瞩目,那夸大的感伤也日渐衰落;它也不同于"思考的一代"对历史的反省和追查,而是直接站到生活前沿,对生活实施了一次天真而又令人感佩的"干预"。具有这一倾向的作品,是最典型地反映了作家内心需求和追求的作品,也是最集中地表达了作家天真和真诚的作品。同时,对这些作品不同的态度,也最集中反映了那一时代的文化精神。然而,需要指出的是,这些作品几乎无一不惨遭误读,他们作为真诚的"补天派"而又不被理解,其心境可想而知。

1. 政治批判与"揭秘"策略

百年来的中国作家大都属于"问题中人",社会问题随处可见,因内忧外患而感时忧国便成为中国作家主要的情感方式。从鲁、郭、茅、巴、老、曹的经典作品中亦可看到,他们无一不关注着重大的社会问题,无一不具有强烈的现实参与意识和批判意识,这也是百年来忧愤之作格外发达,而平和精致之作又相对屡弱的原因之一。这一传统被"文革"后的作家承接下来。面对社会的种种问题他们不能置若罔闻,松动的政治环境激活了曾备受压抑的英雄情怀,直面现实的政治批判便在 1978 年形成了一股有声有色的文学潮流。这一潮流的批判目标,首选了封建特权和官僚主义。其中有代表性的作品是:刘克的《飞天》①、徐明旭的《调动》②、王靖的《在社会的档案里》③、李克威的《女贼》④、沙叶新的《假如我是真的》⑤等等。这些作品以极其尖锐的笔触,无情地撕开了各种华美的面纱,以空前的激烈揭露了以往不能谈论的重大社会问题,这一挑战在社会上引起了轩然大波。

《飞天》叙述的是一个名叫飞天的农村少女的不幸经历。在自然灾害的 60 年代,飞天逃荒到黄来寺,与孤儿海离子相爱,寺里不能久留飞天,在飞天即将归家时,军区谢政委路过寺院,得知飞天回家有困难,慷慨应允飞天可以到部队当兵,并直接用车将飞天拉往部队,谢政委占有了她后,又将她送回了黄来寺。"文革"风暴中,飞天又作为勾引军区政委的坏女人而遭到控诉,飞天疯了,人们再也没有看到她。这并不是传统的始乱终弃的故事,也不只是单纯披露特权人物的风流韵事,它是一个新的东方寓言,它揭示的是社会主义时代的人间悲剧和善与恶、美与丑的尖锐对立。作为丑恶代码的谢政委虽身居高位,却是一个享有特权的腐败分子。他对普通人可以任意地蹂躏并剥夺他们的尊严,他不再是土改时期与人民站在一起的工作队员,不再是扛过枪、渡过江的军队高级指挥员,也不再是以往作品中多次叙述过的有理想、有信仰的共产党人的形象;而飞天也一改农家小院活泼朗健、单纯明丽的女性形象,她不再是小琴、刘巧儿,也不是李双双和韩腊梅。她虽然爱着海离子,但当她流产后,突然对谢政委也产生了不可名状的柔情,她关心起他的起居冷暖,传统良家女性的刚烈和道德在飞天这里也发生了倾斜。还有,那曾被掩盖多时的三年灾害中普通人的生存处境,亦在这里得到了些许披露。因此,《飞天》内在的语义系统与当代文学的传统发生了背离。作者放弃了既有的写作规范,不仅以极大的勇气刻画了特权人物的丑恶嘴脸,同时也写出了普通人或被害者可以理解的动摇与变化。它的艺术魅力源于作者对现实和人的理解及现实主义的叙述,而美丽的飞天的毁灭则是作品的内核,所有的语义均在飞天的悲剧中得到阐发。

《在社会的档案里》是个电影文学剧本,它尚未被搬上银幕便在争论的喧闹中声名远播。其主人公李丽芳有着与飞天大体相似的不幸,部队的首长及其小儿子分别强暴了她,丈夫在新婚之夜将她逐出了家门,她在走投无路的情况下与流氓混在一起,并从此走上了犯罪的道路,终于受到了法律的制裁,而真正的罪犯——那毁灭了她青春的父子不仅依然享有特权,而且连李丽芳父代的有关首长父子犯罪过程的记录,也被销毁了。男主人公是个格瓦拉主义的信奉者,现实的无望,情人的堕落,使他"宁葬天涯,也决不还乡",然而他却无辜地死在情人唆使的流氓的刀下。这个极具"文革"时期地下文学意味的故事,以一对情侣精神和肉体毁灭的悲剧,深切控诉了"文革"时代和特权阶层的罪恶,是一个极具现代主义色彩的文学文本。它不是抽象地揭示"文革"期间或"四人帮"的思想路线如何给青年一代造成的心灵伤害,不是站在普遍性的立场上用艺术形象阐释流行的"揭批"话语,而是以"个案"和写实的方式,痛诉了官僚特权阶层的丑恶和无耻。李丽芳和王海南与飞天还不尽相同,飞天作为一个农村少女,婚姻几乎成了她最后的关怀,因此失去贞操几乎就毁灭了她的生存出路,她的文化和教育背景决定了她不可能用现代观念面对贞操问题。而王海南和李丽芳作为一代知识青年,更使他们苦闷的还是精神出路的问题,这一点在王海南身上体现得尤为鲜明。在解放全人类和全世界的流行理想中,60年代国际共运的传奇式英雄,即古巴革命的先驱人物格瓦拉的名字传到了中国。深受"四海翻腾云水怒,五洲震荡风雷激"诗性培育的红卫兵一代,对格瓦拉的革命输出主义实践和游击战理论佩服有加,他成了一代人的偶像。格瓦拉含有传奇、浪漫和理想主义色彩的人生及理论,轻易地就调动了红卫兵们的想象。红卫兵运动的失败,狂热冲动的冷却,更使一些人试图重温格瓦拉式的世界革命。这些前红卫兵们下乡后,特别是云南生产建设兵团,跨国行动——参加缅共游击队去实现"全球一片红"梦想的大有人在。晓剑、严亭亭的中篇小说《世界》⑥,黄尧的回忆录《缅共游击战中的知青战士》⑦,徐军的纪实文学《中国知青在×敢死队》⑧,以及张辛欣、桑晔的纪实小说《北京人》⑨等,对此都有过详尽而生动的记述。王海南不幸的家庭境遇和他对现实的拒斥,使他对格瓦拉情有独钟。但在这貌似激进的理想中,却不难发现王海南内心的危机,在精神上他并没有找到自己的出路,而他乌托邦式的向往最终也没有实现。他读《格瓦拉日记》《战争论》《军事战略》,渴望到北疆参战,但这些并不是目的,而是一种自我拯救的手段,他终于去了东北兵团"追逐自己的理想去了"。他有一段独白:"今天,像我这样的青年,不能读书,不能做工,除了把热血洒给祖国的边疆,还有什么路可走呢?"剧本相当深刻地揭示了王海南的精神悲剧。在人物塑造上,他比李丽芳要成功得多。

　　李丽芳的遭遇酷似飞天,不同的是,飞天作为一个农村女性,她依然保持了她的纯朴和善良,她将一切苦难留给了自己,独自吞咽着生活不幸的馈赠,她的悲剧性就更有震撼力。李丽芳的生存环境和遭遇并非没有使她走上犯罪道路的可能,但她"以恶抗恶"、从反面对社会施以报复的反抗行为是值得分析的。剧本旨在揭示青年犯罪的社会原因并非没有道理,一个美丽而有才华的青年女性堕落为流氓的过程,本身就给人以震动,但她报复所有的人,甚至连爱她的情人也不放过,尽可能地释放人性的恶,到了丧心病狂的地步,因而也掺杂了自我毁灭的因素,她就不再令人同情。因此,剧本在李丽芳的刻画上显然是缺乏节制的。她的苦难酿成的只是罪恶,而不具审美的悲剧意味。

　　《飞天》和《在社会的档案里》都将故事发生的时间设定于"文革"期间,其用意无非是获得批判的合法性。但这一用意显然没有达到预期的目的,对这一批判的批判还是如期而至。其中持激烈否定态度的文章有燕翰的《不要离开社会主义的坚实大地》,田均、梁康的《拨开用香烛编织的迷雾》,《时代的报告》评论员的文章《〈在社会的档案里〉向我们提出了什么问题》,漠雁的《迟发的稿件》等。这些文章同样以政治批判的态度对作者和作品发出了质询。这些文章的主要观点是:一、否定社会主义制度,以历史影射现实;二、诋毁人民军队;三、艺术上的自然主义,对青少年犯罪缺乏分析的同情等。其中尤以《时代的报告》评论员的文章最具代表性。文章认为:《在社会的档案里》,"斗争的焦点并非对着林彪死党",而是"指向'四人帮'被粉碎以后的今天","主题是对社会主义制度的怀疑",并且诋毁了人民军队的形象。而漠雁的文章也认为"这一笔太狠了!我看到此处简直透不过气来，深深为我们'最可爱的人'不平！"评论员的文章后还附了一封"群众来信"，其中说："你说的那个时期的社会，和这个时期的社会没有本质上的区别，社会制度没有变，人们的政治、思想、文化、道德等标准也没有变，由那个时期的社会负责和由这个时期的社会负责是一码事。……林彪、'四人帮'……只是一个特殊的社会现象，而不是社会本质。"同时，这些文章还提出了一系列关乎思想、文学理论的诸多问题。如燕翰提出的"如何真实反映社会主义时期生活的问题""社会主义文学的批判功能"问题，田均、梁康提出的"如何坚持革命现实主义方向和原则的问题""如何正确理解和深刻反映生活中的阴暗面问题"，漠雁的"作家艺术家的责任"和文艺的党性问题等等。在这些文章看来，上述作品都犯了不能饶恕的罪行。

然而，时代毕竟发生了很大的变化。虽然有激烈否定的观点，但同时也有平和讨论和分析的文章，亦有同否定观点据理相争的回应。因此，对作品的讨论实际上仍是意识形态和观念的搏斗，是话语支配权的争夺，是压抑与反抗的较量。复刊不久的《文艺报》曾积极组织过对上述作品的讨论，它善意的、开放的、保护的倾向是相当明显的。它专辟过《在社会的档案里》的讨论专栏，发表过曲六乙、艺军、钟惦棐、杜高、陈刚、卢弘、马德波等很有分析性的文章及讨论综述。在1980年第11期讨论会专栏的编者按中，有一段话大体表达了那一时代多数人的想法，它说："本刊第九期发表了漠雁同志《迟发的稿件》和关于《在社会的档案里》等作品的争鸣（来稿综述）后，至10月18日，又陆续收到来稿106篇，其中赞同漠雁观点的3篇，持不同意见的99篇。"这一数字大体表达了人们对上述作品的基本看法。

应该说,松动的政治环境和自由的学术、艺术空气为这些文化英雄的激愤批判提供了有力的保障,一种新的意识形态亦守护了这种批判精神。邓小平在《目前的形势和任务》一文中指出:"我们坚持双百方针和三不主义,不继续提文艺从属于政治这样的口号,因为这个口号容易成为对文艺横加干涉的理论根据,长期的实践证明它对文艺的发展利少害多。"夏衍在第四届文代会的闭幕词中也指出:"全国解放后,我们常说我国已经彻底地完成了反帝反封建的新民主主义革命,因此,30年来,在文艺领域中很少强调反封建的任务。过去我们往往把'百家争鸣'实际上只归结为无产阶级和资产阶级两家的争鸣。但30年来的实践证明,这两家之外的封建主义这一家,却一直在顽固地妨碍着我国社会的前进。因此,为实现四个现代化扫清道路,我认为,反对一切形式的封建主义,如家长制、特殊化、一言堂、裙带风、官僚主义等等,同反对资产阶级个人主义、无政府主义和形形色色的派性一样,都应当归于我们文艺创作的重要任务之一。"⑩ 在这样一种时代气氛下,我们时常在文艺界的"旗帜报"《文艺报》上读到这样的文章:《解放思想,迅猛前进》《要造成一种民主风气》《解除精神上的重负》《大胆干预生活》《题材禁区要打破》《敢做群众代言人》《大兴争鸣之风》《搞百家争鸣,不要搞一家独鸣》《不要横加干涉》《"改头换面的禁锢"》《要理直气壮地反对官僚主义》《扯"淡"》《不要虚张声势》等文章或杂感。这确实是一个多音齐鸣的自由时代。

刘克在回应对作者和作品进行政治批判时说:"文学作品绝对不触及制度是不可能的。……如同金无足赤、人无完人一样,世界上也没有完美无缺、尽善尽美的社会制度。从这个意义上说,社会主义制度也是可以触及的。但可悲的是,直到现在,社会主义制度仍然'触'不得,尽管我们也在理论上承认,社会主义制度也有不完善的地方,谁一'触及',谁就成了恶毒攻击社会主义制度。……在这方面,我觉得资产阶级比我们聪明,它不怕,你把资本主义攻击得体无完肤,人家照样生存;你说它'垂死',人家并没有死,还有活力。如果把飞天换成美国或日本姑娘,她的一切遭遇是否被认为是攻击资本主义制度呢?如是攻击,人家为什么又不怕呢?……我们的社会主义制度如此优越,为什么连一点都'触及'不得呢?"⑪刘克用朴素的辩证法分析了没有绝对完美的社会制度,社会主义亦概莫能外。但一个不能再简单了的道理,在当时却无法达成共识。我们发现,在社会大变动时期,总会产生截然对立的观点,它们构成了对峙性的意识形态。支持社会变动、企望改变现状的人,总会向社会和时代提供新的思想、观念和方法,推动社会的变革;而守成的意识形态对变革总是充满怀疑和拒斥,他们恐惧自己同传统失去联系,恐惧在新的处境中迷失自己,对过去的迷恋迫使他们不得不以激烈的方式作出表达。

反观历史,对官僚主义、封建特权的批判已经不再构成问题,无论它在当时面临怎样的困难和需要怎样的胆识。但这并不意味着那些批判不存有问题。事实上,无论《飞天》《在社会的档案里》,还是《调动》,它们在批判封建特权、官僚主义时,都实行了一种道德化的揭秘策略,道德问题成了万恶之源,个人的道德问题是酿成社会福祸的主要原因。这不仅夸大了个人对历史的作用,同时也隐含了作者对道德理想国的向往。在一个伦理化的国度,道德问题或个人私生活问题最容易走上街谈巷议,一方面由于"名教"几千年来的巨大影响力,它支配了人们道德判断的立场,同时也反映了在"名教"压抑下人们潜含的趣味与兴奋点。另一方面则表现了批判武器的缺乏以及对社会弊端认识所能达到的程度。十几年以后,当文化英雄期待和呼唤的变革部分地实现时,社会支付的道德代价与当年相比已远不可同日而语,然而它却没有构成文化批判的目标或内容。因此,以道德批判替代政治批判,以道德义愤表达对封建特权和官僚主义的指控,是不可能从根本上触及社会弊端的。这种道德拯救使这些名重一时的"政治斗士"实质上则成了道德英雄。这一批判向度自然地让人联想到对《爱,是不能忘记的》等作品的批判,这虽然是两种完全不同的作品,但对后者批判的出发点仍然是道德问题,钟雨和那位老干部尽管保持了最大限度的克制和自律,但仍没有被道德法庭所原谅。因此,道德化的尺度实在是个暧昧不明的尺度,它不仅在道德伦理的掩饰下忽略了更为深刻的社会历史问题,使批判流于表面化、时效性、庸俗化,同时它亦可以道德作为借口,压抑普通人正常的情感需求,阻碍时代观念的转换和变革。所以,这些文化英雄的现代性追求,对民主与自由的向往虽然目标宏大,但却起始于一个相当低的起点上。

尽管如此,这些文化英雄仍无愧为"文革"后思想解放运动的先驱,他们激进的理想仍然同百年梦幻相关。他们东方化的知识分子自我定位,显然来自于东方传统和他们切实的体验。

2. 从历史到现实

上述引起广泛争议的作品虽然表达了文化英雄的启蒙意图

和批判精神,但他们都将事件和问题设定于历史,对现实的批判是借助历史的形式实现的。无论是"文革"还是"文革"前的极"左"路线,对其批判虽然仍困难重重,但就社会总体趋势而言,它们是具有合法性的。这里一方面有策略性的考虑,另一方面则隐含了他们对现实与未来寄予的幻想。而另一部分作品,特别是诗歌作品则从历史走向了现实,它们直面现实的弊端,不再借助历史和故事来实现批判的职能,而是由诗人或抒情主人公直接承担了批判的主体,其对象同样是封建特权和官僚主义。最先置身于批判前沿的是部队青年诗人叶文福,他将批判的矛头同样指向了部队的高级将领,《将军,不能这样做》⑫同《飞天》《在社会的档案里》一样,将一个神话还原于人间。多年来,人民军队曾是一个神秘的所在,持续的历史叙事不仅使它拥有了所有的历史荣誉,使它成为一个无往不胜的神奇之师,它受到了人民真诚的爱戴和景仰。而出自于人民军队的历史与现实的各式英雄强化了人们的信赖与尊敬,人们天真地以为那就是当今人民军队的形象,它的纯粹与神圣足以使人们为之倾倒。然而,在这些批判性的作品面前,神圣塌陷了。它同人间的许多群体一样,封建特权和官僚主义在它的上层同样没有幸免,甚至更为猖獗,神圣的光环使它表现得更加肆无忌惮。叶文福在他的这首诗的小序中说:

> 历史,总是艰难地解答一个又一个新的课题而前进的。据说,一位遭"四人帮"残酷迫害的高级将领,重新走上领导岗位后,竟下令拆掉幼儿园,为自己盖楼房;全部现代化设备,耗用了几十万元外汇。

小序的言说形式,使诗人直接走向了历史的前台,并以社会良知监护人的身份仗义执言:

　　给你月亮
　　　　你嫌太冷,
　　给你太阳
　　　　你嫌太热!
　　你想把地球
　　　　搂在怀里,
　　一切,
　　　　都供你欣赏,
　　　　　　任你选择……

这种批判和揭露虽然无情,但诗人从总体上仍是一种劝诫和恳求,他使用的句法是"不能这样做",这里既含有否定的判断、阻止的用意,同时也有劝导甚至祈求。诗人用了大量的篇幅历数将军的丰功伟绩,井冈山、大渡河都曾留下过他英雄的身影:

　　你大瞪着
　　　　布满血丝的眼睛,
　　驳壳枪
　　　　往腰间
　　　　　　猛地一掖,
　　一声呼啸
　　　　似万钧雷霆,
　　挟带着雄风
　　　　冲进了

> 　　中国革命
>
> 　　英雄的史册！

这样的赞颂，我们在郭小川、贺敬之的政治抒情诗中已经相当熟悉，那是一位曾发给诗人军装和步枪的将军，是一位曾教导青年"不勇敢的／在斗争中学会勇敢，／怕困难的／去顽强地熟悉困难"的将军。因此，对"将军"的热爱和理解，叶文福同郭小川、贺敬之并无实质性的差别。不同的是，面对"将军"的变化，诗人不能再像当年一样去赞美他，他的变化是因为失去了"无产阶级的本色"。叶文福的发问是：

> 难道大渡河水都无法吞没的
>
> 　　井冈山火种，
>
> 竟要熄灭在
>
> 　　　　你的
>
> 　　　　　　茅台酒杯之中？
>
> 难道能让南湖风雨中，
>
> 　　驰来的红船，
>
> 在你的安乐椅上
>
> 　　搁浅、
>
> 　　　　停泊。

　　诗人对比的仍是"将军"们自己的历史，他所要维护的显然也是这一历史。因此，叶文福的方式原本是十分传统的，他对批判对象的热爱之情溢于言表，他没有从根本上否定"将军"，而是劝导"不能这样做"！

　　一年之后，诗人又发表了另一首引起争议的作品——《将军,好好洗一洗》⑬。诗前仍有一段缘起式的小序：

> ……据传,一位高级将领在殊死斗争中,终于打倒了对
> 手——"四人帮"在军内的一个走卒——取代了他之后,竟
> 动用一个施工连(再配属相应的机械化分队),花了一年多
> 时间,在他私人住宅的地下,修了一座辉煌的地下室,其设
> 计要求是全天候——抗得住原子弹的冲击和九级以上的地
> 震。仅地下室的澡堂里一个现代化澡盆,就花了近一万元
> 币!(我实在不忍心在此处写上"人民"二字!)

接着诗人写道：

> 是的,
>
> 　　将军,
>
> 　　　　你真该好好洗洗——
>
> 　就是死了,
>
> 　　也该
>
> 　　　　留一具
>
> 　　　　　　不算太脏的
>
> 　　　　　　　尸体!

仅一年多的时间,时代环境已发生了微妙的变化。《将军,不能
这样做》为诗歌和诗人赢得了巨大的荣誉,它虽然没有获奖,但
"它得票最多"。这一情况大致可以反映出包括诗人和诗歌研
究专家在内的读者,对文学社会职能的理解与期待。然而,当意
识形态希冀的批判完成之后,文学亦转向对现实的批判时,主流
话语便明确地表示了干预和不满。《将军,好好洗一洗》的违
时,就在于它的"不识时务",当许多人都在现实中学会了韬晦

之术时,叶文福仍向他向往的目标迈进,他要付出的代价便不难想象,尽管他对社会的总体目标更为关怀。这就是当代中国文化英雄的宿命。这首诗几乎同时在《解放军报》《解放军文艺》《文艺报》等遭到了批判。

然而,那一时代身负使命、充满忧患的诗人不只叶文福一人,年轻一代的诗人源于对社会进步的共同关怀,源于他们对文学功能的理解和对现实的感受,许多人都表达了相当明确的批判意识和对国家理想的投身热情。那时,影响广泛的作品都充满了奔涌的激情,诸如《不满》[14]、《请举起森林一般的手,制止!》[15]、《别责怪我的眉头》[16]、《关于入党动机》[17]、《为高举的和不举的手臂歌唱》[18]等等。这些诗的题目多有否定和劝诫的词语,如"不""别""请"等等。这些对现实深怀"不满"的作品,又都以诗人的方式为时代策划和想象了理想的蓝图,他们要参与对现实和未来的建构。因此,从本质上说,这些作品与现实并未构成对峙关系,只是期待它更完美。骆耕野的《不满》虽然说是一个"可怕"的思想,但他几乎每一诗句都在诠释"不满"的合理用意,"不满正是对变革的希冀,/不满乃是那创造的发端","我不满步枪,不满水车,不满帆船,/我不满泥泞,不满噪音,不满污染"。他的出发点是:

> 像鲜花憧憬着甘美的果实,
> 像煤核怀抱着燃烧的意愿;
> 我心中溢满了深挚的爱哟,
> 对现状我要大声地喊出:
> ——"我不满"!

与骆耕野"不满"的表达很相似的是徐敬亚的《别责怪我的眉头》。他反复咏唱"别责怪我的眉头",同样出于对历史和现状的"不满":

> 我们的民族应该不习惯于满足,应该不习惯于点头,
> 我们的国家不应该习惯于一个大脑指挥几亿双大手。
> 古老的黄河,给了我们太多的善良、太多的憨厚,
> 一辈辈的手脚磨出了老茧,大脑也不
>
> 应该生锈!
> 快补偿那失去了的沉思吧,
> 别责怪我的眉头——

这些"抽象"的否定背后,总有一个明确无误的、可以感知的国家关怀。这种"以诗入世"的"干预"虽然是斗士和英雄的姿态,但它总体体现的,仍是传统文人的那份忠诚的劝谏。与传统的当代文学比较而言,虽然是一种"逆向"的表达方式,不是正面赞颂现实,但它们在共同关怀这一点上并没有差别,甚至它们更丰富了诗人表达这一关怀的角度和形式。另一方面,现实所提供的"否定"性行为已经在上层社会有了例证,刘祖慈的《为高举的和不高举的手臂歌唱》,注释了"不满"和"别责怪"的合法性。"不满"的风险实际已降为零。在五届人大三次会议上,既有"扬旗般高举的手臂",也有"路障般不举的手臂",而且:

> 人民在讨论中大声说话
> 人民在会场上批评部长
> "赞成"和"反对"这两个词
> 今天真正显示出分量。

应该说，作为民主制度最基本的自由的实现，在中国却成了一道格外触目的"风景线"⑲。由此也可以想见，这些文化英雄的姿态也并非徒然，它的每一点进步，都要付出数倍的努力。时过境迁的嘲笑是幼稚的，身置那一环境的人才有可能体会到，这些努力对他们来说是多么重要。

与这种较为"抽象"的批判和呼唤有些不同的是，一些作品更接近于叶文福的思路，他们面对具体的景观和现象发出了义愤之声。其中熊召政的《请举起森林一般的手，制止！》是颇具代表性的。诗以苏区人民现实的生存环境作为抒情背景，披露了那里人民生存的真实景况，诗人义愤难耐，他用几个排比的反诘句表达自己和苏区人民的迷惑：

难道你们当年

　　用仅有的一根线

　　　　缝补红旗的弹洞，

用仅有的一把米

　　挽救饥饿的革命，

就只是为了

　　换回这千古不移的

　　　　——贫困？！

难道当年

　　苏维埃主席

　　　　讲述过的幸福，

你们用土铳和梭镖

　　从大地主噬人的

　　　　粮斗里，

从资本家吸血的

酒杯中，

抢出来的幸福，

竟变成了：

镜中之花

水底之月

天上之云?!

难道你们只能为革命

肩负牺牲的使命，

却不能为革命

掌握国家的权柄?!

难道怕你们变修，

草鞋、破衣、

稀饭、瓜菜，

才成为你们生活的水准?!

难道革命是用

饥饿

贫困，

来报答你们养育的恩情?!

以往都是以"革命"的名义发言，熊召政却对"革命"发出了"质询"。老区养育了中国革命，革命成功后，那里却变成了"老少边穷"。这一状况并不完全源于国家经济的不发达，而更有长期极"左"路线的统治和压抑，官僚主义的肆意妄行。诗人以一个个典型的场景再现了老区今天的真实处境。他虽然以不能抑制的情绪设问："假如是花神，/欺骗了大地，/我相信，/花卉就会从此绝种,/青松就会烂成齑粉!/假如是革命/欺骗了人民,/我相信/共和国大厦就会倒塌,/烈士纪念碑就会蒙尘。"但他同时还相信:"领导革命的共产党,/无时不在惦念/苏区人民。"毁坏了苏区人民生活的是地方官僚、是党内的"一个小小的佞臣"。因此,熊召政的批判限定了范畴,他揭示的仍是"党健全肌肤上一个小小的毒瘤"。尽管如此,《长江文艺》从1980年第11期始仍辟设专栏,对这首诗进行了长时间的讨论。

1980年岁末,诗人文武斌写了一首《突围之歌》,集中表达了那一时代诗人的共同向往和心境:"我要突围——我是张志新!/我是遇罗克——我要突围!/我率领着心中的信仰的劲旅,/肉体和精神拖着镣铐,突围!"他从思想先驱那里获得了精神资源,迟来的觉醒却迸发出了千钧伟力,诗人信誓旦旦:

> 我突围啊,百折不挠,
>
> 我突围啊,永不气馁!
>
> 纵然失败一千次,何妨?
>
> 第一千零一次,我将把
>
> 胜利的启明星高挂在遥远的天陲!
>
> 即便阵亡于突围途中,又何妨?
>
> 我将用蓄着火花的魂骨,
>
> 为后继者树起一面
>
> 哪怕是十分低矮的路碑……

这些诗虽然以"现实主义"的原则揭示、触及了大量的现实生活,他们在抽象和具象的两个层面表达了对现实的深切忧患,改写了传统的赞誉之辞。但我们仍会发现,这些诗人在本质上仍是乐观的,他们仍寄予一个强大的依托,仍坚信不疑于未来,因此他们又是浪漫的。有过十余年的精神炼狱的经历,使他们以经验主义的方式有了反抗压抑、正视现实的勇气;但在思想上,他们承袭的仍是古旧的传统,他们还没有独立于社会主流话语之外的思想资源,仍以诗人的气质、理想的设定这些肤浅的比照支撑写作,仍满怀希望而毫无悲剧感地以英雄自居。但是,他们真的能够实现自己期许的"突围"吗?或者说,他们试图建立的知识分子意识形态和批判传统,真的能够被允许独立于主流话语之外吗?他们"历史主体"的幻觉还能持续多久呢?

也正因为如此,1979年的时代环境格外令人怀念。这些切中时弊、敢于部分地否定现实的作品出现本身,就说明了那一时代的宽容和自由。所以,"1979年是文学的社会功能发挥得最好的一年"[20]。它对现实生活的干预在当代文学史上几乎是空前的。它虽然也遇到了各种非难和阻力,但守护的声音同样可以得到表达,就社会的基本情绪而言,批判的声音不仅得到了有力的支持和同情,而且使批判者的仗义执言带有一种悲壮的色彩。

面对重重社会问题,文学家们还来不及思考艺术表达和形式的问题,艺术创新被悬置一旁,他们只能借助传统的话语形式参与社会传统的问题,文学的功能被单一化了,它所有的轰动都来自于文学之外的因素。但这并非是文学家们的过错,具体的处境使他们不能置身于闲情逸致,去浅吟低唱玩味形式,他们只能以文化英雄的姿态去争取一个健全合理的现实,因此,一切均是时代使然。

3. 横空出世的两类英雄

1979 年第 7 期的《人民文学》发表了蒋子龙的《乔厂长上任记》,乔光朴以其气概不凡的当代英雄的形象受到了普遍的关注和欢迎。在重型电机厂困难重重的危难时刻,乔光朴毛遂自荐,重任厂长。他以自己对现代大型企业的了解和管理知识,以及锐不可当的气魄、胆识和才能,挽狂澜于既倒,使一个混乱复杂的大厂重新恢复了秩序。在社会重心转移到现代化建设的背景下,《乔厂长上任记》对此做出了积极的回应,并以承诺的方式先期兑现了希望,它以前所未有的"轰动效应"满足了主流话语重建希望的意图,也满足了深受理想主义培育的读者对允诺的期待。评论界有人指出,近年来,"我们有意地冷落了一下那种高、大、全式的浪漫主义,但我们并不嫌弃浪漫主义。要是说我们仍然欢迎浪漫主义的话,那么,我们欢迎的正是蒋子龙这样'深沉雄大'的浪漫主义"[21]。这样,肩负民族振兴伟业的英雄乔光朴,为"四化"的实现给定了一个志在必得、指日可待的日程表。评论界的肯定使这类传奇式的英雄获得了合理性,或者说,也使当代文学重返话语中心获得了合法性。它同时也在表明,作家业已获得了主体确立的自信,他们将是现代化进程的引导者。

然而,在对乔厂长一片欢呼声中,秦兆阳终于发现了它简单化的破绽。在他看来,乔厂长上任后的大刀阔斧不会不碰到一些坚硬的石头,如果把这些复杂的情况写出来,也许更能表现时代的特征,对乔光朴这个人物的刻画也会更为丰满。[22]尽管如此，读者更多的还是给予了理解和支持。乔光朴与民族百年梦想联系在一起，那强国梦虽几经幻灭，但一旦它重新燃起希望时，人们便会急切地向它扑去，并将其视为福音书。

但创作界还是及时地总结了经验，改革的艰难在其进程中轻易地粉碎了作家的梦幻。蒋子龙撤离了原来的想象，创作出了《乔厂长后传》《一个工厂秘书的日记》《开拓者》等新英雄谱系。这些英雄的环境复杂了，内心的锐不可当也变得柔和练达了。乔光朴那盖世英雄的气魄也转换为车篷宽的如下认识："相信几项决议、开几次会议就能改变几十年来形成的经济体制，是过于天真了。新鞋刚一穿上，脚是肯定要疼一阵的。改革过程中一旦出了问题，反对派就出来反对，阉割改革成果。这时甚至赞成改革的人也会思想迷惑，行动踌躇不前。种种复杂情况我们都要预先估计到。"这也可以看作是改革英雄心理发生转变的自述。

柯云路的《三千万》与蒋子龙的"开拓者家族"同属一个英雄谱系。刚刚官复原职的丁猛，面对10年尚未竣工的维尼纶厂提出一年竣工同时追加3000万的要求，面对扑朔迷离、难以预料的现状，知难而进，并以自己的身体力行为许多观望和应对的心灵重新注入了激情，现状改变了，3000万也终于压缩了一半，维尼纶厂的建设现状到底有了改观。《三千万》的外部环境确实不同于《乔厂长上任记》，它广泛而复杂的社会关系使任何权威都失去了影响力和支配力，基层中枢指挥系统已改变了它原有的性质，不仅出现了工作效率的赤字，甚至带有"伪"的色彩。作者把改革人物置于一个极富时代特色的"典型环境"中，但这些设定和铺垫是为了更加突出改革者丁猛的英雄魅力，所有的困难在作者那里都是了然于心的。尽管张安邦结网钻营多年,尽管每个人都对现状无可奈何,但无论是谭处长、预算专家钱维丛,还是女技术员白莎,都在丁猛面前失去了平静。丁猛成了新的神话,他所到之处,都会唤醒青春的回忆和人性的复苏,他的感召力无可抗拒,以至于小说中的人物马斌说:"老丁,你看,你在'三千万'上一认真,叫醒了多少人?钱工、搞预算的白莎、聂厂长、九处的谭处长,还有我,你的这个挺落后的老战友也醒了一半!"因此,这个英雄亦被评论家称为"在'现状'面前树起了一面耀眼的战旗!"[23]

但是,《三千万》同《乔厂长上任记》并无实质性的差别。乔光朴面对的电机厂是混乱和无序,丁猛面对的是更恶劣的"简直可以说一片黑暗"的社会风气,其隐含的话语显然是改革合理性的依据,并且都将现状的恶劣归结于"四人帮"的影响。改革人物均受命于危难之际,但都能势如破竹稳操胜券。因此,在人物性格的设计上,《三千万》中的丁猛,"这个人物很容易让我们想到《乔厂长上任记》中的乔光朴"[24]。柯云路还是没有神来之笔,他同样不能超越蒋子龙的路数,而能够证实的恰是乔光朴的影响。无论现实如何难以改变,英雄人物到场就一定能够改变,因此,无论将现实描述得如何"黑暗",它必将改变的承诺使"揭露黑暗"这一"冒险"早已得到了拯救,因为光明战胜黑暗是作家原本的叙事意图:"从提笔那天开始,我就把目光放到了社会性的重大题材上。我希望自己能够通过文艺作品,揭示社会的内部矛盾,揭示生活的内在辩证冲突,多少显示和描绘出历史趋向性的东西,写出时代自身的脉搏。"[25]而"历史趋向性的东西"是一个无须论证便具有合法性的观念,丁猛是这一观念天然合理的负载者,他面对的所有困难都将是形式化的,而他的凯旋则是必将举行的仪式。然而,作为现代工业文明象征的国有大中型企业的改革,远非如作家想象的那样简单,它所有的困难也许并不在于社会风气和人际关系的复杂,当历史进一步发展,问题的呈示也越加清晰,时至今日的90年代,无论是乔光朴还是丁猛,纵使他们是无以匹敌的神兵天将,面对企业现状,其勃勃雄心和自信的锐气也难免受挫。说到底,这些英雄还是作家理想化的产物。他们可以成为现代性追求的话语引导者,但毕竟不能以想象的方式替代残酷的现实实践。

与上述两篇作品不同的是水运宪的中篇小说《祸起萧墙》。主人公傅连山的性格与乔光朴、丁猛有很多相似之处,他个性刚烈、疾恶如仇、精通业务、无私无畏,是个堂堂正正、大义凛然的共产党干部,他也是毛遂自荐地到老大难地区佳津肩负重任的。面对重重阻力,他在佳津做的三件大事均以失败告终,在改革与守旧的较量中,傅连山是个失败者,最终他不惜以身试法,用毁坏大电网来抗议地方保护主义和家长制式的封建专制主义。他被押上了法庭。但法庭的气氛无比悲壮,慌乱的审判长、激动的省领导、慨叹的干部们等,都为傅连山的英雄悲剧做了有力的衬托。傅连山悲壮地失败了,但这一形象却以前所未有的深度表达了作家对改革艰巨性的理解,甚至让人能够看到他身上的早年维新人物以及许多悲剧英雄的血脉。

但傅连山还是招致了许多批评。从作品基调上,认为它缺少"令人鼓舞、开朗明快"[26]的东西,"读后总使人感到一种说不出的郁闷、压抑,因而感到茫然若失"。[27]从人物性格的逻辑关系上,认为主人公毁坏大电网不符合"性格发展的必然"[28]。让人觉得是一种"为文而造情的惊人之笔,不合乎人物性格与艺术情感所固有的逻辑","有悖于生活","损害了艺术的本质真实"㉙。批评家们从既定的逻辑出发,轻易地便发现了水运宪的"破绽"。但批评家们的自信是否天然合理,文学作品和人物是否可以走出批评的"流水线",他们却是闭口不谈的。

但是,无论乔光朴、丁猛式的成功的英雄,还是傅连山式的失败的英雄,两类不同的英雄都表达了作家对改革时代的极大热情,他们言说的都是关于现代性追求的集体话语的一部分,是初期"伤痕文学"人道主义表达的个人主体向国家主体的移动和迈进。这里尽管不乏对压抑性机制的揭示,但其总体目标的关怀仍设定于民族国家的叙事之中。因此,这些作品虽然遭遇了轻度误读,但由于它们形象地阐发了重建希望的意识形态,加入了时代主旋律的合唱,突现了民族性的立场,因此,它们处于不败之地,并从反面突出了作家和他们的人物的悲壮性。他们对社会产生的巨大的精神震撼,使更多的人将视野从历史追问中投向现实的关注,这也是改革英雄特殊的社会功用之一,作为现实与未来的拯救者,他们受到了人们由衷的拥戴。

注释:

① 刘克:《飞天》,载《十月》1979 年第 3 期。

② 徐明旭:《调动》,载《清明》1979 年第 2 期。

③ 王靖:《在社会的档案里》,载《电影创作》1979 年第 10 期。

④ 李克威:《女贼》,载《电影创作》1979 年第 11 期。

⑤ 沙叶新:《假如我是真的》,见华中师范学院中文系编《文摘》,1980。

⑥ 晓剑、严亭亭:《世界》,载《收获》1983 年第 2 期。

⑦ 黄尧:《缅共游击战中的知青战士》,载《海南纪实》1989 年第 6 期。

⑧　徐军:《中国知青在×敢死队》,云南人民出版社,1989。

⑨　张辛欣、桑晔:《大海——你真坏,又真好》,载《青文学》1985 年第 10 期。

⑩　载《文艺报》1979 年第 11、12 期合刊。

⑪　刘克:《〈飞天〉作者谈〈飞天〉》,载《安徽文学》1981 年第 1 期。

⑫　叶文福:《将军,不能这样做》,载《诗刊》1979 年第 8 期。

⑬　叶文福:《将军,好好洗一洗》,载《莲池》1981 年第 1 期。

⑭　骆耕野:《不满》,载《诗刊》1979 年第 5 期。

⑮　熊召政:《请举起森林一般的手,制止!》,载《长江文艺》1980 年第 1 期。

⑯　徐敬亚:《别责怪我的眉头》,载《诗刊》1980 年第 5 期。

⑰　曲有源:《关于入党动机》,载《诗刊》1979 年第 7 期。

⑱　刘祖慈:《为高举的和不举的手臂歌唱》,载《诗刊》1980 年第 11 期。

⑲　同上。

⑳　谢冕:《文学的绿色革命》,52—53 页,贵州人民出版社,1988。

㉑　阎纲:《又一个厂长上任了》,见《文坛徜徉录》,191 页,人民文学出版社,1984。

㉒　参见秦兆阳《断丝碎缕录》,载《文学评论》1979 年第 5 期。

㉓　朱寨文,载《文艺报》1981 年第 3 期。

㉔　同上。

㉕　柯云路:《展开广阔的社会风貌的图画》,载《小说选刊》1981 年第 5 期。

㉖　志成:《不能破罐子破摔》,载《文学报》1981 年 6 月 18 日。

㉗　同上。

㉘　晓蓉:《四化创业者不应有的悲剧》,载《文艺报》1981 年第 9 期。

㉙　张怀久:《漫谈艺术的本质真实》,载《社会科学》(上海)1981 年第 5 期。

七、现代主义与东方化

　　有一篇考察和总结现代主义名称和性质的文章开篇写道:
"文化地震学试图记载艺术、文学和思想史上经常发生的感情
变化和转移,这种变化和转移在程度上惯常分为三个大级度。
在刻度的始端是那些时尚的震动,它们似乎有规律地随着时代
的更迭而稍纵即逝,10年是测量其变化曲线的一个恰当周期,
这些曲线从始动发展到高峰,随后便逐渐消失。第二种是较大
的转移,其影响更深、更久,形成长时期的风格和感情,这些是用
世纪为单位来加以有效测量的。第三种则是那些剧烈的脱节,
那些文化上灾变性的大动乱,亦即人类创造精神的基本震动,这
些震动似乎颠覆了我们最坚实、最重要的信念和设想,把过去时
代的广大领域化为一片废墟,使整个文明或文化受到怀疑,同时
也激励人们进行疯狂的重建工作。"①而现代主义文学无疑属于
第三种,它的出现,使文学"与一切传统猝然决裂",就欧洲而
言,它"五个世纪努力的目标公然被放弃了"。②现代主义改变
了文学的秩序。它的意义被刘易斯作了如下描述:现代主义的
出现,是"西方人整个历史上最伟大的时代划分——比过去把
黑暗时代同古代分开,或把中世纪同黑暗时代分开的那种划分
更加伟大——乃是把现代同简·奥斯汀和沃尔特·司各脱的时

代划分开来"。这些作品，"在我们这个时代这样新颖得令人震惊，令人困惑。……比起任何其他'新诗'来，现代诗歌不仅具有更多的新颖色彩，而且还以一种新的方式表现出它的新颖，几乎是一个新维度里的新颖"③。而罗兰·巴特从另一个角度高度评价了它，认为它是"新阶级和新交流方式的演变中产生的世界观的总和"，并将其时间设定于"1850年左右"。④

现代主义经历了一百多年的发展演变后，虽仍散发着遗风流韵，但就其总体而言，已经成为历史陈迹。从70年代末期始，它在中国极其艰难地再度形成潮流，但由于中国独特的历史处境，它始终没有取得"合法性"的地位，因此，从其孕育到衰落，也只有短暂的15年左右的时间，但它革命性的震荡力，则令所有经历了那场文学运动的人都记忆犹新。

1.潜流浮出地表

1979年，舒婷的《致橡树》《祖国啊，我亲爱的祖国》、北岛的《回答》等诗歌作品的发表，告知了现代主义文学在中国的存在。他们的作品既不同于传统的欢天喜地的颂歌、甜美平和的生活赞美诗，也不同于信念坚定、忧愤深广的具有强烈批判现实主义意味的作品。他们的怀疑、冷峻、忧伤和独立的品格，使人们震惊，同时又保持了难言的缄默。谁都感知了它们与传统的差别，但又都有解读的困惑，它们被命名为"现代派"。北岛的《回答》就其情绪和对世界的看法而言，确有现代主义的某些特征："卑鄙是卑鄙者的通行证，/高尚是高尚者的墓志铭。/看吧，在镀金的天空中，/飘满了死者弯曲的倒影。"于是，他这样回答世界：

> 告诉你吧，世界，
>
> 我——不——相——信！
>
> 纵使你脚下有一千名挑战者，
>
> 那就把我算作第一千零一名。
>
> 我不相信天是蓝的；
>
> 我不相信雷的回声；
>
> 我不相信梦是假的；
>
> 我不相信死无报应。

　　这种愤怒和怀疑、反叛与挑战的精神风貌，比叶文福、徐敬亚、骆耕野、李发模、熊召政、文武斌的现实批判更有震撼力。后者仍在传统的思考框架之中，他们仍将理想设定于未来，仍相信批判会改变现实，他们仍有不可更改的目标和方位，因此，他们与中国传统文人和知识分子有更多的精神联系。而《回答》则否定了这份乐观，它对既定的秩序作了根本性的否定，他以挑战者反叛的姿态对世界的回答只有"我不相信"。

　　舒婷的《致橡树》与其说是一首爱情诗，不如说是一篇女性独立意识的宣言：

> 我如果爱你——
>
> 绝不像攀缘的凌霄花，
>
> 借你的高枝炫耀自己，
>
> 我如果爱你——
>
> 绝不学痴情的鸟儿，

为绿荫重复单调的歌曲

也不止像泉源，

常年送来清凉的慰藉；

也不止像险峰，

增加你的高度，衬托你的威仪。

甚至日光，

甚至春雨。

不，这些都还不够！

我必须是你近旁的一株木棉，

作为树的形象和你站在一起。

这种表达和观念，不是傅仇的《蓝色的细雨》，姑娘痴情不改地想念着远方伐木的阿里；也不是闻捷的《种瓜姑娘》，她的情人一定是荣誉的获得者，寻找爱情也就是寻找奖章；它甚至也不是林子的《给他》："只要你要，我都给你，给你我的灵魂，我的身体。"舒婷这里有了"条件"，她首先要作为一个独立的人，在"相互致意"中"终身相依"。

这些作品尽管表达了它与传统的脱节，宣告了传统写作范式支配力的失效，但仍旧保持了有迹可循的东方化的特征。埃德蒙·威尔逊在《阿克塞尔的城堡：1870—1930年想象文学的研究》一文中指出："法国人是现代运动之父，这个运动慢慢移到海峡对岸，随后穿过爱尔兰海，直到美国人最后继承下来，并把他们自己的魔力、极端主义和对异常事物的趣味带入这个运动之中。"⑤这一揭示非常重要，它不仅隐含了作者对现代主义运动的变动性理解，同时也揭示了它的时代和地域差别。1979年的中国现代主义，没有美国式的对异常事物的趣味，甚至也少

有法国式的荒诞和黑色幽默。它体现出的同样是东方式的，即
对意识形态压抑的反叛和抗争，同时也同样保持了传统忧患和
国家民族意识，在舒婷稍后的作品中，甚至有浓重的古典浪漫主
义的情调。因此，中国现代主义的产生，没有，也不能离开中国
社会历史的规定情境。

现代主义的研究专家们认为：现代主义的倾向是"朝着深
奥微妙和独特风格发展的倾向，朝着内向性、技巧表现、内心自
我怀疑发展的"⑥。它可以认为是这样的艺术：

> 它是唯一与我们的混乱情景相应的艺术。它是由海森
> 伯格的"测不准原则"而产生的艺术，是第一次世界大战中
> 文明和理智遭到毁灭的艺术，是为马克思、弗洛伊德和达尔
> 文所改变的和重新解释的那个世界的艺术，是资本主义和
> 工业不断加速发展的艺术，是人们感到自己的存在无意义
> 或不合理的艺术。它是技术的文学。它是由于取消社会现
> 实和因果关系中的传统观念而产生的艺术，是由于破坏完
> 整个性的传统观念，由于语言的普遍观念受到怀疑，一切现
> 实变为虚构时引起语言混乱而产生的艺术。因此，现代主
> 义是现代化的艺术——无论艺术家怎样与社会彻底脱离，
> 也不论他们怎样间接地作出艺术的姿态。⑦

作者在这里几乎将现代主义文学性质的判断穷尽了。但就
中国而言，它的产生显然源于特殊的历史环境。"1968 年 12 月
20 日下午 4 点零 8 分，一列火车缓缓驶离了北京站，郭路生就
坐在这列火车上，'上山下乡'的历史洪流将他同千百万知青席
卷到广阔天地中去。在这历史的时刻，'一片手的海浪翻动'起

来,列车在泪雨中渐渐加速……"⑧谁也不会想到,坐在这趟列车上的郭路生,在这经典场景的启示下,写出了第一首具有现代主义倾向的诗:"北京车站高大的建筑,突然一阵剧烈的晃动",北京渐渐向后退去,"我的心骤然一阵疼痛,一定是/妈妈缀扣子的针线穿透了我的心胸。"他没有丝毫的欢快和激动,他的迷惘、恐惧、被遗弃感同欢送的锣鼓形成了巨大的反差:

> 我再次向北京挥动手臂,
>
> 想一把抓住她的衣领,
>
> 然后向她大声地叫喊:
>
> "听见吗?记着我,妈妈,北京!"⑨

郭路生早于许多人感悟了一代青年的困惑和精神危机,但他仍不具思想的穿透力,对北京的依恋感隐含的仍是他的教育背景的深刻影响。后来,他写了一首在知青中影响广泛的《相信未来》:

> 当蛛网无情地查封了我的炉台、
>
> 当灰烬的余烟叹息着贫困的悲哀,
>
> 我顽强地铺平失望的灰烬,
>
> 用美丽的雪花写下:相信未来!
>
> 当我的紫葡萄化为深秋的泪水,
>
> 当我的鲜花依偎在别人的情怀,
>
> 我仍固执地望着凝露的枯藤,
>
> 在凄凉的大地上写下:相信未来!

传统的理想主义和浪漫情怀,在极度困难的精神处境中仍纯净如水,用未来的期许支撑苦难的心灵,用想象的方式逃离精神炼狱,是郭路生早期具有现代主义倾向诗歌的重要特征,在这一点上使现代主义一开始便具有了东方化的色彩。

郭路生属于早熟的一代青年,"文革"初期,他与一些有独立思考能力的朋友自觉地游离于时代潮流之外,在他们的"文艺沙龙"中,"经常聚会,玩秘密写诗的游戏。喝酒,没有钱,只能喝廉价酒。下酒菜是咸菜,有一次,董沙贝带来个青萝卜,用铅笔刀削削,大家吃得特别有味"⑩。从这些情形完全可以想象那一时代青年缓释压抑的方式,但它仍不同于以极端方式表达情感的美国的"愤怒青年"。金斯堡后来回忆说:在压抑困顿的日子里,他们"夜复一夜,用梦,用毒品,用不眠的噩梦、酒精、阴茎和没完没了的舞会把身躯投入炼狱"⑪。中国现代主义的发动者们仍是理性的,或者说其方式仍是东方化的,那个"文艺沙龙"的喝酒场景,虽然部分地叠合了现代青年的宣泄方式,但它同时也可以让人联想到"魏晋风度"和中国的隐士生活,他们终究没有,也不能完全以西方的方式来表达他们对现实的拒斥和反抗。他们的内心仍完好无损地保持着东方式的对群体目标的真诚关怀。

杨健在他有关"地下文学"的书中曾记述了这样一个事件,它可以简约地概括为"郭世英案"。郭世英是郭沫若之子,不仅聪颖过人,而且是一所著名中学的足球门将。入北大后,他和他的同学向被视为万能法宝的"一分为二"观点提出了不能穷尽的哲学未知数,他们将自己的小组命名为 X。他们研究的问题有:社会主义的基本矛盾是不是阶级斗争?"大跃进"是成功了还是失败了?毛泽东思想能不能一分为二?什么是权威?有没有顶峰？讨论常常通宵达旦，寒暑假也以通信方式相互探讨不断提出的 X。这一小组的言论和活动引起了北大和公安部门的注意，有关部门从截获的书信和油印刊稿上，掌握了他们"严重的政治问题"。郭世英被定性为"有反党反社会主义言论""性质属敌我矛盾"，但"按人民内部矛盾处理"。郭世英的 X 小组全部被捕，而作为诗歌沙龙的"太阳纵队"则自行解散。1968 年 4 月 26 日清晨 6 时，造反派将郭世英迫害致死。在农业大学私设的牢房中，他四肢被捆绑在椅子上，轮番批斗，连续三天三夜，受尽人身凌辱。然后，人反绑着从关押他的房间——一个三层楼上的窗口中"飞"出来，……肝脑涂地，血染红了楼前的土地，死时年仅 26 岁。他的死有人说是为"血的抗议"而自杀，有人则说是他杀。而沙龙中所有的人都生活于这一案件的阴影中，其中张朗朗在逃跑和朋友分手之际，在一个朋友的本子扉页上写下了"相信未来"四个字。这便是郭路生那首"相信未来"诗题的来源。所以日后郭路生对张朗朗说："我那首《相信未来》，题目得自于你。"⑫从以上资料分析，郭世英等青年虽然较早地具有了怀疑意识，但他们的行为方式中仍具有浓重的、天真的浪漫主义色彩。郭路生显然受到了这种感染，那种空泛的"相信未来"是语焉不详、所指不明的，它作为临时的精神避难所很快就塌陷了。1974 年，当郭路生写下了《疯狗》之后，便喻示了这一"相信"的破产。

"文革"中具体的历史处境是中国现代主义倾向文学产生的现实基础，千奇百怪的非正常性事件导致了一代青年的怀疑和反抗意识，他们精神的春天正是在现实的严冬中孕育的；另一方面，非主流的文化接受使他们找到了相应的表达形式。塞林格的《麦田里的守望者》、贝克特的《椅子》、萨特的《厌恶及其他》等现代主义文学经典,已在部分青年中流行,这一文化传播改变了他们的思考形式,它如同催化剂,迅速地调动了他们的现实感受,东方化的现代主义文学正是在这样的现实和文化处境中发生的。

郭路生的重要,就在于他的先驱性。很多重要的"现代派"诗人都曾受到他的影响。"白洋淀诗派"的重要成员多多曾说:"要说传统,郭路生是我们一个小小的传统。"⑬而"后来成名的诗人北岛在法国回答记者提问,回忆他当时为什么写诗,就是因为读了郭路生的诗"⑭。

知青下乡之后,在许多地方形成了影响不一的诗歌群体,其中"白洋淀诗派"是最具代表性的。它的三名主要成员:芒克、根子、多多,后来都成为名重一时的现代主义诗歌的代表性人物。从1971年开始,他们以相互交流的方式开始了诗歌创作,并使这一著名的水乡成为一个诗歌的摇篮。后来,北岛、江河、甘铁生等人都曾前往白洋淀游历、做客和"朝圣"。⑮

现代主义不可能被时代所承认,它作为潜流只能流淌于地下,在民间无声地生长,以至于后来的许多文学史著作都无视于它的存在。它们在谈到文化大革命文学时,在否定时代主流文学的同时,对"地下文学"也保持了缄默。但是,作为最具"文革"时代文学特征的现代主义文学终以滞后的方式浮出了历史地表,它怪异的表达使经历了"文革"噩梦的人都如受电击,瞠目结舌。

值得注意的是,当这一潮流浮出地表时,它已退尽了初潮阶段的幼稚和天真,而是以相当成熟的姿态面世的。其标志是

1978 年北岛、芒克发起创办的《今天》杂志的诞生。《今天》是现代主义经过了民间十年锤炼之后走向历史前台的。在《创刊号》上他们宣告："历史终于给了我们以机会，使我们这代人能够把埋在心中 10 年之久的歌声唱出来"，同时他们又以强烈的使命意识告知世人："反映新时代精神的艰巨任务，已经落在我们这一代人肩上。"[16]对世界已失去了信赖感的一代人，仍自觉地肩负使命，对世界充满怀疑的同时却对自己充满了自信。这使东方现代主义充满了矛盾和悖论。

我们不由得想起 20 年代中期现代主义在中国初潮泛起时的情形。李金发以李淑良的署名发表了一首题为"弃妇"[17]的诗：

> 长发披遍我两眼之前，
> 遂阻断了一切羞恶之疾视，
> 与鲜血之急流，枯骨之沉睡。
> 黑夜与蚁虫联步徐来，
> 越此短墙之角，
> 狂呼在我清白之耳后，
> 如荒野狂风怒号，
> 战栗了无数游牧。
>
> 靠一根草儿，与上帝之灵往返在空谷里，
> 我的哀戚唯游蜂之脑能深印着；
> 或以山泉长泻在悬崖；
> 然后随红叶而俱去。

　　它一改五四时代启蒙自信的诗风，而是以空前的没落和衰颓表达了他对现实的感受。它难以捉摸、无以判断，它的语言不再明丽和流畅，在晓畅易懂为时尚的风气中，他专事晦涩和含混。但这一倾向在那个大时代宽容的胸襟中仍得到了同情和谅解。而首先支持李金发的则是以倡导"平民文学"而著名的周作人教授。值得注意的是，李金发虽然深受"现代主义之父"的法国人的影响，但他显然也对五四后的新诗现状不满，那过于意识形态化的、忽略艺术自身讲求的作品，"既无章法，又无意境，浅白得像家书，和分段填写的散文，始终白话诗为人漠视，后有其应得的地位，也是这群人造成的结果"[18]。而李金发受到法国人的启发，将"现代精神同颓废精神和唯美主义精神交织在一起"[19]，他的出现，"的确是一次惊世骇俗的展现。这种展现的意义，首先在于它是一次纯粹的诗艺的实践。五四新诗所具备的那种先天性的社会先锋意识和思想启蒙的角色明显地消隐下来，社会承诺和意识形态的使命受到冷淡。从《微雨》到《异国情调》，李金发诗大体是涉及人生的体验，以及他所经历的值得回忆的一切。在他的诗中，看不到当时知识分子所热衷谈论的话题，也几乎看不到任何现实社会的喧闹和悲欢"[20]。他的艺术实践是与他的艺术素养和艺术信念相联系的。他把诗和艺术看得很重，语法的诟病和其他缺陷不能把这一点抹杀。[21]然而，李金发终还是生不逢时，现实的强大洪流还是淹灭了先锋的美学实践，唯美主义在"现实主义"面前不战自败几乎就是命定的。这里难以评定究竟是诗人的悲哀还是时代的悲哀，但对诗人和时代来说终不是一件幸事，则是可以肯定的。

　　现代主义在中国的第二次崛起情况发生了极大的变化。首先,这代人的实践虽然是从形式上入手,但这从来也没有成为他们关注的焦点,也不是最后的目的。1971年,根子读了芒克的诗句"那暴风雪蓝色的火焰"后,像吃了什么甜东西。[22]这里通感的运用使想象瑰丽无比,新奇的试验对诗人来说自然会有极大的感召力,事实证明他们也确实这样做了,但与意识形态的关怀比较来说,艺术实验始终是第二位的。他们的社会参与意识和批判精神从来也没有从诗中退出过。如是看来,第二代现代主义的实践者们更多承接的乃是五四以来现代知识分子的启蒙话语和"历史主体"意识,他们的目标是明确的,承诺是慷慨的:"诗人应该通过作品建立一个自由的世界,正直的世界,正义和人性的世界。"[23]他悲壮而冷峻地渴望献身。

> 我,站在这里
>
> 代替另一个被杀害的人
>
> 为了每当太阳升起
>
> 让沉重的影子像道路
>
> 穿过整个国土[24]

北岛一出现就明确地定位于挑战者的姿态,他发问的是:"冰川纪过去了。/为什么到处都是冰凌?/好望角发现了,/为什么死海里千帆相竞?"他显然要回答甚至解决这些问题:

> 如果海洋注定要决堤,
>
> 就让所有的苦水都注入我心中;
>
> 如果陆地注定要上升,
>
> 就让人类重新选择生存的峰顶。

> 新的转机和闪闪的星斗，
>
> 正在缀满没有遮拦的天空，
>
> 那是五千年的象形文字，
>
> 那是未来人们凝视的眼睛。

一种强烈的英雄情怀使诗人在想象中获得了升华，他可以承受所有的苦难，不惜牺牲，并且相信"在我倒下的地方／将会有另一个人站起"[25]。《今天》诗群几乎都有这样的气魄和胸怀。江河在自述中认为："过去—现在—未来，在诗人身上，同时存在，他把自己融入历史中，同富有创造性的人们一起真诚地实现着全人类的愿望。"[26]杨炼则表示："我的思想和感情与人民相沟通……我相信时代和人民都在成熟"[27]，"我的使命就是表现这个时代……对于我，观察、思考中国的现实，为中国人民的命运斗争是理所当然的事情。具体地说，就是表现长期被屈辱、被压抑的中国人民为争取彻底解放而进行的英勇斗争以及由此带来的精神领域的巨大变革"[28]。这些表述同主流话语的动员民众、重建希望是一致的。因此，现代主义一开始就不曾游离于时代潮流之外，他们的介入意识和加入主旋律的合唱是相当坚定的。另一方面，他们也不同于西方现代主义对人性的绝望，对人道主义话语实践的拒绝。而是积极地呼唤人性，重建人与人的和谐信任关系。舒婷就明确表示："通往心灵的道路是多种多样的，不仅仅是诗；一个具有正义感又富于同情心的人，总能找到他走向世界的出发点，不仅仅是诗。"[29]这些信念支配了她的创作，当北岛表达了他对所有苦难的承受勇气的时候，舒婷所表达的也不仅仅是"个人"的"问题"：

我决不申诉

我个人的遭遇。

错过的青春,

变形的灵魂。

无数失眠之夜,

留下来痛苦的回忆。

我推翻了一道道定义;

我砸碎了一层层枷锁;

心中只剩下

一片触目的废墟……

但是,我站起来了,

站在广阔的地平线上,

再没有人,没有任何手段

能把我重新推下去。㉚

他们一方面有"我不相信"的怀疑,有"推翻一道道定义"的勇气,但他们同时又是自信的,坚信"大写的人"或人性的胜利。因此,中国的现代主义同人道主义的时代潮流叠合起来,从而成为人道主义的盟友。无论是舒婷的忧伤还是北岛的狞厉,他们内心的公共关怀从来也没有放弃。而舒婷的诗就其本身而言,也许并不那么现代,她的清新、委婉、温情乃至雅致,更接近中国的古典传统,更接近经过西风沐浴的徐志摩、戴望舒、何其芳或"湖畔"诗人的风尚,它发展或重新创造了情感型的诗歌,既无朦胧,也不晦涩。她之所以成为"新诗潮"争论的焦点,而被置于暧昧不明的旋涡之中,更多的还是因为她诗中所传达的不合时宜的思想和观念。在这一点上她与顾城有很大的不同。

不仅"新诗潮"一开始就同人道主义结下了不解之缘，而且中国的"现代主义"小说亦概莫能外。这些作品虽然在手法上给人"焕然一新"的感受，但其内在品格上，述说的仍然是人道主义的内容。宗璞的《我是谁》，叙述的是生物学家韦弥和丈夫孟文起双双挨斗，一夜间陷入了迷失自我的深渊，而当他们在自由的雁阵中意识到自己是人时，为了维护人的尊严而投湖自尽。作品明确地传达了作家对人性遭到压抑和损害的时代的愤怒控诉。而《鲁鲁》写的虽然是一只小狗的故事，但"动物的悲鸣，内涵是人性的呼喊"[31]，《蜗居》描述的则是人在十年浩劫中怎样被挤压变形。戴厚英的《人啊，人！》则以几个主人公交替独白的形式，深入发掘了人物的内心世界，表达了作家对人的情感世界的深切关怀。作家自己曾说："在小说中宣扬的正是我以前所批判过的某些东西。我想在小说中倾吐的，正是我以前所要努力克服和改造的'人情味'。"她直言不讳地说："一支已被唾弃、遗忘的歌曲冲出了我的喉咙：人性、人情、人道主义！"[32]张辛欣、陈林以及后来的刘索拉、徐星等人的作品，所传达的基本上也是人与人理解或交流的困难，"人"的困境是中国现代主义最基本的主题。

艺术形式在中国的现代主义那里，虽然是第二位的，但他们毕竟也实施了与其内容相适应的有效探索。北岛说："诗歌面临着形式危机，许多陈旧的表现手段已经远不够用了，隐喻、象征、通感，改变视角和透视关系，打破时空秩序等手法为我们提供了新的前景。我试图把电影蒙太奇的手法引入自己的诗中，造成意象的撞击和迅速转换，激发人的想象力来填补大幅度跳跃留下的空白。另外，我还十分注重诗歌的容纳量、潜意识和瞬间感受的捕捉。"㉝北岛实践着他的宣言,他的诗与传统的普通或经典性的作品相比,便有了一种"陌生化"的意味。他有一首诗叫作《船票》。但这张"船票"最后也没有掌握在"他"的手中。"船票"是一个意象,它可以言说但更适于体悟和想象,一个不能登上甲板的人,一个心同岛屿一样孤单的人,都出于他"没有船票","他"被剥夺了,被忽略了。因此,这一意象相当契合地映照出了抒情者孤单的心绪。北岛创造了许多属于他个人的独特的意象:"海滩""岸""岛""黄昏""帆船"等等,构成了他独特的意象世界。它们在诗人、也在读者想象的空间组成了奇妙的船队,美丽而勇武地驰骋。在舒婷那里,她的意象世界则是以"珠贝""橡树""古井""枫叶""落叶"等忧伤的指代构成的。它们触动了诗人敏感的思绪,或者说诗人在这些普通的自然物上发现了具有包容性的艺术意味。意象的创造,更应提到那已逝的"童话诗人"顾城,这位深受西班牙诗人洛尔迦影响的青年诗人,在诸多意象中创造了他的"纯净的美"㉞。他同洛尔迦一样,对大海、圆月、村庄、海螺、天空、树枝等,情有独钟。"月亮在水上行走。天空是多么澄净! 河上古老的涟漪,慢慢地织起皱纹。这时一根年幼的树枝,以为月亮就是一面小镜子。"这是洛尔迦的《半圆月》,它的纯净温馨,一如夏夜的旷野,寂静而安详;又如少年的内心,平静又寂寞。而顾城诗中的眼睛、小河、蝴蝶、船篷、野菊、蒲公英、修竹等意象,与洛尔迦几乎有异曲同工之妙。

在小说领域,一种"内观的手法"被普遍使用,它"透过现实的外壳去写本质,虽然荒诞不经,却求神似"㉟。宗璞、韩少功、残雪的荒诞,刘索拉、徐星的黑色幽默,茹志鹃的意识流,戴厚英、靳凡、张辛欣的大幅度跳跃、有意打破时序等手法,与现代主义诗歌一起,拓展了文学表达的艺术空间。他们的探索同属现代主义的精神范畴。

2.“观念的搏斗”

1979年10月,《星星》的复刊号上发表了公刘的文章——《新的课题》。它可以视为是第一篇公开谈论、评价当代中国现代主义文学的文章。它源于公刘偶然读到的顾城发表于北京西城区文化馆出版的小报——《蒲公英》上的一组小诗:《无名的小花》。诗前附有一小序:

> 《无名的小花》长久以来是不合时宜的。因为它真实地记录了“文化大革命”中一个随父“下放”少年的畸形心理……
>
> 当然,随着一个时代沉入历史的地层,《无名的小花》也变成了脉纹淡薄的近代化石。我珍视它、保存它,并不是为了追怀逝去的青春,而是为了给未来的考古学者提供一点论据,让他们证明,在20世纪60年代和70年代间,有一片多么浓重的乌云,一块多么贫瘠的土地。

公刘读了这段独白后,使他“感到战栗”,于是他设法找到了顾城的全部诗作,读过想过之后,公刘逐一批驳了认为这种探索“是走在一条危险的小路上”、是“个人主义的呻吟”等否定性看法。他希望“无论如何,我们必须努力去理解他们,理解得越多越好”,因为“这是一个新的课题”。公刘参照的基本是诗坛现状,顾城等探索性的诗创作,也是基于现状对比才具有合理性的,他还没有将其视为一个文学思潮来看待。在他的眼里,这些"孩子们"的创作是可以引导的,而且他负有引导的责任。㊱

必须承认,现代主义被社会熟知和它的生长环境已经有了一个"时间差";它在生长时期无法被社会所接纳,当然不能及时地为社会所认识;而当它们可以在社会正常传播时,它们已成了"近代化石",那个时代也已经"沉入了历史的地层"。但这一差别也造成了许多理解性的障碍,传统的欣赏趣味和创作原则不能容忍这一潮流的蔓延和发展。因此,一时间里,对现代主义潮流的看法和争论成了文学最前沿的话题。1980 年 4 月在南宁召开的全国诗歌讨论会上,对这一现象的评价也是基本的论题之一。在莫衷一是、情况不明的迷顿中,谢冕发表了《在新的崛起面前》一文,他以前瞻性的视野,给予青年诗人以热情的支持,他认为:"我们一时不习惯的东西,未必就是坏东西;我们读得不很懂的诗,未必就是坏诗。……世界是多样的,艺术世界更是复杂的。即使是不好的艺术,也应当允许探索,何况'古怪'并不一定就不好。"㊲谢冕这开放和宽容的文学思想为他后来长久地坚持,他也成为诗歌界最具影响力和权威性的发言人。而事实上,谢冕所坚持的正是五四以来艺术革新者所坚持的思想,当年李金发在《卢森著〈疗〉序》中曾说:"我认为诗是文学经过锻炼后的结晶体,又是个人精神与心灵的精华,多少是带着贵族气息的。故一个诗人的诗,不一定人人看了能懂,才是好诗,或者只有一部分人,或有相当训练的人才能领略其好处。《离骚》的思想与字汇,恐怕许多大学毕业生还看不懂,但它仍不失为中国诗的精华大成。若说诗要大众看了都能懂,如他们所朗诵的

《边区自卫军》之类,那不能算诗,只能当民歌和弹词。"而这一问题几十年之后又要从头谈起,"一体化"的思想处境使一切革新者都必须不断重临起点,这在中国要算一大特色。

在南方,《福建文学》从 1980 年第 2 期始,也专辟栏目讨论"新诗创作"问题,其中主要是围绕舒婷的创作展开的。但这些讨论基本还是限定于文学的范畴之内,它是文学意识形态的一次较量和搏斗,现代主义文学的守护力量和排斥力量进行了坦率的交锋。从总体上说,它的水平和质量虽然限于知识的欠缺,但其出发点还是健康和正常的。它并没有为这一潮流的实践者和支持者造成心理或政治的压力。但是,双方似乎都在酝酿力量:守护者急于从理论的高度肯定这一潮流的合理性和合法性,他们坚持在艺术的范畴内来谈论;而否定者亦从另一方面寻找依据,证实它的"不合理性",并逐渐将讨论引向文学范畴之外,使其成为政治意识形态的一部分,改变了话语范型。

孙绍振的《新的美学原则在崛起》[33],试图将讨论引向深入;并将这一文学思潮提高到美学的层面来认识,他指出:

> 谢冕同志把这一股年轻人的诗潮称之为"新的崛起",是富于历史感,表现出战略眼光的。……与其说是新人的崛起,不如说是一种新的美学原则在崛起。这种新的美学原则,不能说与传统的美学观念没有任何联系,但崛起的青年对我们传统的美学观念常常表现出一种不驯服的姿态。他们不屑于作时代精神的号筒,也不屑于表现自我感情世界以外的丰功伟绩。他们甚至回避去写那些我们习惯了的人物经历、英勇的斗争和忘我的劳动场景。他们和我们 50 年代的颂歌传统和 60 年代的战歌传统有所不同,不是直接

去赞美生活,而是追求生活溶解在心灵中的秘密。

就当时的论争情况而言,孙绍振的文章有很强的解释性,他的阐发在一定程度上切合现代主义诗潮的核心内容。

《崛起的诗群》是徐敬亚全面论述我国诗歌现代倾向的长篇文章。他就现代诗潮兴起的背景、艺术主张和内容特征、表现手法以及新诗的发展道路,做了类似总结性的发言。

这就是史称"三个崛起"的基本内容。针对这一文学意识形态,传统的守护者作出了激烈的反应。宋垒认为:"以谢冕为代表的这一思潮,竭力否定过去诗歌创作的成就,其目的在于引导青年倒向西方现代派。可是,许多青年诗作者并未读过西方现代派诗歌,为什么非要大力宣扬鼓噪呢?这只能说明谢冕本人对西方现代派诗歌崇拜得五体投地……当前的主要倾向,并不在于西方现代派诗歌无人加以神化,而在于现实主义的民族化的诗风受到鄙视和压抑。"㊴程代熙则认为孙绍振的美学原则在某些方面步入西方的脚迹。㊵此外,晓雪、杨匡汉等人也发表了批评徐敬亚的文章。

这些争论的结果及意义已无须赘言。但从大量的文章中,我们发现,其间大量使用的是这样一些词语,如"传统""现代""西方""历史""违背""背离""崇拜"等等。现代主义诗潮的守护者,均以开放的视野强调交流与借鉴的合理性,认为它是丰富和发展新诗的又一参照系和文学资源,在纯粹的艺术角度上表达它的必要性;而否定者则认为西方是一个不祥之物,它与本土的对峙是不能调和的,新诗自身的传统已构成了一个自足的、永动的、开掘不尽的资源,中国历史的边界和国土的边界,也就是他们思维的边界。因此,这一对立的文学意识形态从一开始就

密切地联系着国家话语和它面对未来的道路选择。这一点同样
体现了东方化的特征。

还可以获得证实的是，徐迟曾有一篇文章，题目就是"现代
化与现代派"，他认为：

> 在我们这里，很不少人仍然欣赏古琴、花鸟、古诗、昆曲
> 之类，迷恋于过去，是过去派。另些人还不能区别那严重污
> 染环境的近代化与高度发展的四维空间的现代化的差别，
> 他们其实还是近代派。都不是现代派，他们所向往的是过
> 去化，或自足自满于近代化，并无或毫无现代化的概念。我
> 们的现代化既有一个特别困难的进程，看来我们的现代派
> 的处境也将很快是比较困难的。

徐迟对待现代主义文学的出发点原本没错，但它将现代化
与现代派相联系，将一种困难重重的文学潮流企图置于国家话
语的保护之下，虽然用心良苦，却在学理层面失于严谨。首先，
文学与经济的发展并不完全是同构对应关系，文学自身的规定
性往往使它游离于经济而独立存在和发展，它并不完全是社会
或经济的预言书、宣判词、贴身随从。中国现代主义文学产生的
时代，恰恰是中国经济持续倒退的时代。其次，中国的现代主义
文学并无西方非理性的哲学背景，它亦不源于现代物欲的挤压，
而精神危机，试图越超、突破一体化统治的努力，才是它产生的
真实原因。但徐迟的思路和表达方式却从另一方面体现了现代
主义东方化的特征。

在"观念的搏斗"中，东方化的特征还体现在它的实用主义
理解上。王蒙曾在一篇文章中盛赞高行健的小册子——《现代

小说技巧初探》[41]，但他同时认为："外来的东西一定要和中国的东西相结合，否则就站不住。"王蒙实践了他的这一看法，他的《布礼》《海的梦》《夜的眼》《蝴蝶》《春之声》《风筝飘带》等，虽然大量地运用了意识流，并在评论界还没有充分认识现代主义文学的情况下，造成了极大的轰动效应。但他"先锋性"的形式所表达的仍是他青年时代的"少布精神"，他仍没有超出"形式服务内容"或"体用论"的古旧思想，这一策略性的考虑，本身就与"现代"无关。

　　这一理解并非王蒙一人独有。当时名重一时的"空战"[42]通信，李陀也将其视为一个形式创新的突破口，冯骥才的兴奋显然也与他"下一步将踏向何处"的苦恼相关。这些具有影响的作家们对现代派的理解与辩护，事实上已经离开了中国现代主义文学的初衷。这一背景在很大程度上预示了这一文学潮流的命运。

3. 现代主义的"内乱"及衰落

　　现代主义文学观念不仅遭遇了否定性力量的批判，使其陷于进退维谷的境地中，同时，东方化的不断加入，也使其技巧逐渐被"剥离"出来。王蒙说："我倒觉得小说的形式和技巧本身未必有很多高低新旧之分。一切形式和技巧都应为我所用。画地为牢或拒绝接受已有的传统经验，都是傻瓜。用得好的，可以化腐朽为神奇，用得不好的，可以化神奇为腐朽。"[43]张贤亮也自信地说："新技巧，不外乎是意识流和拼贴画。我个人觉得意识流还不大适合我国大多数读者的胃口，而拼贴画的跳荡太大，一般读惯了情节连续的故事的读者也难以接受。于是我试用了一种不同于我个人过去使用的技巧——中国式的意识流加中国式的拼贴画。也就是说,意识流要流成情节,拼贴画的画幅之间又要有故事的联系。"[44] 现代主义那个人化的、唯美主义的艺术追求,被这些作家的公众意识所取代,"为了读者"的考虑在这些主流作家中已相当普遍,他们既要"先锋"的姿态,同时又要"社会效果"。

对这种技巧借鉴之风,青年作家们表示了极大的不满,张承志认为:"现代主义"绝不是"花里胡哨",其表面上恰恰可能是最为平凡和平静的。……"锐意求新"是时代注定的可悲的词,它本身就有缺乏内容和机会主义的形象。巨人时代根本不"考虑"形式……作家应该考虑的是:自己对文学究竟有多少认真?自己究竟有无能力表现自己的感受。[45] 在同一篇访问记中,徐星认为:"现代主义不是形式主义,而是生活方式问题,真正超脱的人实际是最痛苦的人。卡夫卡活着本身就是一个艺术品。写什么样的作品是生活方式决定的,是命里注定的。"[46] 这是现代主义文学运动的一次"内乱"。年轻的一代不满意中年一代的"体用"或"实用"的做法,在他们看来,那"花里胡哨"的"锐意求新"几乎是不可原谅的。

与中年作家对现代主义的理解有极大不同的,是残雪、徐星、刘索拉、刘西鸿等青年作家的出现,他们使中国的现代主义焕然一新。在他们那多少有些夸大的感性生活里,几乎充满了荒诞和绝望。残雪完全无视流行的文学常规,而是真实地面对自己内心的精神压抑,写出的是梦魇般的记忆。她认为:"小说,写到最高境地……是感觉的。"[47] 让人惊异的是残雪在表达这种情绪时,又是那样心平气和。刘索拉、徐星、刘西鸿似乎更激烈些,他们笔下的人物不仅抑郁,还有更多的是狂躁和烦乱。他们是对社会传统价值观念无法认同,个人自由受到压抑而又无力反抗的年轻人。因此他们被概括为"嬉皮士"或"多余人"[48],于是,对现代主义文学的看法从"要不要"转变为"好不好"[49]的争论。但何新对《无主题变奏》"不是一个孤立的文学现象"的批评,并没有引起正面的冲突,他对现代主义在中国当代文学的有害影响的判定和"这难道是当代中国人所应当追求和模仿的吗?"的质问,本身就含有了不战自胜的答案。

现代主义在中国的第二次崛起,是一次极富悲剧意味的文学运动。它冒着主流话语"叛逆"的指斥和失去读者的双重危险,担负起社会批判的使命,并与人道主义一起重新构建了人的神话。那一时代的许多作家几乎都经历了现代主义文学的沐浴,并以切实的文学实践显示了它不凡的实绩。但在中国,传统的巨大影响使其仍然成为百年梦幻的一部分,是近代以降现代性追求在20世纪80年代的变奏。现代主义文学虽然也无可避免地落潮了,却以自己悲壮的努力换取了文学的自由。可以说,没有这一努力,多元并存、众声喧哗的文学环境大概要延缓许多年。它心灵疲惫地讲完了记忆中关于人的苦难和忧伤之后,陷入了衰落。

现代主义的落潮主要基于下述原因:首先,现代主义在中国的兴起,有其深刻的现实背景,以公共话语讲述集体梦幻的文学走到了尽头,它的不真实性与现实社会形成了鲜明的对比。现代主义则以个人话语同样讲述集体的想象。对人的关切和人的解放的呼喊,是以诉诸苦难、绝望的形式实现的,这一有限的观念资源逐渐耗尽。这一情形同50年代美国的金斯堡有许多相

似之处。他曾抗议"繁荣昌盛"的美国,这个天堂般的神话在
《号叫》中一无是处,年轻人的精神世界已完全成了一个苦难的
深渊。金斯堡将自己的感受复写后还给了世界,人们在感觉中
找到了"相信",但它没有缓释人们的痛苦,反而复活了人的痛
苦,现实成了苦难的最大能指。但金斯堡并非只是记录苦难的
机器,并非坚持让读者永远面对苦难以"号叫"抗议。后来,他
对年轻人的玩世不恭,"漠不关心是与非、真诚与虚假","对愚
蠢和残忍持暧昧态度"等等,表示了极大的不满。⑤同时他认为:
诗歌的关键在于通过帮助人们不怀怨恨地理解当前的状况。它
在多大程度上减轻人们的痛苦——不是责怪他人,不是把恐惧
留给他人,不是造成新的痛苦,而是努力解除人们的苦难。"人
类活动的意义一直都在于减轻存在时的痛苦。"⑤金斯堡这时的
看法与他《号叫》的时代已相去甚远了。

　　在中国,现代主义的"愤怒"形象及其实践并未改变人的精神
困境,长久的反叛也失去了原来的意义,他们只好心灵疲惫地"愤
火冷却"⑤。其次,现代主义在艺术上也出现了严重的停滞状态,
"求新"的有限性也是现代主义枯竭的原因之一。一些作品的复
制现象是严重的,他们徒有现代主义的外衣,却没有鲜活的生命。
现代主义原有的思路已无法提供新的出路,许多作家消沉了。再
次,历史的发展使新一代登上了文坛,更年轻的一代不仅没有苦
难的记忆,而且对诉说了许多苦难的现代主义已深表厌倦。《中
国诗坛 1986 现代诗群大展》中的许多宣言,就明确表示了对现代
主义的不满,五花八门的观念和随心所欲的言说,表明了现代主
义的分化。它作为一种思潮的衰落就无可避免了。

　　但是,现代主义的衰落,却开启了当代文坛真正的多元化,

尤其民间文学力量的渗入,使任何一种试图建立中心或霸权的欲望都成为幻想。来自民间的文学话语同主流话语或知识分子意识形态都不同,它没有统一固定的价值标准,它本身就是一个多元共生体,具有许多原生性色彩。受到压抑时它潜入地下,环境松动时它浮出地表,以一种近乎粗糙但又不可改变的形态四散弥漫。对文学的理解他们各行其是,没有负担、没有使命、非正统、聚散无常,既不是现代主义盟军又不是敌人。

现代主义文学潮流的衰退并不意味着它的绝迹。在自由写作的时代,每一种选择和坚持都具有了无须证明的合理性。我们在后来的于坚、欧阳江河、周伦佑等人的诗歌中,在张承志、韩少功、张炜、李锐等人论说形式的散文中,仍能领略到现代主义的流风余韵。因此,它为争取个体存在合理性的努力,对精神关怀的热情追寻,对“人”所倾注的全部热情,作为可贵的文学遗产,仍将会给后来的文学以光芒和照耀。

注释:

① 马尔科姆·布雷德伯里、詹姆斯·麦克法兰:《现代主义的名称和性质》,见《现代主义》,第 3 页,上海外语教育出版社,1992。

② 赫伯特·里德:《现在的艺术》,转引自注①,4 页。

③ C.S. 刘易斯:《时代的描述:就职演讲》,转引自注①,4 页。

④ 罗兰·巴特:《写作的零度》,转引自注①,5 页。

⑤ 同注①,16 页。

⑥ 《现代主义》,10 页。

⑦ 《现代主义》,12 页。

⑧ 杨健:《“文化大革命”中的地下文学》,87 页,朝华出版社,1993。

⑨ 郭路生:《我的最后的北京》,载《诗刊》1981 年第 1 期。

⑩ 同注⑧,90 页。

⑪ 杰弗里 · 古德史密斯：《艾伦 · 金斯堡专访》,向阳译,载《创世纪》1993 年 2 期。

⑫ 以上资料来源,均见杨健《"文化大革命"中的地下文学》,90—92 页。

⑬ 林莽：《生活与绝唱》,载《新诗季刊》创刊号。

⑭ 同注⑧,93 页。

⑮ 同上,108 页。

⑯ 《致读者》,《今天》创刊号。

⑰ 李金发：《弃妇》,载《雨丝》杂志第 14 期,1925 年 2 月 16 日出版。

⑱ 李金发：《卢森著〈疗〉序》,见《新文学史料》1985 年第 3 期,丘立才：《李金发生平及其创作》。

⑲ 《现代主义》,28 页。

⑳ 谢冕：《新世纪的太阳》,111 页,时代文艺出版社,1993。

㉑ 同上,114 页。

㉒ 《"文化大革命"中的地下文学》,105 页。

㉓ 《百家诗会选编》,77 页,北岛语,上海文艺出版社,1982。

㉔ 北岛：《结局或开始》,见《北岛诗选》,75 页,新世纪出版社,1986。

㉕ 同上。

㉖ 江河语,注㉓,51 页。

㉗ 杨炼语,同上,65 页。

㉘ 杨炼：《请听听我们的声音》,载《诗探索》1980 年第 1 期及第 10 期《青春诗会》。

㉙ 舒婷：《生活、书籍和诗》。

㉚ 舒婷：《一代人的呼声》。

㉛ 孙犁：《肺腑中来》,见《宗璞小说散文选 · 代序》,北京出版社,1981。

㉜ 戴厚英：《人啊,人！ · 后记》,广东人民出版社,1980。

㉝ 北岛：《百家诗会选编》,77 页,上海文艺出版社,1982。

㉞　顾城:《请听听我们的声音》,载《诗探索》1980 年第 1 期。

㉟　宗璞:《小说和我》,载《文学评论》1984 年第 3 期。

㊱　以上资料来源,均见 1979 年 10 月《星星》复刊号公刘的文章《新的课题》。

㊲　谢冕:《在新的崛起面前》,载《光明日报》1980 年 5 月 7 日。

㊳　孙绍振:《新的美学原则在崛起》,载《诗刊》1981 年第 3 期。

㊴　宋垒:《诗歌评论要进行真理标准补课》,载《泉城》1981 年第 7 期。

㊵　程代熙:《评〈新的美学原则在崛起〉》,载《诗刊》1981 年第 4 期。

㊶　王蒙:《致高行健的信》,载《小说界》1982 年第 2 期。

㊷　"空战",是指冯骥才、李陀、刘心武三人讨论现代派问题的通信。因冯骥才信中将高行健的小册子比喻为:"好像在空旷寂寞的天空,忽然放上去一只漂漂亮亮的风筝"而得名。三篇文章均载《上海文学》1982 年第 8 期。

㊸　王蒙,同注㊶。

㊹　张贤亮:《心灵和肉体的变化》,见《新时期作家谈创作》,484—485 页,人民文学出版社,1983。

㊺　《文学:用心灵拥抱的事业》,载《文学评论》1987 年第 3 期。

㊻　同上。

㊼　何立伟:《关于残雪女士》,载《作家》1987 年第 2 期。

㊽　何新:《当代文学中的荒谬感与多余者》,载《读书》1985 年第 11 期。

㊾　许子东在为《中国新时期文学理论大系·现代主义与中国文学》分卷写的导言中,将现代主义的论争概为"要不要""好不好""有没有"三个层面。

㊿　杰弗里·古德史密斯:《艾伦·金斯堡专访》,向阳译,载《创世纪》1993 年第 2 期。

○51　同上。

○52　王晓明:《潜流与旋涡》,207 页,中国社会科学出版社,1991。

八、自由的限度

　　1979年,文化英雄们的反封建特权、反官僚主义的作品,同现代主义文学潮流一起,联袂掀动了当代文学史上最具气势的文学浪潮。无论赞同还是反对这一浪潮,它总体上还是体现了那一时代活跃、自由的精神环境。但事实不断证明,文艺不断地干预政治,必然要受到政治的干预。同是这一年,《河北文艺》发表了一篇著名文章:《"歌德"与"缺德"》,把文学狭隘地限定于只能"歌德",否则,就是"怀着阶级的偏见对社会主义制度恶毒攻击"。①文章一发表,立即引起了文艺界的广泛瞩目,许多批评家纷纷撰文予以驳斥,它被认为是"春天里刮起的一股冷风"。对自由宽松的文化环境的维护,显然是文学艺术占主导地位的意识形态。但是,《苦恋》《在社会的档案里》《女贼》《假如我是真的》《飞天》《将军,不能这样做》等作品的巨大影响,不能不引起主流意识形态的关注。于是,围绕着这些作品及其评价,文化环境开始发生了变化。

1. 剧本座谈会

　　1980年1月23日至2月13日,中国戏剧家协会、中国作家协会、中国电影家协会在京联合召开了剧本座谈会。包括周扬在内的文艺界主要领导人及各省市文艺工作者一百余人参加了会议。会议"情况简述"指出:这是"第四次文代会以后文艺界的一次重要会议。会上结合当前几个有争议的剧本,就近年来戏剧与电影创作中的一些新情况和新问题,以及与当前文艺创作有关的几个重要理论问题,交换意见,展开自由讨论,肯定成绩,总结经验,以便继续解放思想,进一步繁荣创作,使文学艺术工作在四化建设中更好地发挥作用"②。从"情况简述"报道的情况来看,会议的气氛是热烈而融洽的。会议充分肯定了粉碎"四人帮"三年来文学艺术取得的成就,仅就戏剧而言,周扬在座谈会的讲话中指出:"各种文艺形式中,戏剧,特别是话剧很活跃,而且很有成绩。这不仅是'四人帮'统治十年中不可能有的,也是十七年时期所没有的,对这一点要有充分的估计。"③会议还对有争议的几个剧本进行了坦率的讨论。这虽然是总结"成败得失两方面"经验的会,但仍有人敢于对《假如我是真的》等作品全面肯定。而谈到文艺批评时,则有人指出:"简单粗暴的态度和作风还没有完全杜绝","文艺批评必须严格实行三不主义,反对粗暴批评"。

会议最重要的文件,是胡耀邦发表的《在剧本座谈会上的讲话》。讲话就文艺界重大的理论和创作问题,同与会者交换了意见和看法。并明确地指出:"不要以为暂时不演的戏,不发表的作品,就是毒草。"同时还强调,"我们党鉴于历史的教训,决不会把忠于党、忠于人民、忠于我们伟大事业的同志赶跑!"④

那是一个自由民主的时代,讲话的内容未给文艺界造成心理压力,不同的看法甚至还可以公开发表。沙叶新在《扯"淡"》

一文中指出：

> 会议期间，争论双方由于不明底细都保持沉默，或弯弓待发，或加紧设防，沉默中可以嗅出刺鼻的火药味。可是逐渐逐渐与会者便深切地感到这次会议并不是一场你死我活的厮杀，而是风和雨细的争鸣，这使得那些即使想进行政治恫吓的少数鸣鞭者也不得不放下鞭子。于是，正常的讨论得以开展，争论的双方都能平等地、善意地、实事求是地交换意见，进行探讨，应该说，这次会议确实是执行"双百"方针、坚持三不主义、实行艺术民主的一次具体实践。⑤

但沙叶新对会议的结局却大惑不解，其原因是讨论的三个作品"无一不被软禁"。于是他"斗胆地认为，这次在北京举行的剧本创作座谈会，是在'四人帮'倒台后既开了自由讨论的先河，也开了变相禁戏的先例"。沙叶新这番议论能够公开发表，本身就可以说明那一时期的精神环境。

但是，文学界的忧虑仍是相当普遍的。叶圣陶说："常常听见有人问：'上边'吹了些什么风？是不是又要收了？"⑥夏衍也说："就在人大会开幕之前，还有人在打听，'收'还是'放'？"⑦这一问题不仅在国内非常敏感，海外也同样关心："是'放'还是'收'呢？去年十一月第四次全国文代会以后，在中国香港和海外一些朋友中，一直就有这个问题。大家关心国家，关心文艺，为文代会所表现的民主气氛、春天景象而高兴。但是也有人不大放心，不大有信心，怀疑春天是不是已经真正到来，或者来了是不是能够持久。"⑧在表示这些忧虑的同时，文艺界进一步强调了思想解放和艺术民主的重要。巴金说：

　　我虽说是搞文艺,其实我不懂文艺。有一个问题至今搞不清楚,就是文艺的作用。有时候被人看得很高,认为一部电影、一个戏剧、一本小说、一首歌曲就可以使青年犯罪,要作者负责任。一个作品发表了,就有很多人出来讲话,好像一部作品就可以亡党亡国。其实我们这些人哪里有那么大的作用?有时候把文艺的作用抬得很高,有时候又把文艺的作用看得很低。一般从事文艺工作的人,生活和工作的条件都很差,有的人甚至连一个写字桌也没有。我知道一位搞翻译的,自己有房子,在"文化大革命"中给没收了。现在要一个房间摊开书来从事翻译都不可能。既然认为文艺有那样大的作用,却对文艺工作者这么不重视,实在不可理解。⑨

　　巴金认为"文艺的作用是潜移默化,培养崇高的心灵,树立为国家、为人民的理想",因此他主张,对于文艺要"多鼓励,少干涉"。⑩叶圣陶在谈到文艺批评时,表达了和巴金大体相似的看法,他认为:"批评要与人为善,切不可对人施加压力。还要确实保证受批评的人有反批评的权利,而且不一定要他表态。在文艺的领域里,接受或者不接受批评应该是自由的,表态不表态也应该是自由的。"⑪陈登科的表述更为激烈:

　　　文艺创作是一种复杂的个体精神劳动,这种精神劳动最容不得专断、霸道和瞎指挥。所谓党对文艺工作的领导,指的只是党在文艺方针、政策、理论上对作家、艺术家的宣传、引导和影响,而决不意味着各级党委可以有权命令作家、艺术家写什么和怎么写。作家不是党委的秘书,不能让他写什么他就写什么,让他怎样写他就怎样写。[12]

讲这些话的人都是五届人大第三次会议和五届政协第三次会议的代表。这些倾向鲜明和情绪激烈的看法并非没有原因,陈登科讲了这样一件事情:在全国文学期刊编辑会议期间,他看了两部影片,一部是《今夜星光灿烂》,一部是《瞬间》。他说这两部片子当时都不准上映。后来听说《今夜星光灿烂》修改了,剪了几个镜头就可以放了。《瞬间》是揭露林彪小舰队反革命阴谋的第一部影片。听说有个什么空军俱乐部写了一封信,这部片子就不能放了。陈登科不解地发问:一部片子能不能上映卡在几个镜头上,难道一部片子的生命就仅仅取决于几个镜头吗?说什么死人死多了。人死少了不好,死多了也不好,那死多少为好呢?中国有 10 亿人,一个俱乐部究竟能代表多少人?他进而指出:

> 某些人自恃着官高权重,直至今天,他们动辄还借着非常"革命化"的幌子,举起所谓"自由化""丑化军队"的棍子,对文艺创作棍棒交加,横加干涉。他们不懂得在作品面前必须人人平等,不懂得在艺术的法庭面前没有长官和下级、领导与被领导之分的。他们长期以来对作家、艺术家的精神劳动极不尊重,习惯了在领导文艺工作中搞"唯我独尊",发号施令,颐指气使,乱加干涉。我认为,文艺创作所以至今还不能充分繁荣,这就是关键所在。[13]

在国家级会议上,文艺界的代表所关注和谈论的,并非是文艺自身的问题,而完全是文艺之外的问题,这似乎很奇怪。其实这是一个长久谈论、争取而又不能解决的问题。作家总是期待文学创作能有一个充分自由的环境,能将他们生活和心灵的体验自由地诉诸表达,不仅表达他们人生选择有了归宿的欢愉,同时也能够表达他们受到挫折和伤害之后的痛苦、迷惘、悲伤乃至愤怒。然而,当作家的精神活动纳入到一体化的范畴之内后,这种表达的自由是不可能存在的,主流话语要求作家的精神活动能够服从或服务于现实需要,服务于既定的方针、路线甚至政策。因此,从本质上说,这是两套不尽相同的语义符号,它们从关怀到具体的实现都在不同的程度上存有矛盾。

一个典型的例子是艾青在40年代初期的精神和创作经历。他到了延安之后,曾格外受到重视,他也自觉地实践时代对文艺的呼唤,真诚地表达过他思想蜕变的过程。在《火把》中,他描述过自己的亲历:"我见过血流成的小溪,看见过士兵的尸体堆成小山。我知道了什么叫作'不幸'";在《向太阳》中,艾青又描述了他真诚的转变:"今天!奔走在太阳的路上/我不再垂着头/把手插在裤袋里了/嘴也不再吹那寂寞的口哨/不看天边的流云/不彷徨在人行道。"而在《吹号者》中,他则置换了抒情主体和叙事对象,它的主人公不再是诗人自我伤感或忧郁的形象,他苍凉深沉的抒情也为具体的叙事所替代:"吹号者从铺散着稻草的地面上起来了,他不埋怨自己是睡在如此潮湿的泥地上,他轻捷地绑好了裹腿,他用冰冷的水洗过了脸,他看着那些发出困乏的鼾声的同伴,于是他伸手携去了他的号角;……"诗人循着"吹号者"的身影,目击了他所履行的神圣的使命,心头荡漾着无限崇高的情怀。"吹号者"悲壮地战死了,但号角的声音却永远地留给了诗人。诗人以诗的形式继承了他的事业,他成了人民的诗人。他一改自己气势磅礴、深沉忧郁的诗风,创作出了

《吴有满》《雪里钻》等直接服务于现实的分行故事，但这些作品不仅不能为他的服务对象所接受和喜爱，连他自己也承认是失败的作品。后来，他写了一篇名为"了解作家、尊重作家"的文章，他指出："作家不是百灵鸟，也不是专门唱歌乐人的歌妓。他的竭尽心血的作品，是通过他的心的搏动而完成的。他不能欺瞒他的感情去写一篇东西，他只知道根据自己的世界观去看事物，去描写事物，去批判事物。在他创作的时候，就只求忠实于他的情感，因为不这样，他的作品就成了虚伪的、没有生命的。"他还指出，"作家除了自由写作之外，不要求其他的特权。他们用生命去拥护民主政治的理由之一，就因为民主政治能保障他们的艺术创作的独立的精神。因为只有给艺术创作以自由独立的精神，艺术才能对社会改革的事业起推进的作用。"⑭艾青对创作自由的要求，与近四十年后上述作家的要求几乎毫无二致。

从那一时代起，作家尴尬的角色就已注定。事实证明，既要保持艺术的纯正性，又要保证政治的实效性或功利性，是一个难以完成的写作神话，任何一位作家在这样的写作要求面前，都会惶然不安，丧失自信，而最终只能归于失败。不是一定要把政治和艺术对立起来，重要的是它们不能构成等级关系，一定由政治来支配文学，文学一定要服从政治。它们的目标关怀和实现方式决定了它们是两个不尽相同的范畴。当然，它们是有联系的，社会生活包括政治生活不可能不对作家发生影响，有时甚至是决定性的影响，它对作家完全可以构成制约关系。但是，这并不是唯一的、以常态方式对作家构成恒久影响的因素。

然而，还是有一批作家真诚地做出了追随时代的选择。但实践证明，一旦这种选择做出后，这支笔就不再属于他们个人，写什么或怎么写就不再掌握在他们个人的手中。这时，他们的内心分裂了，既要听从时代的呼唤，又要保持艺术的良知，灵魂的自我搏斗成了常见的精神现象。何其芳是最为典型的例子，最后，他连创作的能力都丧失了。

1979年的中国作家，确有一种解放的感觉，他们的内心不再有自我搏斗的痛苦，在思想解放运动的感召下，他们真诚地为社会的健全而努力，以传统文人和现代知识分子的忧患意识和使命感，抨击时弊，伸张正义，期待自己的作品能为时代肌体的健康提供一种疗治；同时也以急切的心情渴望自由真正并永久地莅临。因此，当"收"与"放"的传闻四处播散时，那些德高望重、有过经历的作家们，不约而同地继续要求并维护民主与自由的精神环境。这里显然隐含着两方面的内容：一方面是切入骨髓的精神传统，使这些作家难以在激情奔涌的大时代宁静致远，那兼善天下的介入意识和治国平天下的传统情怀，使他们不能对现实处境漠然置之。他们作为人大、政协代表的身份感也强化了他们仗义执言的"代言"情怀和文化英雄的幻觉。另一方面，鉴于历史的教训，自由的人文环境对作家的创作和个人生存意味着什么，他们显然有切实的感受，当然也包括已成记忆的长久惊吓。

然而，1979年作家对封建特权、官僚主义的批判和揭露，虽然本意是帮助社会建立起一个健全的机制，真诚地希望国家的管理者能树立起值得信赖的形象，这诚如贺绿汀所说："暴露是我们文艺一项很重要的战斗任务。假如我们生了病，穿着漂亮的衣服，不许人家说，硬说自己没有病，将来病重了，死了，就倒霉了。"⑮但是,这里同样存在一个不能化解的矛盾:巴金对文艺作用的理解,并不是普遍的理解。一部作品不能亡党亡国,它不具有这样的作用;同样,文学作品也不可能匡正时弊、拯世救国。鲁迅当年弃医从文的梦幻是救治更多的人,他不能实现自己的期许,其原因亦在于把文学的作用看得太重要。长久以来,主流话语不适当地将文学夸大为一条"战线",自有其功利性的考虑,它是相当实际的。但作家对文学的期许却是虚幻的,官僚主义和封建特权从来就不是文学打倒的。按其实效性的功用来说,它甚至远不如今天的《焦点访谈》或《新闻联播》的一条新闻。所以,作家在反特权和官僚主义这一点上,因其正义性而夸大了自己和文学的作用,同样是一种不正常的心态。

其二,一些揭露性的作品的批判,几乎都是政治批判,都是以一种僵持的、斗士的姿态。他们看到了制度的缺陷,却忽略了文化的缺陷。这时,我们很容易想起现代文学史上一些经典作品的经验和表意方式。鲁迅的《阿Q正传》《在酒楼上》《肥皂》《祝福》等,巴金的"激流三部曲",曹禺的《雷雨》《日出》,赵树理的《小二黑结婚》等,他们也持一种批判的姿态,但他们首先是文化的批判,他们不仅发现了制度的先天缺陷,同时也发现了文化的危机。与此不同,革命文学兴起之后,斗士般的战吼逐渐成为流行的写作心态和表意形式。阅读体验告知我们,文化批判在回答、解释生活的层面上,要远远高于政治批判的作品。政治批判由于急于表达情感立场,往往失去了分析生活的耐心,语言的暴力几乎处于失控的状态,这也决定了它不可能含有太高的文化含量。应该说,1979年的批判性作品,在品格上更接近于现代革命文学的传统。那种争取自由的表达是合理的,但其情感形式更酷似于创造社的"才子们"。于是,当那个激情奔涌的大时代过去之后,那些虽曾遭压制、批判的作品,并没有因其不幸的悲壮而受到人们的青睐,那种激烈的心态并没有因其短暂的轰动而给文学增添更多的智慧。

但是,考虑到在一个法制、民主制度不健全的时代,文学以社会良知的姿态代理监督的职能,亦无可厚非。这如同百年来的革命文学一样,当民族危亡在即、民族矛盾日益激化的时代,那十里洋场的轻歌曼舞就显得轻浮而肤浅,主流话语在那时寄望于文学起到"旗帜和炸弹"的作用,亦有其可理解之处。因此,当社会丑恶事物依然没有消失,权势依然成为这个社会的主宰并多有滥用的时代,它告知我们的是,顽固的封建文化背景并没有从我们这个时代消隐,它的影响力仍起着巨大的支配作用。在监督机制欠缺的情况下,人们也寄望于文学能针砭时弊,替人民代言。当有些作品遭到批判,作者处境困难重重时,许多人表示同情并为作者提供生存出路的现象本身,就足以说明读者对文学和作家寄予了什么样的厚望。这时,作家的英雄情怀也特别容易调动,献身的冲动几乎使他们完全忘记了作家身份,而把自己纯然视为一个为正义而战的斗士。因此,中国百年文学较少能有纯正艺术发展的机会,它的工具性命运几乎是无以摆脱的。这也是社会批判文学格外丰富发达的内在原因。

但是,作家们的这种自我期待能够实现吗?他们对自由的维护和激烈的批判情绪能够长久地得以坚持吗?社会良知监护人身份的合法性由谁来提供呢?

2. 作家检讨书

1981 年第 22 期的《文艺报》发表了诗人孙静轩的《危险的倾向 深刻的教训》[⑯]一文。文章是作者在四川省委召开的思想战线问题座谈会上,对他的诗歌《一个幽灵在中国大地上游荡》的自我批评的发言。孙静轩检讨说,这首诗:

> 首先,由于我的立场观点的错误,看问题的方法不对,政治上的幼稚无知,结果,事与愿违,在一些原则问题上,混淆了历史和社会的界限。一是混淆了历史和社会的界限,没有明确地把历史上封建主义体系同社会主义制度下的封建思想残余严格区分开来;二是混淆了"四人帮"大搞个人迷信、造神运动同毛泽东同志晚年的错误的界限,……三是混淆了十年内乱中"四人帮"的封建法西斯专政同三中全会以来只不过是残存的封建思想二者之间的界限……

> 其次,我在揭露和批判封建主义时,所持的观点,是同无产阶级思想背道而驰、格格不入的。我在这首诗中,说是反封建主义,实际上却在宣扬和鼓吹资产阶级自由主义和人权主义的思想。

孙静轩还诚恳地认识到:"检查总结我个人的错误,固然有其历史的、社会的原因,同社会上出现的各种错误思潮有密切的关系,不是一个偶然的、孤立的现象。但是,也还有自身的原因,而且主要的是自身的内因。"他还谈到他的葛洲坝之行"热泪滚滚而下"的激动,并由衷地发出一声呼唤:"这里就是中国,希望从这里升起!"最后,他深切地体会到:"党组织并没有因为我犯了错误而厌恶、抛弃我,而是满怀热情地关心我、爱护我,希望我总结经验教训,更好地为社会主义服务。这样才使我对错误有了认识,并下决心同错误决裂,沿着党指引的方向重新起步。我相信,认识并改正错误,将是我生活和创作道路上一个新的起点。"发表《一个幽灵在中国大地上游荡》的《长安》杂志编辑部,也发表了检讨文章。

叶圣陶先生曾表示的被批评者"不一定要他表态,在文艺的领域里,接受或者不接受批评应该是自由的,表态不表态也应该是自由"的希望显然是落空了。并不是说作家不能反省检讨自己,事实上,作家对自己思想和创作的检讨与反省,不仅是必要的,而且是他精神再生产能够实现超越性发展的条件之一。更何况孙静轩的这首诗存在着偏见和对社会历史解释的简单化。但是,这一"检讨"的传统和它对包括作家在内的知识分子所形成的思想压力,以及对文学创作产生的影响却是深刻和久远的。事实表明,孙静轩的检讨在 20 世纪下半叶,既不是第一次,也不是最后一次。一部当代中国意识形态风云录表明,在意识形态领域的斗争,多半是针对知识分子而展开的。在相当长的一段时间里,知识分子的身份是语焉不详、暧昧不明的,历次斗争均以他们的俯首就范而告结束。于是,知识分子的检讨之声自 20 世纪下半叶以降便不绝于耳。

1951 年秋天,知识分子的思想改造运动全面展开,尔后批胡适、批胡风、批梁漱溟、批俞平伯、批"干预生活"等等,一直到从批《海瑞罢官》开始的"文化大革命",知识分子的"不洁"被接连不断地清洗,检讨也成了他们表达接受改造的一部分。下

面的材料即是知识分子检讨自己的最初记录:

哲学家冯友兰率先多次进行自我检讨,从政治的高度检查自己过去不正确的哲学观点。1949 年 10 月,他在写给毛泽东的信中说自己是"犯错误的人",但"愿为社会主义做点工作"。毛泽东当即给他回信,表示"我们是欢迎人们进步的。像你这样的人,过去犯过错误,现在准备改正错误,如果能实现,那是好的"⑰。1950 年,冯友兰在《新华月报》第 1 卷第 4 期上发表《一年学习的总结》一文,谈了自己一年来通过学习反省后的思想变化,即从过去站在地主的阶级立场转到了站在劳动人民群众的立场,从旧哲学脱离政治的观点转到了信奉马克思主义的改造人与改造社会的理论,肯定了新社会的变化和自己的进步。同年 10 月 8 日,他在《光明日报》发表《"新理学"底自我检讨》,说自己以前的哲学思想底精神与方法所得的,到处都是脱节:理论与实际脱节,个人与群众脱节,理智与情感脱节。

社会学家费孝通 1950 年 1 月 3 日在《人民日报》发表了《我这一年》一文,针对自己对"思想改造"的消极态度作了自我批评,认为自己身上传统的思想包袱沉重,需加以清除,"恨不得把过去的历史用粉刷在黑板上擦得干干净净,然后重新一笔一笔写过一道"。

从 1951 年 4 月开始,《人民教育》开始陆续刊登倡导"活教育"的教育家陈鹤琴等的自我批判文章。陈鹤琴认识到"活教育"和杜威学说的基本观点大致相同,必须从思想体系上加以根本改造。1955 年 2 月 28 日,陈鹤琴又在江苏省第一届人大二次会议上作了题为"我中了杜威实用主义反动教育思想的三枪"的发言,从教育目的论、儿童中心课程论、儿童中心教学方法论三个方面,联系自己的教育实践,批判杜威教育思想的反动本质。[18]

这一类自我批判文章有许多。这种检讨同学术反省和思想反省有本质的不同。后者的反省是发自内心的,是他们内心需要的一部分,是自我否定的一部分,它所表达的是知识者尊重科学、勇于自我批判的人格力量;而上述检讨则是在压力之下不得已而为之的。

瞿秋白的《多余的话》,被视为是研究现代知识分子心路历程的经典文本,也是东方"哈姆雷特"的典型代表。[19]在知识分子"英雄辈出"的年代,他首先认识到了"一为文人,便无足观"。作为共产党的领袖,他敢于公开自己内心真实的想法:"每次开会或者做文章的时候,都觉得很麻烦,总在急急于结束,好'回到自己那里去'休息。我每每幻想着:我愿意到随便一个小市镇上去当一个教员……在空余的时候,读读自己所爱读的书,文艺,小说,诗词,歌曲之类,这不是很逍遥的吗?"[20]他深切地忏悔自己实在不该承担领袖的角色,在本质上,他不具有"治国平天下"的英雄气。那一时代,茅盾、朱自清、叶圣陶等具有"文人"角色的人,都曾在不同层面上检讨过自己。

而后来的检讨几乎完全是被迫的,主流话语就是要在精神上将知识分子"改造"过来。这与毛泽东"民粹"的道德主义有很大的关系,就革命的整体方略而言,要争取知识分子的帮助,但对知识分子"不洁"或清高等缺陷,他又深表厌恶:

　　　要争取广大的知识分子……没有革命的知识分子,革

命就不会胜利。但是我们晓得,有许多知识分子,他们自以
为很有知识,大摆其知识分子架子……他们应该知道一个
真理,就是许多知识分子其实是比较地最无知识的,工农分
子的知识有时倒比他们多一点……㉑

拿未曾改造的知识分子和工人农民比较,就觉得知识
分子不干净了。最干净的还是工人农民,尽管他们手是黑
的,脚上有牛屎,还是比资产阶级小资产阶级知识分子都
干净。㉒

这些经典性的论断,都是知识分子思想改造的重要依据。
1951年,毛泽东在全国政协一届三次会议开幕词中仍强调指
出:"思想改造,首先是各种知识分子的思想改造,是我国在各
方面彻底实现民主改革和逐步实行工业化的重要条件之一。"
接连不断的思想改造运动,使知识分子如惊弓之鸟,他们曾有过
的侠客梦、英雄气,都在"改造"中灰飞烟灭,留给自己的,只有
忏悔和检讨。这一状况极大地改变了知识分子的情感方式:新
一代作家们欢天喜地追逐时代潮,老一代作家慌不择路地修改
旧作。曹禺的《雷雨》曾修改过五次,而最大的一次则是1951
年开明书店版的《曹禺选集》。它不仅人物大变,而且第四幕几
乎等于重写。《日出》和《北京人》也都做了较大的修改。他检
讨《日出》的写作,只写了控诉,却放过了帝国主义这个罪大恶
极的元凶,只写了一些反动统治者的爪牙,却未写出严肃的革命
工作者。因此他觉得"不够妥当"。㉓曹禺甚至置来自各方面的
意见于不顾,执意孤行。这些现象都在不同程度上转述了作家
内心承受的压力。唯有胡风坚持抗辩,结果被抓到监狱里去了。

　　知识分子从此丧失了独立的精神地位和言说能力,在一体化的精神空间里,他们或保持沉默,或没有犹豫地依附,作为一个阶层的意识形态再没有能力得以表达。但是,思想其实是不能"改造"的,暂时的屈从不能说明内心的接受,一有机会,他们原来的东西还照样会恢复。1979 年的社会批判风暴恰好说明了这一点。

　　但它同时还说明的,是批判者的"脆弱",他们的不堪一击早已被证实,因此,一轮新的检讨便如期而至。孙静轩检讨之后,白桦写了一封《关于〈苦恋〉的通信》[24],他对于各方面批评的态度是:

> 　　党对一个普通的党员作家,像面对面谈心那样语重心长地谆谆告诫,充分体现了党对文艺工作的重视和关怀。同时给我充分的时间,让我自觉地去认识、去思考。这股巨大的热流是温暖的,也是前所未有的。

然后,白桦对《解放军报》《文艺报》的批评文章表示了极大的认同,并向两报致以谢意!

　　作家张笑天也写过一篇引起争议的小说——《离离原上草》,其内容是写国民党战犯申公秋在老百姓和抚顺战犯管理所的教育下,人性复苏的故事。其间有一情节,即普通农家妇女杜玉凤,在申公秋受伤昏迷时,把他弄到家中养伤。题材与情节使许多人不能理解,作品受到了批判。1983 年 1 月,张笑天在一封通信中还声称"索性招惹它一回"[25],认为作品探索人性、人道主义没有错。但是时过一年,他便在《人民日报》作了《永远不忘社会主义作家的职责》[26]的检讨。他从各种角度检讨了作品的错误倾向，其中还有这样一种角度：

> 前不久，有的青年同志跑来告诉我，他说"从《离离原上草》的主人公杜玉凤身上学会了做人，受到了善良人性的陶冶"，也听说有的大学生看了这篇小说之后，认为有"人情味"，争相传看。这等于从反面对我击一猛掌，吃惊之余，促我猛醒，使我不能不对《离离原上草》的失误作深刻反省了。

一部小说受到了读者的欢迎，竟然也成为作家检讨的理由之一。不知是作家有意透露的弦外之音，还是自鸣得意的自我炫耀。一些常识性的问题，在这谜语般的缠绕中，更加扑朔迷离。

显然，文学家期待的外部环境发生了变化。1983 年春天始，理论界开始讨论关于人道主义和异化问题。这一讨论与粉碎"四人帮"不久重提人道主义的背景不同。当年是作为思想武器批判"四人帮"的兽道主义，它是被肯定的。而这次关于"异化"的讨论认为："社会主义异化是社会主义一切弊端的集中表现"，"我们党和国家发生了政治上、经济上和思想上的异化"，这种异化和封建主义结合，"必然产生官僚主义、主观主义、命令主义和瞎指挥"。人道主义这时则主张挖掘"共同的人性"，认为"人道主义是马克思主义的出发点"，"社会主义条件下人的异化"和"人道主义"应当成为文学和电影创作的重大主题等等。㉗

这些理论对于创作来说，则为 1979 年一批反封建主义和官僚主义的作品提供了合理性的依据。但这些理论也很快遭到了批判，它们被认为是"精神污染"。这一批判的范围再次扩大开去，同 1979 年复出的现代主义文学，一起被视为"污染"的一部分。人民文学出版社编辑了上、下两册的《西方现代派文学问题论争集》，"出版说明"认为，一些评介西方现代派文艺的文章，已经同意识形态领域里引进西方资产阶级思潮的错误倾向相联系：

> 这种错误倾向反映到文艺上来，就是抹杀社会主义文艺和资本主义文艺的原则区别，奉西方现代派作品为楷模，主张在社会主义中国建立现代主义文艺；就是反对文艺为人民服务、为社会主义服务的正确方针，强调表现自我，主张诗人应有"独特的社会观点，甚至与统一的社会主调不谐和的观点"。凡此种种，连同出版界的商品化现象、创作表演方面的低级趣味等等，直接危害着以共产主义思想为核心的社会主义精神文明建设。

在这样的话语背景下，现代主义文学创作以及与之相关的"崛起"论，概莫能外地被指认为是与时代主潮相背离的。徐敬亚发表了《时刻牢记社会主义的文艺方向》的检讨。他说出于对"四人帮"横行时期诗歌创作的单调、程式化的不满，也出于探索新诗道路的兴奋，他评介了 1980 年的诗歌创作倾向，但是：

> 由于我受当时泛滥着的资产阶级自由化思潮的影响很深，使这种探索和评介偏离了正确的方向，在一系列原则问题上出现了重大的失误和错误。[28]

这些大体相似的"模式化"的检讨，也许不在于它检讨了什么，重要的是必须检讨。在那一时代，人们对检讨的声音已不再感到惊奇。

可以说，对文学艺术社会批判功能的强调，是当代作家试图重建独立精神地位的一次尝试，是重建知识分子意识形态的一次尝试，也是一次命定失败的"突围表演"。知识分子的意识形态之所以受挫，是因为：

> 意识形态并不是供社会成员自由选择的，不管人们是否愿意，他们都得接受。谁不与一个社会的意识形态认同，谁就不可能进入这个社会。所以，意识形态是通过强制的、无意识的方式为社会成员所接受的。每一种意识形态都有它的哲学基础，阿尔都塞把这样的基础称之为"问题框架"。"问题框架"总是深藏在社会无意识中。也就是说，接受了某种意识形态的人总是把这种意识形态所蕴含的"问题框架"作为观察、分析、思考一切问题的出发点，这个出发点深藏在人们的无意识的心理层面上。当一个作家或理论家写了一部作品并侃侃而谈自己的写作意图时，他通常是很肤浅的。他只能谈出他能够谈出的东西，也就是说，他只能谈出处在他的意识层面上的东西，却谈不出在无意识的心理层面上规约着他的整个意识（包括他的写作意图）的根本东西，这些东西只有通过对"问题框架"的反省才能发现出来。事实上，它越是缺乏对"问题框架"的思考，他的作品也就越是受制于他所接受的意识形态，因而也就越缺乏创造性。[29]

百年来激进的理想与世纪之梦，成了包括作家在内的知识分子的一种情结，不间断的内忧外患培育了他们激进的情感方式和献身方式。在这样的方式中，他们找到了自己与历史的联系,同时也就确立了知识分子的身份感。但是,他们的"问题框架"显然是存有问题的:首先,百年来知识分子独立的精神地位不是走在一条不断巩固、坚实的道路上,而是恰恰相反。由于政治和文化的原因,这一道路不断受阻,知识分子的精神地位呈下跌趋势,甚至一度全面陷落。因此,1979年的努力,其背景本身就相当脆弱,而且作家的情怀首先是建立在"英雄"姿态,不甘做时代落伍者这样的意识上。所以,当现实压力临近时,知识分子的"检讨"传统迅速地置换了英雄的传统。其二是,由于"问题框架"的无意识,作家忽略了究竟应在什么样的范畴内展开人生。他们的"战斗"情怀远远大于审美追求,"战士的一生,只能是战斗的一生;战士的作风,只能是革命的作风"。郭小川的诗句仍然可以概括这一时代作家的人生选择。

因此,1979年的社会批判潮流,是百年中国作家激进传统的尾声,他们的梦幻世界还是宿命般地为现实世界所粉碎。自那一时代以后,当代中国便鲜有激越的号角和战鼓,作家和文学的有限性终于被无情地告知。

注释:

① 李剑:《"歌德"与"缺德"》,载《河北文艺》1979年第6期。

② 《剧本座谈会情况简述》,载《文艺报》1980年第4期。

③ 同上。

④ 胡耀邦:《在剧本座谈会上的讲话》,载《文艺报》1981年第1期。

⑤ 沙叶新:《扯"淡"》,载《文艺报》1980年第10期。

⑥ 叶圣陶:《提倡平等讨论》,载《文艺报》1980年第10期。

⑦ 夏衍:《解放思想,改革体制》,同上。

⑧ 罗承勋:《不必怀疑春天已经真正到来》,作者为香港《大公报》副总编辑、《新晚报》总编辑,出处同上。

⑨ 巴金:《多鼓励,少干涉》,载《文艺报》1980 年第 10 期。

⑩ 同上。

⑪ 同注⑥。

⑫ 陈登科:《体制要改革 创作要自由》,载《文艺报》1980 年第 10 期。

⑬ 资料来源及引文出处均同上。

⑭ 艾青:《了解作家,尊重作家》,载延安《解放日报》1942 年 3 月 11 日《文艺》副刊第 100 期。

⑮ 贺绿汀:《两点看法》,载《文艺报》1980 年第 10 期。

⑯ 孙静轩:《危险的倾向 深刻的教训》,载《文艺报》1981 年 22 期。1981 年的《文艺报》为半月刊,此期出版于 11 月 22 日。

⑰ 《毛泽东书信选集》,344 页。

⑱ 以上资料来源均见《当代中国意识形态风云录》,46—47 页,警官教育出版社,1993。

⑲ 钱理群在他的《丰富的痛苦》中,对瞿秋白有这样的评价。见《丰富的痛苦》,238 页,时代文艺出版社,1993。

⑳ 瞿秋白:《多余的话》,见刘福勤《心忧书·〈多余的话〉》,209 页,上海社会科学出版社,1989。

㉑ 《毛泽东选集》,773 页。

㉒ 《毛泽东选集》,808 页。

㉓ 曹禺:《胡风先生在说谎》,载《人民日报》1955 年 2 月 21 日。

㉔ 白桦:《关于〈苦恋〉的通信》,载《解放军报》1981 年 12 月 23 日、《文艺报》1982 年第 1 期。

㉕ 张笑天:《索性招惹它一回》,载《江城》1983 年第 4 期。

㉖ 张笑天:《永远不忘社会主义作家的职责》,载《人民日报》1984 年 1 月 9 日。

㉗ 同注⑱,555—556 页。

㉘ 徐敬亚:《时刻牢记社会主义的文艺方向》,载《人民日报》1984 年 3 月
   5 日。

㉙ 俞吾金:《意识形态论》,357—358 页,上海人民出版社,1993。

九、走向日常生活

    1979 年文学的社会批判大潮过后，一种走向日常生活的写作悄然兴起。与情感浓烈、金刚怒目的批判潮相比，它风和日丽，安静平和，没有宏大的社会目标和英雄惨烈的战吼，意识形态的背景已经大大淡化，东方古老的风情却成为主要情调得以凸显，它如诗如画，如梦如烟。在文学的"战乱"中它仿佛是一片远离"兵荒马乱"的世外桃源。当然，在宏大的社会批判潮流风行文学界的时代，它们是不被注意的。在文学的批判职能被推向首要位置的时候，它的审美功能自然要被削弱并受到轻视。然而，这一并非源于倡导，而是"自为"兴起的文学趋向，却产生了意想不到的影响。它深长悠远的境界、充满怀旧情调的叙事，以及平实素朴的表达，日渐深入人心。它没有轰动性的效应却赢得了久远的审美魅力，尽管当时它们没有得到应有的推荐和评价。

    这一现象，在百年中国文学史上并非偶然。那些游离于时代主潮，具有"唯美"倾向的作家作品，命定处于边缘而鲜有问津。周作人、沈从文、张爱玲、废名、李金发、徐志摩、戴望舒以及早期的冯至、何其芳等等，他们的清新、细致、哀婉或感伤等写作风格，尽管独树一帜，显示了不同寻常的文学成就，但盖因与现实的功利目标不相符,而难以走进主流。主流意识形态无可非议地成了文学的意识形态,它倡导作家关怀现实、关怀国家民族的命运原本是不错的,但这一倡导一旦制度化、合理化,并以此排斥不能纳入这一制度规约的作家作品,使他们得不到"合理化"的解释,则必然导致一体化和"霸权"话语的形成。百年来,被边缘化的作家作品大多由于与现实的疏离,源于他们对个性化的顽固坚持。不同的是,在80年代初期,这一潮流能够再露端倪,虽然不被举荐,但能够面世,这本身就已说明时代的宽容和进步,同时也说明了文学审美追求的难以泯灭。

1. 东方风情的追寻

"'文革'后文学"对现实主义的呼唤和强调,曾被认为是一件极其重大而迫切的事情。这一呼唤不只是针对阴谋文学的"假大空",同时也强调了要恢复过去的文学传统,以"现实"的态度关注时代新的变动,使文学加入到"揭批'四人帮'"的斗争中。但是,对"现实主义"一词的内涵显然有不同的理解。百年来,对现实主义的历次阐释,都程度不同地隐含着主流意识形态话语对文学的导引,它的所指并不是始终如一的。新时期的现实主义,从理论阐发的依据来看,仍是经典马克思主义对现实主义的理解,如对真实性、典型人物、典型环境、细节、本质等概念的大量使用;但从创作实践来看,它又多有批判现实主义的特征,"伤痕文学""反思文学"以及社会批判的其他作品,都具有揭露阴暗、鞭挞时弊的功能。因此,当实践的现实主义真的得以恢复之后,它又无可避免地要与现实产生抵牾。"文化英雄"们纷纷检讨,并使批判的锋芒锐减,已说明,文学的"主义"在现实中并不是那么重要。

社会批判文学的受挫,并不是具有东方浪漫情调作品"应运而生"的逻辑起点。就中国而言,现代性的追求虽然自近代以来就呼声不绝,但它多限于上层知识分子的文化表达。广大的领土上依然是古风依旧的传统生存,那形态久远并不可更改的风俗风貌,代代相同,绵绵不绝。许多作家先后离开了那里,来到了标示现代文化中心的大都市,但乡土中国留给他们的情感记忆并未因此而远去。特别是体验目击了城市的罪恶之后,对乡土的情感怀恋,几乎成了所有来自乡村作家共有的"病症"。这一现象,一方面使他们获得了同底层人的情感依恋,使他们在精神上有一个依托;一方面,梦中的追寻和叙事,又使他们保持了文学上的东方韵味。这种现象自鲁迅的《故乡》始,到沈从文、巴金、孙犁、赵树理、"山药蛋""荷花淀"乃至知青文学,一脉相承,不绝如缕,其间虽有不同的变化,但乡土中国的"梦中情怀"却依稀可辨。

因此,80年代初期,当汪曾祺重新以小说家身份面世时,他那股清新飘逸、隽永空灵之风,并非突如其来。只是由于与现实关系习惯性紧张的心态,评论界才对这种风格因无以表达而保持了短暂的缄默。80年代最初两年,汪曾祺连续写作了《黄油烙饼》《异秉》《受戒》《岁寒三友》《天鹅之死》《大淖记事》《七里茶坊》《鸡毛》《故里杂记》《徙》《晚饭花》《皮凤之榀房子》等小说。这些故事连同它的叙事态度,仿佛是一位鹤发童颜的天外来客,他并不参与人们对"当下"问题不依不饶的纠缠,而是兴致盎然地独自叙说起他的日常生活与往事。

《受戒》本应是写佛门故事的。但小说中的佛门显然已经世俗化,那个叫明子的和尚,不仅可以随意地同女孩小英子交往,而其他和尚也可娶妻生子、赌博骂人、高兴了唱小调、过年也杀猪吃肉,不同的只是例行公事地念一通"往生咒"给世人听。佛门的戒律清规荡然无存,即使是在做法事放焰口时,和尚们也一如游戏,年轻和尚甚至大出风头,引些姑娘媳妇私奔快乐去了。因此,在庵赵庄,和尚与俗人并没什么不同,它极类似一个职业,如同有的地方出弹棉花的、有的地方出画匠、有的地方出婊子一样,明子的家乡就出和尚。出和尚也成了一种乡风。因此,家里决定派明子出任和尚时,他绝无悲戚伤感,甚至认为实在是在情在理,理所当然。这佛门再也不是看破红尘的避难所,也不是为了教义信仰的圣地,佛门再无神秘可言,它同俗世已没有了界限,和尚与俗人在这一点上达成了共识。明子初识小英子时,两人有一段对话:

> "你叫什么?"
>
> "明海。"
>
> "在家的时候?"
>
> "叫明子。"
>
> "明子!我叫小英子!我们是邻居。我家挨着荸荠庵。……"①

小英子的对话非常重要,她一定要叫"明子",而不叫"明海"。在她眼里,"明子"终还是亲切些,可那个"荸荠庵"——本是"菩提庵",又被她认真地当作"邻居"。小英子对已出家的"明海"又一次施之以俗世的命名,与乡里对"庵"的重新命名相呼应,便完成了庵赵庄对佛门的俗世化过程。

小说的用意显然不在于表达作者对佛门佛事的探讨。重要的是,他传达出日常生活快乐的情调,传达出普通人对生活的乐观态度。在作者那一如江南风情画的叙述中,读者可以受到美好情绪的感染。

更有趣的是作者文末的"注释":"1980 年 8 月 12 日,写四十三年前的一个梦。"这一注释成了理解这篇小说的关键所在。这样,对小说中叙述的那一切,都不能"如实"地理解,它是作者的梦中回忆,而不是往事实录;它是"梦中情怀",而不是"昨日重现"。因此,《受戒》,这残酷的"烧戒疤",在小说中全然蜕去了肃穆沉重。当"明海"完成了受戒仪式后,迎接他的依然是"俗人"小英子,并宣告她要当他的老婆。那个庄重的仪式终还是在世俗生活向往中被拆解了。俗世的日常生活不战自胜,那本是由人设定的"信仰",终因其虚幻性而徒有其表,最普通的生活,也是最有魅力的生活。所以,小说的基调是相当浪漫、诗性、抒情的。

但《受戒》在当时并没有受到应有的重视。汪曾祺小说的名声大震,还是由于《大淖记事》的发表。这不仅在于小说在形式结构上别具一格,更由于借助于 1981 年全国短篇小说评奖,它因榜上有名而证实了文学意识形态对抒情小说的承认和举荐。

《大淖记事》在形式上更具有散文化和诗化的特点。小说六节,有三节介绍"大淖"的风情风貌,为人物和故事的发展做了相当充分的铺垫。第四节始,那名叫巧云的俏女子才出现,那发生在大淖的人间平常事才渐渐呈现出头绪。大淖的乡风亦十分独特:"婚嫁极少明媒正娶","媳妇多是自己跑来的;姑娘,一般是自己找人。她们在男女关系上是比较随便的。姑娘在家生私孩子;一个媳妇,在丈夫之外,再'靠'一个,不是稀奇事。这里的女人和男人好,还是恼,只有一个标准:情愿。"因此,虽然巧云恋着十一子,但她被刘号长破了身之后,不仅"邻居们知道了,姑娘、媳妇并未多议论,只骂了一句:'这个该死的!'"而且巧云也"没有淌眼泪,更没有想到跳到淖里淹死。人生在世,总有这么一遭"。②这种对生活的达观与超脱,构成了汪曾祺小说的基本风貌。明子做和尚、巧云破了身,都属于生活非正常的变故,但他们都以达观的心态面对,这种超脱的生活态度使汪曾祺笔下的人物显得卓然不群。因此也构成了汪曾祺小说的独特性。

在他平和素朴的叙事中,给人最初的感受是谦和练达,虽阅尽人间沧桑而心如止水。其实不然,汪曾祺的小说充满了反常态的理想精神:那佛门的俗世化和人间情怀,大淖女性的放达和单纯等,都隐含着作者对清规戒律的不满和反叛,显示了他对主流文化传统的不屑和轻视。不同的是,作者没有流行的激进和虚张声势,而是通过人物自然地传达出来。因此,它貌似轻柔,而风骨犹存,在平和中透着坚定,在飘逸中显示明澈,他的文化批判立场是相当有锋芒的。

《黄油烙饼》被批评家注意得不多。它在风貌上也不同于《受戒》和《大淖记事》,后者有极强的追忆往事的抒情性,而《黄油烙饼》则多为客观的呈现。大跃进年代,日常生活失去了保证,爸爸送给奶奶的两瓶黄油显得格外珍贵,奶奶至死也没有吃这两瓶黄油。后来,在开"三级干部会"的伙食中,萧胜闻到了黄油烙饼的香味,他问爸爸他们为什么吃黄油烙饼?

> "他们开会。"
>
> "开会干吗吃黄油烙饼?"
>
> "他们是干部。"
>
> "干部为啥吃黄油烙饼?"
>
> "哎呀,你问得太多了! 吃你的红高粱饼子吧!"③

母亲无言地为萧胜烙了一张黄油烙饼。萧胜吃了两口,忽然咧开嘴痛哭起来,高叫了一声:奶奶! 然后小说就结束了。作者没有刻意渲染一个儿童对奶奶的怀念,但他特有的方式却催人泪下;作者也没有直接表达他对"三级干部会"的看法,但一句"三级干部会就是三级干部吃饭",已表达了他的全部情感。而《黄油烙饼》对人间亲情的关怀,对和谐境界的向往,又几乎是在"瞬间"实现的,萧胜对奶奶的一声长叫,如电光石火,划破人心。这一表达策略,乃汪曾祺得自于老师沈从文的真传。沈从文在《烛虚》中说:

> 流星闪电刹那即逝,即从此显示一种美丽的圣境,人亦相同。一微笑,一皱眉,无不同样可以显出那种圣境。一个人的手足眉发在此一闪即逝更缥缈的印象中,即无不可以见出造物者手艺之无比精巧。凡知道用各种感觉捕捉住这种美丽神奇光影的,此光影在生命中即终生不灭。……这些人写成的作品虽各不相同,所得启示必中外古今如一,即一刹那间被美丽所照耀,所征服,所教育是也。④

对"美"的情有独钟,使汪曾祺小说具有了强烈的浪漫性和抒情性,对小说于人的潜移默化的浸染力,他有深刻的理解。较早评

论汪曾祺小说的凌宇曾仅就《大淖记事》指出,作品:

> ……给人的教益,主要不在它的题材本身。作者不是诱惑读者去猎取特异的世态风俗,也不只是让人陶醉于一个浪漫的爱情故事。透过题材的表皮,我们获得了一种启示:应该如何面对现实生活中的矛盾。它触及一个虽不是永恒,却绝不是一个短时期就消逝的问题。《大淖记事》里的故事早成过去了。它所涉及的问题却仍在困扰着现代人的心。作者从一种特殊的生活形态里,看到了某种闪亮的东西,提出了自己的看法。这看法对不对? 许多人会这样发问。在一个相当长的时期内,这个问题也许得不到统一的结论。但我敢说,《大淖记事》对生活矛盾的回答,不是悲泣,不是绝望,它具有一种向上的自信,一种健康的力量。这种对生活的态度,也许逾越了题材本身的范围,散射到生活的各个领域,适用于面对现实世界的一切矛盾。⑤

论者是沈从文研究专家,丰富的文学史知识使她意识到了汪曾祺小说的价值,她在那些历史往事中也发现了现实的意义。后来,汪曾祺也对自己的小说和美学追求作了如下陈白:

> 我觉得作家就是要不断拿出自己对生活的看法,拿出自己的思想、感情,——特别是感情的那么一种人。作家是感情的生产者。那么,检查一下,我的作品所包含的是什么样的感情? 我自己觉得:我的一部分作品的感情是忧伤,比如《职业》《幽冥钟》;一部分作品则有内在的欢乐,比如《受戒》《大淖记事》;一部分作品则由于对命运的无可奈何转化出一种常有苦味的嘲谑,比如《云致秋行状》《异秉》。在

有些作品里这三者是混合在一起的,比较复杂。但是总起来说,我是一个乐观主义者。对于生活,我的朴素的信念是:人类是有希望的,中国是会好起来的。我自觉地想要对读者产生一点影响的,也正是这点朴素的信念。我的作品不是悲剧。我的作品缺乏崇高的、悲壮的美。我所追求的不是深刻,而是和谐。这是一个作家的气质所决定的,不能勉强。⑥

汪曾祺的自况让人想到另一位资深作家:杨绛。她的散文《干校六记》于1981年出版后,很快引起了研究者的注意。这部散文所记述的生活和事件,有一个宏大的时代背景,它的写作年代,是这个时代刚刚过去不久,主流文学正如火如荼地实施对它的控诉和批判。然而,杨绛却平静如水地记述了干校的日常生活,她没有激愤或痛惜的情感波澜,在被认为是"不平常岁月"的时代,记述知识分子极平常的生活和心态。因此,它"不过是这个大背景的小点缀,大故事的小穿插"⑦。

《干校六记》是一个相当"个人化"的文本,它表达的是作为知识分子的杨绛,在往事追忆中所体现出的趣味和情怀。作品中没有那个时代的"经典"场景,也没有司空见惯的、挣脱了压抑之后的狂躁宣泄,以及夸张的情感姿态,她仍以平常心和普通人的情感,传达着她淡泊、宁静、乐观的生活态度。那里也有忧愁和焦虑,但这些情感仅限于对亲人的牵挂。因此,文本中出现最多的人名是默存、阿圆和得一,他们都是杨绛的亲人。亲情,在杨绛这里成了弥漫性的关怀,它几乎无处不在,尤其是自己的丈夫默存,几乎占据了她的精神空间,而夫妻之情也成了她生活的基本支点。这一情感关怀自然不够阔大,自然不如那些时代的流行色激烈或壮丽,更符合那一时代的需要。然而,历史向前移动一步,那激烈或壮丽便迅即退去,而留下来的,仍然是人间的亲情。这一情感的真实可靠馈赠给她的,便是对生活的达观和愉快。

杨绛文中常常讲起生活趣事,这些趣事淡化了特殊岁月知识分子的"艰难时世"。何其芳吃鱼、钱钟书烧水即是一例:

> 当地竭泽而渔,食堂改善伙食,有红烧鱼。其芳同志忙拿了自己的大漱口杯去买了一份;可是吃来味道很怪。他捞起最大的一块想尝个究竟,一看原来是还未泡烂的药肥皂,落在漱口杯里没有拿掉。大家听完大笑,带着无限同情。他们也告诉我一个笑话,说钱钟书和丁××两位一级研究员,半天烧不开一锅炉水!我代他们辩护:锅炉设在露天,大风大雪中,烧开一锅炉水不是容易。可是笑话毕竟还是笑话。⑧

"改造",使知识分子再也找不到往日的优雅和自尊,生活残酷地、带有恶意地让他们去从事最不擅长的活动,以加剧他们的自卑,从灵魂上将他们打垮。他们成了生活的"笑话"。

当然,这种摧残不只是心理的,生理上的代价同样触目惊心。干校里的钱锺书"又黑又瘦,简直换了个样儿",于是,便发生了类似黑色幽默般的一幕:

> 我们干校有位心直口快的黄大夫。一次默存去看病,她看他在签名簿上写上钱锺书的名字,怒道:"胡说!你什么钱锺书!钱锺书我认识!"默存一口咬定自己是钱锺书。黄大夫说:"我认识钱锺书的爱人。"默存经得起考验,报出

了他爱人的名字。黄大夫还待信不信,不过默存是否冒牌也没有关系,就不再争辩。事后我向黄大夫提起这事,她不禁大笑说:"怎么的,人不像了。"⑨

这玩笑后面都透着不尽的辛酸和悲凉。但杨绛叙述它们时,平淡无奇,并无情不自禁的感伤或感慨。

"六记"中,"小趋记情"最是生动。这个小狗对主人的忠诚和依恋,给人带来的快乐和情感联系,写得细致入微,格外动情。它也从一个侧面反衬了那一时代的人际关系。作者虽然喜欢它,但"有人以为狗只是资产阶级夫人小姐的玩物。所以我待小趋向来只是淡淡的,从不爱抚它"。但狗没有意识形态,它对主人仍是情意缠绵、情深意笃。

《干校六记》的叙事风格虽然平和,但它却显示了一个知识分子独立的精神地位的不可动摇。民粹主义东渐后,虽然经历了东方化的过程,但民众崇拜却是主流意识形态的一部分。知青下乡,干部下放干校,虽然有策略上的考虑,但在话语层面则是"民众"优于知识分子。这种等级关系的建立,使知识分子接受改造得到了"合理化"的解释。但是,人是很难改造的,这在改造者与被改造者那里都得到了证实:

> 我们奉为老师的贫下中农,对干校学员都很见外。我们种的白薯,好几垄一夜间全部偷光。我们种的菜,每到长足就被偷掉。他们说:"你们天天买菜吃,还自己种菜!"我们种的树苗,被他们拔去,又在集市上出售。我们收黄豆的时候,他们不等我们收完就来抢收,还骂"你们吃商品粮的!"我们不是他们的"我们",却是"穿得破,吃得好,一人

一块大手表"的"他们"。⑩

"老师"无以确认自己的身份,"学生"自然仍是他们范畴之外的"他者",不能进入他们的生活和情感领域。而"学生"对这一关系亦没有倾心认同过,身在干校,心还是"没有不希望回北京"的。当遣送回京的消息传来时:

> ……不能压减私心的忻喜。这就使我自己明白:改造十多年,再加干校两年,且别说人人企求的进步我没有取得,就连自己这份私心,也没有减少些。我还是依然故我。⑪

"六记"至此结束,"我还是依然故我",宣告了"改造"的失败,也宣告了杨绛作为知识分子独立精神地位的获得。

洪子诚在评价《干校六记》等作品时指出:"她并不需要大声抨击,却往往展示了事物的乖谬;她并不需要撕开伤痕,却能透出心中深刻的隐痛。她冷静,但不冷漠;嘲讽,但有宽容。在对知识分子进行反思自审时,不因他们命运多舛而停留在一掬同情之泪的地步,不回避对他们身上污垢的抉剔。"⑫杨绛的创作在这样的评价中得到了具有深度的阐释。

2. 生活寓言与文化批判

日常生活被表达的方式,取决于作家的价值目标和对日常生活的理解。汪曾祺的乐观,使他的作品空灵飘逸;杨绛的淡泊,使她的作品宁静达观。而高晓声的《陈奂生上城》和古华的《爬满青藤的木屋》,则在日常生活的表达中,渗透着明确的文

化批判意味。日常生活被诉诸寓言的形式,从而有了象征性的
意义。

1980年,有两篇写农村题材的短篇小说格外引人注目,一
篇是何士光的《乡场上》,一篇是高晓声的《陈奂生上城》,两篇
小说都写得光彩照人。《乡场上》在民间找到了一个寓言性的
人物和场景,喻示了在新的时代普通人获得了解放,挺直了腰
杆,走上了生存有保障、人格有尊严的道路,思想解放运动带来
了普通人的解放,因此,《乡场上》生动而深刻地阐释了主流意
识形态话语,它是新时代响遏行云的一曲颂歌。它明显地隐含
着知识分子的想象。

《陈奂生上城》,也是发生于粉碎"四人帮"之后的故事,主
人公陈奂生的生存处境与冯幺爸大体相似,他已摆脱了生存困
境,"肚里吃得饱,身上穿得新",他心情格外地好,"稻子收好
了,麦垄种完了,公粮余粮卖掉了,口粮柴草分到了",还有什么
能比这些更让一个在贫困中生活了很久的农民更宽舒忘情呢?
陈奂生的心情是完全可以理解的。但这一切并没有从本质上改
变陈奂生的劣根性,他的文明程度仍然是一个农民的。他的满
足与不满足都密切地联系着他的生活背景。由于贫困,他"对
着别人,往往默默无言";"别人讲话也总不朝他看,因为知道他
不会答话,所以就像等于没有他这个人",他也"总觉得比人矮
一头"。人越缺乏什么就越要实现什么。生活好转之后,他渴
望过"精神生活"了。他还没有自尊的意识,他的这一渴望也源
于自己的经验。他过去不被看重,一是因为贫困,一是因为无
言,这二者又是相关的,贫困使陈奂生失去了话语权力。当生活
的贫困摆脱了之后,陈奂生渴望过的"精神生活",实际上是对

话语权力的要求。因此,有人出了"在本队你最佩服哪一个"的题目时,"他忍不住地也答了腔,说:'陆龙飞最狠。'"陈奂生佩服陆龙飞的原因,是因为陆龙飞是说书的,有一张嘴。陈奂生渴望被注意、被尊重,而话语权力则是最直接有效的途径。这里隐含着农民固有的、也是普通人固有的虚荣心理和权力欲望。

另一方面,陈奂生的经验又使他极度看重实际利益,他的"无忧无虑","精神面貌和去年大不相同了",有时"兴致勃勃睡不着",就是因为"囤里有米、橱里有衣,总算像人家了"。生存处境的改变给陈奂生带来了愉快和自信,但他小生产者的自私和狭隘并未因此而得到改变,没有什么比个人的利益更敏感地触动他的神经。他上城生病后,被吴书记送至招待所,临行时,是小说写得最精彩的地方:陈奂生走到柜台处:

朝里面正在看报的大姑娘说:"同志,算账。"……

"何必急,你和吴书记是老战友吗?你现在在哪里工作?……"大姑娘一面款款地寻话说,一面就把开好的发票交给他。笑得甜极了。陈奂生看看她,真是绝色!

但是,接到发票,低头一看,陈奂生便像给火钳烫着了手。他认识那几个字,却不肯相信。"多少?"他忍不住问,浑身燥热起来。

"五元。"

"一夜天?"他冒汗了。

"是一夜五元。"……

千不该,万不该,陈奂生竟说了一句这样的外行语:"我是半夜里来的呀!"

陈奂生再也不是"吴书记的战友"，他农民的真实背景还是没有使他获得"身份感"。5元钱却使陈奂生的性格得到了充分的展示，他再也不怕弄脏地板，不怕弄坏沙发，不急于回家，而是决心困到可以滞留的规定时间——12点。5元钱一夜，使陈奂生沮丧无比，很苦恼了一阵子，他怕面对老婆交不上账，但陈奂生毕竟还有农民的狡猾，他无意间想到了与吴书记的关系，这偶然的邂逅成了陈奂生可以利用的精神资源，5元钱又使他买到了精神的满足。

《陈奂生上城》与许多流行的农村题材小说最大的不同，就在于他不是为了诠释"当下"的合理性，而庄重地为农民罩上各种光环，将农民升华为不能或还没到达的境地。高晓声曾自述说："我写《陈奂生上城》，不是预先有了概念，不是为了证实这个概念，而是在生活中接触了一些人和事，有所触发、有所感动，并且认为这些人和事对读者也有触发、感动作用，于是才写了它。"[13]在另一处，高晓声又说："我沉重、慨叹的是无论陈奂生或是我自己，都还没有从因袭的重负中解脱出来。"因此，对陈奂生的批判，也是作者对包括自己在内的"国民性"的再次检讨与批判。它将小说从政治批判的激进立场，转移到了文化批判的立场，在日常生活中，揭示了国民性的顽固延续。在这一点上，高晓声继承了鲁迅的遗产。

《爬满青藤的木屋》的环境设置是相当独特的。故事发生在与世隔绝的深山老林，它像是一个原始的酋长国，它远离现实，呈示着神秘而遥远的设定。它的人物也相对单纯，只有王木通、盘青青、李幸福三人，他们分别被赋予暴力、美和文明三种不同的表意内涵。因此，这貌似与世隔绝的环境，却并非仅仅是一处流光溢彩的天外之地,它的诗性和风情仍不能掩盖现实的人性冲突。于是,这个"爬满青藤的木屋"就不再是个孤立的存在,它所发生的一切冲突,都相当完整地表达了山外的整个世界。

应该说,小说是对人的生存方式、中国文化及文明的丰富表述。那个幽深的老林本身就是一个混沌未开、亟待启蒙的原始环境。在这个环境中的王木通与盘青青过着与环境相适应的恒定日子。王木通自以为自己是这里的"主人","女人是他的,娃儿是他的,木屋山场都是他的。"他也以"酋长"的方式统治着山林和自己一家。盘青青也没有太多的欲望,她也认为"男人打她骂她也是应分的"。只希望男人打她时不要下手太重。但小说一开始就揭示了"文明与愚昧"的冲突。王木通虽然自视为"主人",但他"本能"地具有对"文明"的恐惧。盘青青生娃前曾提出要去90里外的"场部"去看看,90里外的世界对她构成了新奇的期待。但她被王木通粗暴地拒绝丁,"他是怕自己的俊俏女人到那种热闹地方见了世面,野了心,被场部那些抻抻抖抖、油光水滑的后生子们勾引了去。""文明"对"愚昧"构成的威胁被王木通敏锐地感知并产生惧怕。盘青青只能在王木通的转述中,了解一点山外的事情,她每每"总是睁大了乌黑乌亮的眼睛,心里充满了新奇,仿佛男人讲的是些天边外国的事情"。

但是,"文明"终于还是不期而至。李幸福本是被放逐到绿毛坑的,他无意中成了一个启蒙者和文明的传播者,他的护林建议、牙刷、镜子、收音机和卫生习惯,对与世隔绝的绿毛坑来说,都带来了新鲜的刺激。于是,李幸福便始料不及地处于矛盾的旋涡之中,他不知不觉中便充当了改变绿毛坑生活的角色。这样,就必然引起王木通、盘青青的不同回应。在王木通看来,李幸福是在挑战,是在"跟老子比高低!"他只能借助主流话语来抑制启蒙话语:"场里早派定了,绿毛坑里的事由我来管!政治处王主任对你的约法三条,你不要当耳边风!""如今这世道就兴老粗管老细,就兴老粗当家!"作为启蒙者的李幸福带有先天缺陷(那个因只有一条胳膊而被命名的"一把手"外号,具有极大的讽刺性),这个缺陷不仅由生理残缺作了转述,而且他本身的"接受教育、改造"的身份,也注定了他的启蒙不具有合法性。所以,他的"四点建议碰在王木通的岩壁上,白印子都没留下一点"。

渴望文明洗礼的盘青青始终处于被争夺的位置。她对李幸福的生活方式和状态心向往之,并在潜意识中把他当作"拯救者",她不失时机地靠近"文明",她的温柔与笑声传达的是她对"文明"的亲近。但这一亲近由于"契约"关系的规定,使盘青青的向往和行为具有了叛逆性质。这样,就使李幸福和盘青青在与王木通的冲突中,先在地潜含了危机,他们的悲剧从一开始就已经孕育。

另一方面,"文明"和启蒙话语一开始就遭到主流意识形态的压抑。李幸福既然有文化,他理所当然地应肩负起启蒙的职责,但这并不是源于他的使命意识。事实上,自20年代末起,启蒙话语就已逐渐退隐,知识分子或启蒙者的地位早已被颠覆,他们的启蒙欲望已大大减弱,而一种向人民大众认同的意识大体支配了他们的思想。因此,在这样的思想背景下,李幸福的启蒙角色是无意中承担的,完全是由他的教育背景和生存方式暗示的。但他是主流意识形态拒斥的对象,他的身份是接受教育的"学生"、接受"改造"的异端。而王木通则是意识形态的守护对象,是主流话语对象化的依据和基础。因此,王木通不仅优越地在等级关系中占支配地位,是权力的代码,同时,小说本文还喻示了在是非颠倒的时代,文明与愚昧的倒置,必然会使愚昧以百倍的疯狂和仇恨,对文明施之以暴力,这是愚昧对付文明唯一的、也是最后的手段。王木通对盘青青和孩子们接近李幸福,开始是暴力语言恫吓:"从今天开始,你们和你们阿妈,谁要再敢走进那小木屋里一步,老子就挖了他的眼睛,打断他的脚杆!"继而是施之以暴力打击,盘青青近来"常常挨男人的打,身上青一坨,紫一块。一天到晚看着男人的脸色、眼色,大气都不敢出"。最后,他终于放了山火,要烧死盘青青,诉诸肉体消灭的形式。

小说结束时,李幸福和盘青青下落不明,语焉不详。但它无言地喻示了启蒙的失败,叙事者只能以理想的方式将其悬置:

> 在万恶的"四人帮"倒台后,林场也有蛮多的人议论,要是盘青青和"一把手"李幸福还活在什么遥远的山场里,他们过的一定是另一种日子。更有些人猜测,全国都在平反冤假错案,讲不定哪一天,盘青青和李幸福会突然双双回到林场来,要求给他们落实政策呢。可不是,连绿毛坑里那些当年没有烧死的光秃秃、黑乎乎的高大乔木,这两年又都冒芽吐绿,长出了青翠的新枝新叶哩!

作家对启蒙话语的被压抑和知识分子的地位,深怀同情,但它在现实中的地位已无可挽回,作家只能感伤地寄予幻想,它从另一侧面表述了知识分子话语的无力和无奈。

古华在谈到自己创作这篇小说时说,在一个封闭的环境中,

　　人们日出而作，日落而息，过着麻衣粗食、愚昧保守、与世隔绝的生活。无须什么外来文化，也无须什么现代科学……应该说，这种生活方式在我们这个古老的民族、古老的国度里是很有典型意义和代表性的。我们不就是以这种生活方式世代相传、度过了漫长的数千年岁月，才进入到现代社会来的么？而且，就是在这种生活方式似乎已经销声匿迹了的城市、乡村，它长期以来所形成的意识形态、风俗习性，却还广泛地存留于人们的头脑里，表现于人们的行动中。⑭

古华在创作这篇小说时，已有了明确的文化批判意识。这种悲剧虽然有当下的意识形态原因，这种意识形态是愚昧的守护者，并视其为可靠的政治力量，但古华并未仅在这一层面展开，成为流行的社会政治批判小说；而同时更注重"风俗习性"的巨大力量，它的难以更移，在更深的层面上阐释了民族现代性追求的困难重重。

　　但古华在自述中仍不免虚妄，他认为："三个守林人之间发生的这场文盲愚昧和文化文明的斗争，后来是以各有胜负告终的。森林山火之后，盘青青和李幸福终于赢得了他们的幸福，而王木通则到另一个更为偏远的林地里，依他原来的生活方式，传宗接代去了。"⑮这一解释初读是合理的，但它经不起分析。事实上，王木通逃离了被文明沐浴过的"不祥之地"，貌似失败了，但他依然如故，没有任何改变，恰恰说明了启蒙的失败，启蒙没有改变、撼动自己的对象，反证了启蒙的有限性；而盘青青和李幸福的胜利是虚幻的胜利，他们的"幸福"在现实中没有立足之地，由于表述和处理的困难，作家只能在想象中去实现。因此，他们的胜利也只是体现了知识分子话语的胜利。

　　但无论如何，日常生活在文学中成为表述的重要内容，改变了文学与"当下"的紧张关系，从而使文学的表达具有了极大的弹性，也深化了文学的文化内涵，拓展了它的思考空间。因此也可以说，那激进的思想潮流，在日常生活中逐渐趋于平和，它的战斗性传统在渐次削弱，而生活的柔和之风开始弥漫四方。

注释：

① 汪曾祺：《受戒》，载《北京文艺》1980 年第 10 期。

② 汪曾祺：《大淖记事》，载《北京文学》1981 年第 4 期。

③ 汪曾祺：《黄油烙饼》，见《汪曾祺作品自选集》，漓江出版社，1987。

④ 沈从文：《烛虚》，见《沈从文选集》第五卷，78—79 页，四川人民出版社，1983。

⑤ 凌宇：《是诗？是画？》，载《读书》1981 年第 11 期。

⑥ 《汪曾祺作品自选集·自序》，漓江出版社，1987。

⑦ 钱锺书：《干校六记·小引》，见《杨绛作品集》卷 2，3 页，中国社会科学出版社，1993。

⑧ 杨绛：《干校六记·下放记别》，同上，9—10 页。

⑨ 同上，11 页。

⑩ 同上，17 页。

⑪ 同上，49 页。

⑫ 洪子诚：《作家的姿态与自我意识》，158 页，陕西教育出版社，1993。

⑬ 高晓声：《且说陈奂生》，载《人民文学》1980 年第 5 期。

⑭ 古华：《木屋，古老的木屋……》，见《中短篇小说获奖作者创作经验谈》，291 页，长江文艺出版社，1983。

⑮ 同上。

十、1978 年的评奖制度

1970 年代以前,与文学艺术不断遭到批判和清理形成鲜明对比的是,它的奖项设立的严重匮乏。材料表明,就小说领域而言,在 1978 年全国优秀短篇小说评选之前,我国仅有三部小说作品获奖,它们是:丁玲的《太阳照在桑干河上》、周立波的《暴风骤雨》,分别获"斯大林文学奖"二、三等奖;胡万春的《骨肉》,获"国际文艺竞赛奖"。它们都不是自己国家设立的文学奖。1978 年之前,其他艺术门类全国性的奖项仅有:"全国少年儿童文艺创作奖",电影的"文化部奖"和"百花奖"等少数奖项。

奖励制度是鼓励文学艺术创作发展繁荣的重要机制之一,也是意识形态按照自己的意图,以权威的形式对文学艺术的导引和召唤。因此,文学艺术的奖励制度具有明确的意识形态性,权力话语以隐蔽的方式与此发生联系,它毫不掩饰地表达着主流意识形态的意图和标准,它通过奖励制度喻示着自己的主张和原则。但是,1978 年以前,全国性文学奖项的缺乏,并不意味着文学艺术是一个"私学"的自由领域,并不意味着文学艺术家可以按照个人的美学趣味随意表达。事实上,这是一个最为敏感的领域,它几乎成了时代的晴雨表,社会上的风吹草动都可以在文学艺术中获得对应性的解释。因此,1978 年以前,文学艺术的意识形态意图表达,不是通过国家权威奖励制度的引导实现的,个人意志、行政干预、审查制度等,都可以更为简便地实现评奖制度所能实现的所有目的。这样,评奖制度就不再重要,这是国家奖励制度不完善、不被重视的重要原因之一。

然而,奖励制度的设立,毕竟体现了人类对创造性精神生产的尊重与倡导,体现了人类对文化积累和文明发展的热情渴求。"诺贝尔奖""奥斯卡奖"等重大国际奖项,对 20 世纪文学艺术的发展所起到的巨大推动作用是不能忽略的。而对文学艺术家来说,能获得这样的奖励,也是最高的荣誉。他们站在领奖台上的演说,他们所表达的对于文学艺术的理解、对人类精神困境所持有的同情和真诚抚慰的愿望等等,都被视为经典而备受重视。更重要的是,他们以自己的创造性显示了人类想象力和创造力的无限可能性。它是以仪式的形式为人类的精神奇迹举行的庆典。

1978 年,《人民文学》编辑部举办了全国优秀短篇小说评选,《班主任》《神圣的使命》等 25 篇作品榜上有名。就当代中国文学而言,它无疑是一个重大事件,这是新中国成立以来短篇小说的首次评奖,也是"文革"后文学成就的一次集中展示。就入选作品看,它们都是在社会上产生广泛影响的作品,都是与当下的社会现实发生密切联系的作品,"伤痕文学"构成了获奖作品的主要内容。但是,在写作风格上,可明显地觉察到对于变化的寻求和探索。《从森林来的孩子》《愿你听到这支歌》等,有很强的抒情性;《神圣的使命》则以类似侦探小说的写法,表述了一个庄重的命题;《珊瑚岛上的死光》的科幻色彩,在当时格外触目。这些作品,虽然仍然受到社会主流话语的深刻影响,仍然

表达了作家对历史精神的自觉追随，但它的多样性，则喻示了一
个新的文学时代向未来发展的基本趋向。

另一方面，这次评奖也使一批作家确立了自己在当代文学
上的位置，王蒙、张承志、贾平凹、张洁、李陀、陆文夫、刘心武等，
成为"文革"后文学界最为活跃的作家，他们的创作给文坛以深
刻的影响，并构成这一时代文学成就的一部分。应该说，首届评
奖的入选，在不同程度上也给这些作家的创作带来了影响，社会
的承认和举荐，带来荣誉的同时，也无形地规约和左右了他们未
来的选择。

1978 年短篇小说奖的设立，其意义也许不在于评选了多少
作品，更重要的是，它首次以制度化的形式确立了文学奖项。它
在引导作家创作方向的同时，也表述了社会对知识分子精神生
产的应有尊重。但任何奖项的设立，本身就具有意识形态性，它
除了举荐和维护文学艺术自身的生产规则外，还要考虑它们在
多大程度上体现了奖评标准的要求。周扬曾指出："我们评奖
的目的，就是要发挥评奖的积极作用，促进我国社会主义文学艺
术的发展和繁荣、促进我国的文学艺术事业在三中全会路线和
四项基本原则的指引下，沿着为人民服务、为社会主义服务的正
确轨道前进，实现文学创作和文学理论的真正的'百花齐放、百
家争鸣'，使文学创作水平和鉴赏水平更进一步提高。"① 而评
奖的标准，就是"政治标准和艺术标准的统一"②。评奖的目的
和标准在评奖的结果中得到了证实，历届评奖，特别是前三届，
首选作品无一不是主题重大、与当下生活关系紧密的作品，《班
主任》《乔厂长上任记》《西线轶事》分别荣居前三届入选作品榜
首。通过这些作品，人们可以明确无误地判断出中国社会生活

发生的最重要的问题和事件是什么,也正因为如此,评奖就不可能是没有遗漏的,甚至是重要的遗漏也难以避免。

这一情况即便在国际性的权威评奖中,也同样存在。"诺贝尔文学奖"就极具代表性。诺贝尔于 1895 年 11 月 27 日,也就是他逝世的前一年,郑重立下了遗嘱:

> 所有我留下的不动产,应以下列方式来处理:其资金将由我的委托人投资在安全证券上。成立一项基金,其利息以奖金的方式,每年赠给那些在最近几年造福人类最大的人。此项利息将平分为五份,分配如下:——一部分赠予在文学上能创作出有理想倾向的最优秀作品的人。③

这里一个重要问题就是评选标准的问题,它的关键句是:"创作出有理想倾向的最优秀作品的人。"而对"理想倾向"的不同理解,使许多最优秀的作家与这一奖项无缘。首届评奖最具竞争力的左拉,虽然被认为有"惊人的创作能力及其借助强调对比和着眼下层平民达到强烈效果的写实态度",但终因"其自然主义常流于庸俗无耻、缺乏道德精神,因而很难符合遗嘱人的心愿,不能荣获大奖"。次年,托尔斯泰在众多支持者的呐喊声中参加角逐,他被认为是"驾驭史诗巨著的艺术大师",但他又被认为是"表现了宿命论的思想,宣扬偶然性,轻视人的主观努力"。瑞典文学院的常务秘书威尔逊也认为:"这位伟大作家,从文学造诣来说,他完全有资格获奖,但他对道德表示出怀疑的态度,对宗教缺乏认识。如果把这项文学奖授给他,必然会助长他那种革命性教谕的气焰。"对于"理想"的不同理解,使左拉、托尔斯泰、勃兰兑斯、易卜生、普鲁斯特、卡夫卡、瓦莱里、马尔罗、莫拉维亚等大师均与诺贝尔奖无缘。同时，瑞典文学院院士杰尔·伊斯普马克还指出："诺贝尔文学奖不是生活在真空里，它不可能不打上政治的烙印。事实上，诺贝尔文学奖的上空一直笼罩着一层挥不去的政治阴云。"出于这种种原因，萨特拒绝了1964年授予他的诺贝尔文学奖。这一世俗社会的最高文学荣誉遭到了挑战和打击："我的拒绝并不是什么仓促的突然行动，我一向拒绝来自官方的荣誉。"④60年代，人们发现了丹麦文学批评家勃兰兑斯的一封信，他说他为了探讨"理想"这个词的确切含义，曾走访了诺贝尔生前密友梅达·罗夫勒，后者解释说："诺贝尔本人是个无政府主义者，对他来说，'理想'的含义是指对宗教、政权、婚姻和社会秩序等持批评谴责态度。"⑤而遗嘱的执行人却按自己的理解，并致力于维护现有的秩序，以正统的观念选择了获奖者。

这样的现象无非说明，任何奖项的评选，它的公正性只能限定于它所制定的标准的范畴内。1978年以降的短篇小说评奖，虽然陆续推出了优秀作家和作品，但它的遗漏和偏颇同样无可避免。1979年，张洁的《爱，是不能忘记的》落选，但就其影响力和作品所表达出的卓然不群的艺术品格来说，它当之无愧地应属于那一年的优秀作品。但由于张洁注目于个人的情感经验，而没有将视野放到更宽阔的社会变革大潮中，它显然不合于评选标准。而人民文学出版社也惯例地出版了每一年度的短篇小说选，在1980年，《爱，是不能忘记的》被作为首选作品列为头题。与此相似的是汪曾祺的《受戒》，这一怀旧式的、与现实疏离的清新之作，在当年显然没有受到重视，它同样没有走进获奖作品的行列。1981年，《大淖记事》的入选表明了文学意识形态对多样化的尊重,但显而易见,在艺术上《受戒》要比《大淖记事》更成功。如果说,对上述作品存在见仁见智问题的话,那么,在新诗评奖中,叶文福的《将军,不能这样做》,得票最多,却未能获奖,则不能不引发人们对评奖的忧虑。⑥周扬在几次发奖大会上都表示过下述看法:

> 我们的评论和评奖要鼓励文艺创作沿着革命现实主义
> (其中也包括革命浪漫主义)的创作道路前进,要鼓励作家
> 敢于接触和反映现实生活中各种矛盾和斗争,敢于和善于
> 描写尖锐斗争的题材。这可能要冒一点风险。我们应该鼓
> 励作家创新的勇气。他们在创作的探索中犯了错误,我们
> 要给以善意的批评,帮助他们改正错误,并为他们分担一定
> 的责任。批评要采取正确的态度和方法,要实事求是,与人
> 为善。党的文艺政策应该帮助作家提高自觉和社会责任
> 感,使他们心情舒畅,敢于讲话,敢于负责,而不是不敢讲
> 话,不敢负责。⑦

后来,周扬又多次重复了这样的看法,在首届茅盾文学奖授奖大会上,他说:"旧时代的优秀作家常常是批判现实主义者,对旧社会采取批判态度,有时甚至是十分激烈的。现在我们的作家也批评我们社会的缺点和阴暗面,但是根本立场不同,出发点不同,我们不是要否定这个社会,而只是要不断改善它,改革它。……所以对作家要十分慎重地对待,要关怀他们,使他们有一个良好的环境,需要有一点灵感和热情,你不能破坏他的情绪,使他根本不想动笔了。"⑧周扬还鼓励要有"真正艺术家的勇气","要不回避社会矛盾,反映尖锐重大的斗争,没有创造性

和积极性,没有'真正艺术家的勇气'是不行的"。⑨他还强调要保护作家的这种积极性,不能挫伤。周扬的这些看法,体现了一个领导者和文学理论家对艺术规律和功能的深刻理解。他鉴于历史的经验和教训,强调文学艺术的社会批判功能,并对作家予以保护,无疑具有重要的现实针对性。然而,他所倡导的这一切,在现实中却难以全部付诸实施。

事实上,那些有强烈的理想主义倾向的批判性作品,所表达的更多的是他们作为人文知识分子对意义世界的关怀,在现实的具体批判中体现出他们形而上的思考。青年学者尤西林曾论述过:"人文知识分子即使作为革命家激烈介入改造权力的革命,也与权力派系之争的政客或不堪压迫起来造反的民众有深刻的区别:他是为意义世界而战的理想主义者,而并非特定现实政治经济利益的代表。"⑩他援引了武汉军校女生在广州起义时高喊"世界革命万岁"而饮弹身亡,以及红卫兵同工人造反队的区别,旨在说明,恪守于意义世界的知识分子是以怎样的方式诉诸理想的。周扬虽然没有这样表述他对文学的社会批判功能的理解,但他的表述里显然含有对人文知识分子守护意义世界的深刻理解。

因此,任何社会性的奖励制度,都可能与知识分子守护的人文意义不同程度地构成矛盾,如果奖励具有支配性的影响,或者成为一种价值尺度,它的世俗性就会沦为人格的控制力量。它使作家屈服于这种控制,甚至放弃对意义世界的守护和表达。因此,当萨特拒绝了诺贝尔文学奖时,显然也表达了他对来自世俗荣誉诱惑的高度警觉,他超越了自身之外的评价尺度。与此不同的是,1978 年以来的评奖制度,虽然产生了广泛的影响,获奖作品在一定程度上具有了"典范"意义（获奖者参加的授奖仪式以及 1985 年以前重复出版的"获奖作家创作经验谈"之类的书籍,都表明了社会对"典范"的认同与举荐）,但相对宽松的社会环境同时还允许其他不同的选择标准的存在。社会流行的各种选本表明了不同标准的自由表达和竞争,因此,权威的评奖制度并没有形成对于创作的规约,它的影响也日益具有相对性。

这也从另一侧面反映了当代作家精神独立所能达到的程度。获奖,并不是他们追逐的目标,包括许多获奖作家,对于创作困惑的真实陈白,也同样说明这些作家对文学自身的关注,并没有为获奖的满足感和"成就感"所淹没。那些获奖之初的"创作谈"之类的自信逐渐隐退,代之而起的,是不断产生的自我怀疑。困顿表达了另一向度的清醒,它同时传达了当代中国文学持续发展的可靠保证。事实亦表明,时至 1980 年,当代文学已以惊人的速度走向成熟。《班主任》《伤痕》等作品因非文学性的因素而产生的影响,被作家日益感知,艺术性开始普遍受到重视。就获奖作品而言,以社会重大事件为题材的作品相对减少,而日常生活中人的情感领域逐渐成为文学表达的主要对象。理论家们将其概括为"向内转"：

> 一种文学上的"向内转"竟然在我们 80 年代的社会主义中国显现出一种自生自发、难以遏止的趋势。我们差不多可以从近年来任何一种较为新鲜、因而也必然存有争议的文学现象中找到它的存在。⑪

论者鲁枢元以"三无小说"和"朦胧诗"作为具体现象分析说：这些作品,"其实并不是没有'情节''人物'和'主题',而只是在割舍了情节的戏剧性、人物的实在性、主题的明晰性之后，换来了基调的饱满性、氛围的充沛性、情绪的复杂性、感受的真切性。这类小说，成就高下不一，但共同的特点是：它们的作者都在试图转变自己的艺术视角，从人物的内部感觉和体验来看外部世界，并以此构筑起作品的心理学意义的时间和空间。小说心灵化了，诗化了，音乐化了。小说写得不怎么像小说了，小说却更接近人们的心理真实了。新的小说，在牺牲了某些外在的东西的同时，换来了更多的内在的自由"⑫。而在诗歌创作中，"诗人以个性的方式再现感情真实的倾向加强了，诗歌的外在宣扬，让位于内向的思考，诗歌的重心转向了内在情绪的动态刻画。主题的确定性和思想的单一性让位于内涵的复杂性与情绪的朦胧性"⑬。谢冕也认为："文学的向内转是对于文学长期无视和忽视人们的内心世界、人类的心灵沟通、情感的极大丰富性的矫正。心理学对于文学的介入，使新的历史时期的文学极大开掘了意识的潜在状态和广阔的领域。心灵的私语和无言的交流，人的潜意识的流动，都为文学提供了新鲜而丰富的表现可能性。可以说，文学的内向化体现了文学对于合理秩序的确认，也包含着文学一味地'向外转'的歧变的纠正。"⑭

这样的看法虽然引起过广泛的争议，但它作为已然的文学实践，不仅标示了文学对人的内心世界开掘的关注，同时也表达了文学对于中心的疏离，它有了更为丰富的、可以表现的第二世界，它为文学走向常态提供了必要的断裂性的过渡。因此，1978年代的文学，也为它的自由做了最大的努力和争取。《春之声》《大淖记事》《爬满青藤的木屋》《种苞谷老人》《条件尚未成熟》《祸起萧墙》《哥德巴赫猜想》《关于入党动机》《呼声》《请举起森林般的手,制止!》《双桅船》《你不可改变我》《继续操练》《塔铺》等作品的获奖,表明了文学主流意识形态对多样化的有限度的认同与支持,对于文学来说,这毕竟是值得庆幸的。

1970 年代的文学,充满了跌宕起伏和悲喜交加,它的整体形象与百年中国文学融为一体,给人一种鲜明的悲壮感。因此,那是一个人文激情奔涌的大时代,它思考和表达的几乎都是与国家、民族、社会、时代等息息相关的大问题,作家和他们的读者,都对文学寄予厚望,使文学超出了它的承受力,也使文学奇迹般地承受了这一切。在后来的文学实践中,我们很少再见到这样动人的景观,它是特殊时代特殊的现象,也是中国独有的现象。无论如何,我们为有过这样的文学景观并亲历了它而感到荣幸和自豪,后来的这一切,都与那一年代息息相关,于是,我们对 1970 年代的文学便分外地珍视并且怀念。

注释

① 周扬:《按照人民的意志和艺术科学的标准来评奖作品》,载《文艺报》1981 年第 12 期。

② 同上。

③ 杰尔·伊斯普马克:《诺贝尔文学奖的隐秘》,张宏译,见《诺贝尔文学奖获得者散文选·附录一》,中国工人出版社,1990。

④ 转引自尤西林:《阐释并守护世界意义的人》,165 页,河南人民出版社,1996。

⑤ 同注③。

⑥ 谢冕:《文学的绿色革命》,53 页,贵州人民出版社,1988。

⑦ 同注①。

⑧ 周扬:《在茅盾文学奖授奖大会上的讲话》,载《文艺报》1983 年第

3 期。

⑨　周扬:《要有"真正艺术家的勇气"》,载《人民日报》1984 年 5 月 7 日。

⑩　尤西林:《阐释并守护意义世界的人》,153 页,河南人民出版社,1996。

⑪　鲁枢元:《论新时期文学的"向内转"》,载《文艺报》1986 年 10 月 18 日。

⑫　同上。

⑬　同上。

⑭　谢冕:《向内转体现反拨精神》,见《文学的绿色革命》,贵州人民出版社,1988。

年　表

(1976—1982)

1976 年

1 月　《诗刊》《人民文学》复刊。《诗刊》复刊后第一期上发表
了毛泽东写于 1965 年的两首词:《水调歌头·重上井冈山》
《念奴娇·鸟儿问答》;《人民文学》复刊后第一期上发表了
蒋子龙的小说:《机电局长的一天》)。

1 月 31 日　著名诗人、文艺理论家冯雪峰逝世,终年 73 岁。
冯雪峰 1927 年加入中国共产党。1934 年随红军参加二万
五千里长征。1936 年受党中央委托去上海找鲁迅,从事党
的文化统一战线工作。皖南事变后,被关进上饶集中营。
全国解放后,曾先后担任第一届全国文联常务委员,中国作
协副主席、党组书记,《文艺报》主编,人民文学出版社社长。
著有《回忆鲁迅》《雪峰寓言》以及电影《上饶集中营》等
多种。

3 月　《人民戏剧》《人民电影》《人民音乐》《美术》《舞蹈》5 种
杂志在北京相继复刊。

4 月 5 日　天安门广场爆发了"四五"运动。人民群众在天安门
广场、在北京和全国各地写出了大量声讨"四人帮"、歌颂老

一代无产阶级革命家的诗词,表达了人民群众在特定历史
时期的意愿。这一运动遭到了残暴的镇压和清理。

5月6日　著名剧作家、诗人孟超逝世,终年74岁。

孟超,山东诸城人,1925年参加革命,早年是太阳社和左联
的成员。抗战期间曾与夏衍创办《野草》杂志。"文化大革
命"之前任人民文学出版社副总编辑兼戏剧编辑室主任。
1961年以后,因创作昆曲《李慧娘》而受到康生、"四人帮"
的残酷迫害,饮恨而死。1979年10月12日,人民文学出版
社在北京八宝山公墓举行追悼会,为孟超平反昭雪,昆曲
《李慧娘》恢复上演。

6月　《北京文艺》发表了小说《严峻的日子》,诬蔑天安门诗歌
运动,攻击邓小平同志。

7月27日　著名作曲家马可逝世,终年58岁。

马可,江苏徐州人。1939年到延安入鲁迅艺术学院。1947
年加入中国共产党。新中国成立后,曾先后担任中国音乐
家协会理事、中国音乐学院副院长、中国歌剧舞剧院院长等
职务。主要作品有歌曲:《南泥湾》《咱们工人有力量》《我
们是民主青年》《吕梁山大合唱》,秧歌剧:《夫妻识字》,管
弦乐:《陕北组曲》,歌剧:《白毛女》《小二黑结婚》,以及音
乐、戏曲评论和理论文章。

10月18日　著名诗人郭小川逝世,终年57岁。

郭小川,河北丰宁人,1937年参加八路军,同年加入中国共
产党。1955年任中国作协党组副书记、书记处书记兼秘书
长,1962年为《人民日报》特约记者。是著名评论集体"马
铁丁"的成员。主要作品有《月下集》《将军三部曲》《郭小

川诗选》等。郭小川是新中国最优秀的诗人之一。

10 月 20 日　《人民日报》报道,北京、上海等地举行鲁迅逝世
40 周年纪念活动。

11 月 5 日　《人民日报》发表毛泽东于 1975 年 5 月 25 日对电
影《创业》的批示,并刊登任平的文章《光辉的历史文件》。

11 月 12 日　《人民日报》转载了杜书瀛、杨志杰、朱兵发表于
《解放军报》的文章《围绕电影〈创业〉展开的一场严重斗
争》。

11 月 20 日　《人民文学》第 8 期发表了张天民执笔的电影文学
剧本《创业》、柳仲甫执笔的湘剧《园丁之歌》。

12 月 7 日　著名音乐家郑律成逝世,终年 58 岁。

郑律成,生于朝鲜,1933 年到中国,1937 年到延安,1939 年
加入中国共产党。一生创作三百余首作品,主要有:《八路
军军歌》《八路军进行曲》(后改为《中国人民解放军进行
曲》)、《延安颂》《延水谣》《秋收起义大合唱》,歌剧《望夫
云》等。

12 月 24 日　《人民日报》报道,新发现 13 封鲁迅书信。

大型彩色纪录片《伟大的领袖和导师毛泽东主席永垂不
朽》正式上映。

12 月 30 日　话剧《万水千山》,歌剧《白毛女》,影片《东方红》
《洪湖赤卫队》等,组歌《红军不怕远征难》,评弹《蝶恋花·
答李淑一》首批复映上演。《人民日报》发表评论:《无产阶
级文艺的新春》。

12 月　姚雪垠的长篇历史小说《李自成》第二卷由中国青年出
版社出版。

1977 年

1 月 2 日　作家黄谷柳逝世。

1 月 20 日　《西藏文艺》在拉萨市创刊。

2 月 7 日　著名作家、中国社会科学院哲学研究所研究员徐懋庸逝世,终年 69 岁。

徐懋庸,浙江上虞县人。1934 年参加革命,1938 年加入中国共产党,1933 年在上海参加"左联",1938 年到延安。全国解放后,历任第四野战军南下工作团三分团政委,武汉大学秘书长、文学院院长、副校长,中南军政委员会教育部副部长、文化部副部长,中共中南局党校政治经济学教研室主任等职。"文化大革命"中遭到迫害。主要作品有:《犹太人》《打杂集》《文艺思潮小史》等,译作有《托尔斯泰传》《列宁家书集》《斯大林传》等。

2 月 13 日　《人民日报》发表文化部批判组文章《还历史以本来面目——揭露江青掠夺革命样板戏成果的罪行》。

4 月　《陈毅诗词选》由人民文学出版社出版。

5 月 18 日　《人民日报》发表文化部政策研究室批判组的文章《评"三突出"》。

5 月 23 日　《人民日报》发表社论《更高地举起毛主席革命文艺路线的伟大旗帜——纪念〈在延安文艺座谈会上的讲话〉发表 35 周年》。

文化部主办的"纪念《在延安文艺座谈会上的讲话》发表 35 周年美术作品展览",展出了 1942 年以来的部分优秀作品 764 件。

5 月　为纪念《讲话》发表 35 周年,北京市京剧团选演了历史京
　　　剧《逼上梁山》的三场戏:《风雪山神庙》《火烧草料场》和
　　　《造反上梁山》。这是"文化大革命"以来首次上演古装戏。

6 月 17 日　著名作家阿英逝世,终年 77 岁。

　　　阿英,安徽芜湖市人。青年时代曾参加五四运动。1926 年
　　　加入中国共产党。是太阳社的重要成员。抗战期间,主持
　　　《救亡日报》《文献月刊》的编辑工作,1941 年在新四军工
　　　作。解放战争期间,任华东局文委书记。新中国成立后,历
　　　任天津市文化局局长、天津市文联主席、华北文联主席、中
　　　国作协理事、中国剧协常务理事。主要作品有:小说集《义
　　　冢》,诗集《荒土》,散文集《海市集》《夜航集》《剑腥集》,剧
　　　本《碧雪花》《李闯王》以及研究著作《晚清小说史》《小说闲
　　　谈》等。

6 月　《人民戏剧》第 6 期发表了金振家、王景愚的讽刺喜剧《枫
　　　叶红了的时候》。

　　　柳青的《创业史》第二部上卷由中国青年出版社出版。

7 月 24 日　著名诗人和文艺评论家何其芳逝世,终年 65 岁。

　　　何其芳,四川万县人。1938 年赴延安,同年加入中国共产
　　　党。曾任延安鲁艺文学院文学系主任、《新华日报》副社长
　　　和朱德秘书。新中国成立后,曾任中国作协理事和书记处
　　　书记、中国社会科学院文学所所长、《文学评论》主编等职。
　　　主要作品有:诗集《夜歌和白天的歌》《预言》,散文集《画梦
　　　录》《还乡杂记》,小说戏剧集《刻意集》,杂文集《星火集》
　　　《星火集续编》,文艺论集《关于现实主义》《西苑集》《关于
　　　写诗和读诗》《没有批评就不能前进》《诗歌欣赏》《文学艺

术的春天》等。1979 年,四川人民出版社出版了三卷本的
《何其芳选集》。

8 月　《儿童文学》双月刊在北京复刊。

9 月　《人民文学》第 9 期发表何其芳遗作《毛泽东之歌》。
《人民戏剧》第 9 期发表白桦的话剧《曙光》。《文艺论丛》
在上海创刊。

10 月　《董必武诗选》由人民文学出版社出版。
《上海文艺》创刊。
《世界文学》在北京复刊。

11 月　刘心武的短篇小说《班主任》在《人民文学》第 11 期上
发表。《人民文学》编辑部在北京召开短篇小说创作座
谈会。

11 月 20 日　《人民日报》编辑部邀请文艺界知名人士举行座谈
会,批判"文艺黑线专政论"。

12 月 31 日　《人民日报》发表毛泽东给陈毅的《关于谈诗的一
封信》。

12 月　《郭小川诗选》由人民文学出版社出版。

1978 年

1 月 2 日　《人民日报》发表辛文的文章:《裴多菲——匈牙利的
爱国者和诗人》,纪念裴多菲诞辰 150 周年。

1 月　《人民文学》第 1 期发表徐迟的报告文学《哥德巴赫猜
想》、莫伸的短篇小说《窗口》。
《诗刊》第 1 期发表了《毛主席给陈毅同志谈诗的一封信》。

2 月　《文学评论》在北京复刊。

《中国青年》第 2 期发表了刘心武的短篇小说《醒来吧，弟弟》。

3 月 1 日 《人民日报》发表《周恩来青年时代诗选》。

3 月 21 日 《人民日报》发表曹禺的文章：《纪念易卜生诞辰 150 周年》。

3 月 大型文学刊物《钟山》在南京创刊。

4 月 22 日 《人民日报》报道：文化部举行揭批"四人帮"万人大会，贺敬之代表文化部党组宣布为受"四人帮"迫害的张海默、罗静予、王昆等平反。

4 月 《儿童时代》杂志复刊。

5 月 1 日 北京、上海、广州等地新华书店发行《子夜》《家》《曹禺选集》《安娜·卡列尼娜》《堂吉诃德》等中外名著。

5 月 9 日 人民文学出版社在京召开儿童文学作家座谈会，呼吁为儿童提供丰富的精神食粮。这是粉碎"四人帮"后召开的第一次儿童文学座谈会。

5 月 11 日 《光明日报》发表特约评论员文章：《实践是检验真理的唯一标准》。12 日，《人民日报》全文转载。

5 月 18 日 《人民戏剧》编辑部召开全国戏剧座谈会，全国各地戏剧家近百人参加了座谈会。周扬作了题为"谈社会主义新时期戏剧创作的任务"的发言；曹禺在会上提出，为 1962 年在广州召开的全国话剧、歌剧、儿童剧创作会议恢复名誉。

5 月 21 日 《人民日报》为纪念《讲话》发表 36 周年，刊发了黄镇的文章：《迎接社会主义文化建设的新高潮》。

5 月 苏叔阳的话剧《丹心谱》，在《人民戏剧》第 5 期上发表。

全国文联及各协会筹备组成立,林默涵任组长,张光年、冯牧任副组长,冯牧兼秘书长。

5月27日—6月5日 中国文学艺术界联合会第三届全国委员会第三次(扩大)会议在北京召开。大会宣布中国文联、中国作协、中国剧协、中国音协、中国影协、中国舞协恢复工作。《文艺报》立即复刊。

6月3日 原中国文联副主席、著名作家老舍骨灰安放仪式在北京举行。老舍于1966年8月24日逝世,终年67岁。

6月12日 著名作家郭沫若在北京逝世,终年86岁。

郭沫若,四川乐山人。曾发起创建“创造社”。1926年参加北伐,任国民革命军总政治部主任。1927年参加南昌起义,同年8月加入中国共产党。1928年起旅居日本。抗日战争爆发后回到祖国。1949年8月,在全国文学艺术工作者代表大会上,被选为全国文联主席。

主要作品有:诗集《女神》《星空》《前茅》《恢复》等,历史剧《棠棣之花》《屈原》《虎符》《高渐离》《南冠草》《孔雀胆》《蔡文姬》《武则天》等,以及散文集、学术论著多种。

6月13日 著名作家柳青逝世,终年62岁。

柳青,陕西吴堡人,1928年加入中国共产主义青年团,1936年加入中国共产党。新中国成立后,曾任中国文联全国委员、中国作协理事、作协西安分会副主席。主要作品有:长篇小说《种谷记》《铜墙铁壁》和《创业史》(《创业史》未能全部完成)。

7月15日 《文艺报》复刊后第1期出刊。

7月 乔羽、树元、郿子柏创作的话剧《杨开慧》在《人民戏剧》

第 7 期上发表。

8 月 11 日　卢新华的短篇小说《伤痕》在《文汇报》发表。

8 月 15 日　《文学评论》编辑部举行座谈会,讨论短篇小说《班主任》的评价问题。

8 月　大型文学刊物《十月》在北京创刊。

9 月 2 日　《文艺报》编辑部在京举行短篇小说座谈会,围绕《班主任》《伤痕》等作品进行了讨论。

9 月 9 日　《人民日报》发表了毛泽东的三首诗词:《贺新郎》(1923 年)、《七律·吊罗荣桓同志》(1963 年)、《贺新郎·读史》(1964 年春)。

9 月 20 日　著名的马克思主义经典著作翻译家、中国社会科学院外国文学研究所研究员曹葆华逝世。

　曹葆华,四川乐山人。1940 年加入中国共产党。长期致力于马克思主义经典著作和文艺理论的翻译介绍工作。

9 月 22 日　《人民日报》编辑的《战地》增刊创刊。

9 月　王亚平的短篇小说《神圣的使命》,在《人民文学》第 9 期上发表。

　魏巍的长篇小说《东方》由人民文学出版社出版。

10 月 17 日　作家赵树理骨灰安放仪式在北京举行。

　赵树理于 1970 年 9 月 23 日在山西太原逝世,终年 64 岁。

10 月 21 日　齐燕铭逝世,终年 71 岁。

　齐燕铭是京剧《逼上梁山》的作者之一。生前曾任文化部副部长,中共中央统战部副部长。

10 月 28 日—30 日　宗福先的话剧《于无声处》在《文汇报》上发表。

11 月 15 日　北京市委作出决定，为 1976 年 4 月 5 日"天安门事件"平反。

11 月 17 日　《人民日报》发表《天安门诗选》。

11 月 19 日　《人民日报》发表了张光年的《驳"文艺黑线"论》。

11 月　《人民文学》发表了曹禺的历史剧《王昭君》。

　　《上海文艺》发表了评论员文章《艺术与民主》。

12 月 5 日　《文艺报》《文学评论》编辑部在北京召开文艺作品落实政策座谈会，为杜鹏程的《保卫延安》，李建彤的《刘志丹》，陶铸的《思想、感情、文采》《理想・情操・精神生活》，赵树理的《三里湾》，刘宾雁的《在桥梁工地上》，王蒙的《组织部新来的年轻人》，吴晗的《海瑞罢官》等作品和作者平反。

12 月 23 日　《人民日报》发表了评论员文章：《加快为受迫害的作家和作品平反的步伐》。

12 月　《诗刊》发表了艾青的诗《在浪尖上——给韩志雄和他同一代的青年朋友》、白桦的诗《阳光，谁也不能垄断》。

　　《天安门诗抄》由人民文学出版社出版。

　　《短篇小说选》(1977—1978.9) 由人民文学出版社出版。

　　《新文学史料》第 1 辑出版。

1979 年

1 月 2 日　中国文联举行迎春茶话会。中共中央宣传部部长胡耀邦在迎春茶话会上对文艺界提出热望。

1 月 14 日—20 日　《诗刊》编辑部在北京召开全国诗歌创作座谈会，胡耀邦、胡乔木、周扬等到会讲了话。

1 月　《诗刊》发表了陶斯亮的《一封终于发出的信——给我的

爸爸陶铸》。

《文艺报》发表《解放思想、迅猛前进》。

《大众电影》复刊。

《收获》复刊。大型文学刊物《边塞》在乌鲁木齐创刊。

大型文学刊物《新苑》在长春创刊。

《民间文学》《电影艺术》《电影创作》《儿童文学研究》复刊。

1月25日　著名作家郑伯奇逝世，终年84岁。

郑伯奇，陕西长安县人。1910年加入同盟会，并参加了辛亥革命。是创造社的主要成员之一。参加筹备了"左联"，加入"左翼剧联"和中国民权保障同盟等团体，主编《文艺生活》等刊物。新中国成立后，曾任西北军政委员会文教委员会委员、西北文联副主席、陕西文联副主席等职。主要著作有戏剧集：《抗争》《轨道》，短篇集《打火机》，评论集《两栖集》及翻译作品等。

2月1日　《剧本》复刊。陈白尘的历史剧《大风歌》在复刊号上发表。

2月7日　电影艺术家崔嵬逝世。

2月22日　《人民日报》发表任文屏的文章《一桩触目惊心的文字狱——为〈三家村札记〉〈燕山夜话〉恢复名誉》。

3月26日　1978年全国优秀短篇小说发奖大会在京举行。《班主任》《神圣的使命》等25篇小说获奖。中国作协主席茅盾、副主席周扬在会上讲了话。

3月　《十老诗选》由中国青年出版社出版。

《剧本》发表了丁一三的话剧《陈毅出山》。

4月1日 《上海戏剧》复刊。

4月4日 新华社报道:中共中央组织部、中共中央宣传部、文化部、全国文联在北京联合召开全国文艺界落实知识分子政策座谈会,研究如何进一步落实知识分子政策,研究如何进一步加强落实政策,充分调动作家、艺术家和文艺工作者的积极性,团结一致地为繁荣社会主义文艺、为促进社会主义现代化建设贡献自己的力量。会议结束时,胡耀邦讲话,再次强调落实人的政策的重要性。

4月15日 《广州日报》发表题为《向前看呵! 文艺》的文章。4月中旬前后,包括广州传媒在内的全国许多报刊对该文的观点进行了讨论。

4月25日 田汉追悼会在北京举行。田汉于1968年12月10日逝世,终年70岁。

4月26日 翻译家傅雷追悼会在上海举行。傅雷于1966年9月3日逝世,终年58岁。

4月 崔德志的话剧《报春花》在《剧本》发表。

马南邨的《燕山夜话》由北京出版社重印出版。

湖北省外国文学学会主编的《外国文学研究》创刊。

《电影文学》复刊。

5月2日—9日 中国社会科学院纪念五四运动60周年学术讨论会在北京举行。周扬作题为"三次伟大的思想解放运动"的报告。《人民日报》5月7日发表。

5月8日 茅盾和周扬等联合发起成立"鲁迅研究学会"。周扬在第一次筹备会上说,当前文学战线的一项重要任务,就是要重新认识鲁迅,重新学习鲁迅。

5 月 11 日　中国古代文学理论学会在昆明成立,郭绍虞被选为
　　会长。

5 月 15 日　文化部文学艺术研究院主办的《文艺研究》创刊。

5 月 29 日　全国 98 所高校,14 个有关报刊、出版单位的代表,
　　参加了在西安举办的"社会主义文学创作方法学术讨论
　　会"。会上决定成立"高等学校文艺理论研究会",陈荒煤
　　被选为会长。

5 月　《重放的鲜花》由上海文艺出版社出版。

　　《短篇小说选》(1949—1979)开始由人民文学出版社分卷
　　出版。

6 月 7 日　中共上海市委宣传部举行报告大会,为"文革"期间
　　遭受迫害和打击的文艺工作者平反昭雪,为《上海的早晨》
　　《战斗的青春》等作品平反。

6 月 20 日　文艺理论家、作家巴人追悼会在北京举行。巴人于
　　1975 年 7 月 25 日逝世,终年 71 岁。

6 月　《河北文艺》发表李剑的文艺短论《"歌德"与"缺德"》,
　　不久在全国引起论争。

　　人民文学出版社编辑出版的《新文学论丛》在北京创刊。

　　大型文学刊物《春风》在沈阳创刊。

7 月 31 日　《人民日报》发表周岳的文艺短评《阻挡不住春天的
　　脚步》,同时转载李剑的《"歌德"与"缺德"》、王若望的《春
　　天里的一股冷风——评〈"歌德"与"缺德"〉》两文。

7 月　大型文学刊物《当代》在北京创刊。

　　大型文学刊物《清明》在合肥创刊。鲁彦周的中篇小说《天
　　云山传奇》在创刊号上发表。

　　高晓声的《李顺大造屋》在《雨花》发表。

　　张扬的长篇小说《第二次握手》由中国青年出版社出版。

　　蒋子龙的短篇小说《乔厂长上任记》在《人民文学》发表。

　　《艾青诗选》由人民文学出版社出版。

　　刘克的《飞天》，白桦、彭宁的《苦恋》在《十月》第 3 期发表。

8 月 3 日　经中共中央批准，中共北京市委正式决定为林彪、"四人帮"和康生制造的所谓"三家村反党集团"冤案彻底平反。

8 月 10 日　中国当代文学学术讨论会在长春举行。会议期间，中国当代文学研究会召开了第一次会员代表大会，选举冯牧为会长。

8 月　雷抒雁的政治抒情诗《小草在歌唱》、叶文福的《将军，不能这样做》在《诗刊》发表。

　　钱钟书的《管锥编》第一、二册由中华书局出版。

　　叶剑英的《远望集》由人民文学出版社出版。

9 月 5 日　原北京市委书记处书记、《燕山夜话》作者邓拓追悼会在北京举行。邓拓因受林彪、"四人帮"迫害，于 1966 年 5 月 18 日逝世，终年 54 岁。

9 月 10 日　大型理论刊物《文艺百家》在哈尔滨创刊，出版一期后停刊。

9 月 12 日　《天津日报》发表召珂的评论《评小说〈乔厂长上任记〉》、黄桂元的评论《卓有成效的探索——读短篇小说〈乔厂长上任记〉》，并加展开争鸣的编者按语。

9 月 14 日　原北京市副市长、京剧《海瑞罢官》作者吴晗追悼会在京举行。

吴晗于 1969 年 10 月 11 日逝世,终年 60 岁。

9 月 25 日　中国作协书记处举行会议,通过吸收新会员的决议,恢复和新发展的会员有 450 多名。

9 月　《诗刊》发表《徐志摩诗六首》(卞之琳选注)及卞之琳文章《徐志摩诗重读志感》。

刘宾雁的特写《人妖之间》在《人民文学》发表。

大型文学刊物《百花洲》在南昌创刊。

大型文学刊物《榕树》在福州创刊。

中国社会科学院文学研究所文艺理论研究室主编的《美学论丛》在北京创刊。

10 月 10 日　《文学评论》和《工人日报》编辑部联合召开《乔厂长上任记》座谈会。

10 月 21 日　王蒙的短篇小说《夜的眼》在《光明日报》发表。

10 月 30 日　中国文学艺术工作者第四次代表大会在北京举行。邓小平代表中共中央国务院向大会祝词,茅盾致开幕词,周扬作了题为"继往开来,繁荣社会主义新时期的文艺"的报告。会议选举茅盾为文联名誉主席,周扬为文联主席,巴金、夏衍等为副主席。会议于 11 月 16 日闭幕。

10 月　王靖的电影文学剧本《在社会的档案里》在《电影创作》发表。

大型文学刊物《红岩》在重庆创刊,《星星》诗刊在成都复刊。

李建彤的长篇小说《刘志丹》由工人出版社出版,李准的长篇小说《黄河东流去》由北京出版社出版。

11 月 14 日　鲁迅研究会在北京正式成立,茅盾任会长。

11 月 17 日　文艺理论家、诗人冯雪峰追悼会在京举行。

冯雪峰 1976 年 1 月 31 日逝世,终年 74 岁。

11 月 18 日　著名作家周立波追悼会在京举行。

11 月　李克威的电影文学剧本《女贼》在《电影创作》发表。

张洁的短篇小说《爱,是不能忘记的》在《北京文艺》发表。不久,展开热烈讨论。

大型外国文学刊物《译林》在南京创刊。

《红楼梦》研究《集刊》(第 1 辑)由上海古籍出版社出版。

12 月　周克芹的长篇小说《许茂和他的女儿们》在《红岩》第 2 期上发表。

《台湾小说选》《台湾散文选》由人民文学出版社出版。

中国现代文学研究会、北京出版社合编的《中国现代文学研究丛刊》在京创刊。

1980 年

1 月 12 日　冯牧的文章《对于文学创作的一个回顾和展望——兼谈革命作家的庄严职责》在《文艺报》发表。同期,刊物还发表了黄秋耘的文章《关于张洁作品的断望》。

1 月 23 日　全国剧本座谈会在京举行。座谈会对《假如我是真的》《女贼》《在社会的档案里》等剧本进行了讨论。胡耀邦在会上发表了长篇讲话。

1 月　徐怀中的短篇小说《西线轶事》在《人民文学》上发表。

谌容的中篇小说《人到中年》、张一弓的中篇小说《犯人李铜钟的故事》在《收获》上发表。

张弦的《被爱情遗忘的角落》在《上海文学》上发表。

靳凡的中篇小说《公开的情书》在《十月》上发表。

熊召政的长诗《请举起森林一般的手,制止!》在《长江文艺》上发表。

百花文艺出版社编辑出版的《小说月报》在天津创刊。

百花文艺出版社编辑出版的《散文》月刊在天津创刊。

大型文学刊物《芙蓉》在湖南创刊。

西安市文联主办的《长安》月刊正式出刊。

《1978年全国优秀短篇小说评选获奖作品集》由人民文学出版社出版。

大型儿童文学丛刊《朝花》由人民文学出版社编辑出版。

2月16日　《红旗》杂志发表李玉铭、韩志君的文章《对"写真实"说的质疑》。

2月27日　《人民日报》发表周扬的文章纪念"左联"成立50周年:《学习鲁迅,沿着鲁迅的战斗方向继续前进》。

2月　高晓声的短篇小说《陈奂生上城》在《人民文学》发表。

《福建文艺》开辟"新诗创作问题的讨论会"专栏,就舒婷的诗以及与此相关的理论问题展开讨论。

《新剧作》双月刊在上海创刊。

3月4日　瑞典皇家文学、历史考古研究院推选中国社会科学院外国文学研究所所长冯至为该院外籍院士。

3月8日　中国作协副主席、诗人李季逝世,终年57岁。

李季,河南唐河人。1938年在延安抗日军政大学学习,毕业后在八路军任连指导员。新中国成立后任中南文联编辑出版部部长、《长江文艺》主编,1952年到玉门油田深入生

活,任党委宣传部部长。1955年后,历任中国作家协会创作
委员会副主任、作协兰州分会主席、《人民文学》副主编、
《诗刊》主编。主要作品有:长诗《王贵与李香香》《杨高
传》、诗集《玉门诗抄》《玉门诗抄二集》《致以石油工人的敬
礼》等。

3月25日　1979年全国优秀短篇小说评选发奖大会在北京举
行,蒋子龙的《乔厂长上任记》等25篇作品获奖。

3月　《十月》编辑部在北京召开中篇小说创作座谈会,讨论了
《人到中年》等作品。

《文艺报》发表了王瑶的文章《30年代的文艺大众化运
动——纪念"左联"成立50周年》;《文学评论》发表了夏衍
的《"左联"成立前后》、阳翰笙的《中国左翼作家联盟成立
的经过》、林焕平的《从上海到东京——中国左翼作家联盟
活动杂忆》等文章。

陈国凯的中篇小说《代价》在《当代》发表。

《时代的报告》在北京创刊。

诗刊社编辑的《诗选》(1949—1979)由人民文学出版社开
始分卷出版。

4月7日　全国诗歌讨论会在广西南宁召开。

4月12日　《文艺报》发表周扬、沙汀关于长篇小说《许茂和他
的女儿们》的通信。

4月29日　文化部1979年优秀影片奖和青年优秀创作奖授奖
大会在北京举行,《从奴隶到将军》《泪痕》《吉鸿昌》《归心
似箭》等22部故事片获"优秀电影奖"。

4月　"国际报告文学研究会"在京成立,魏巍被推举为会长,

《时代的报告》为该会会刊。

《李季诗选》由人民文学出版社出版。

凌力的长篇小说《星星草》由北京出版社出版。

5月3日 《人民日报》刊登新发现的鲁迅五四时期佚文11篇,同时刊发唐弢文章:《花团剑簇——读新发现鲁迅佚文11篇》。

5月7日 谢冕的文章《在新的崛起面前》在《光明日报》发表,文章对青年诗人的创作表达了宽容的态度,并由此引发了新诗潮的热烈讨论。

5月8日 上海市政协召开大型座谈会,为周而复的《上海的早晨》恢复名誉,祝贺《上海的早晨》1—4卷全部出齐。

5月20日 王蒙的短篇小说《春之声》在《人民文学》第5期上发表。

5月23日 第三届电影"百花奖"授奖大会在京举行,《吉鸿昌》《泪痕》《小花》获最佳故事片奖。

5月29日 《山西日报》开辟"关于发展社会主义文学流派的讨论"专栏,至10月14日结束。

5月31日 《电影艺术》编辑部召开人性和人情问题座谈会。

《十月》发表刘心武的《如意》、刘绍棠的《蒲柳人家》、宗璞的《三生石》等三个中篇小说。

6月5日 《文汇报》举办的"文汇电影奖"发奖大会在上海举行,《啊!摇篮》《归心似箭》《小花》获最佳影片奖。

6月17日 纪念瞿秋白就义45周年座谈会在京举行。周扬作了题为"为大家开辟一条光明的路"的长篇讲话。

中国当代文学学会首次学术讨论会在广州举行。

6 月　马中骏、贾鸿源、瞿新华的剧本《屋外有热流》在《剧本》
发表。

陈可雄、马鸣的短篇小说《杜鹃啼归》在《青春》发表。

《文学遗产》复刊。

全国高校文艺理论研究会主办的《文艺理论研究》季刊
创刊。

大型文学刊物《柳泉》在济南创刊。

老舍的长篇小说《正红旗下》、莫应丰的长篇小说《将军
吟》，由人民文学出版社出版。

杨沫的长篇小说《东方欲晓》第一部由浙江人民出版社
出版。

7 月 8 日　《北京晚报》发表了刘心武的评论王蒙小说的文章
《他在吃蜗牛》。各地报刊陆续发表了对王蒙小说探索的
看法。

7 月 20 日　《诗刊》社在北京举办了"青年诗作者创作学习
会"，并在第 10 期上刊发了"青春诗会"，梁小斌、舒婷等 17
位青年诗作者发表了诗作。

7 月　《延河》发表了楼适夷的文章《为了忘却、为了团结——
读夏衍同志〈一些早该忘却而未忘却的往事〉》。

张钟等编写的《当代文学概观》，由北京大学出版社出版。

大型文学刊物《天山》在乌鲁木齐创刊。

《当代外国文学》在南京创刊。

《中国文学艺术工作者第四次代表大会文集》由四川人民
出版社出版。

8 月 16 日　《人民日报》发表陈毅给王力的信（1965 年 11 月 8

日），陈毅在信中谈了对中国诗歌改革的看法。

8 月 20 日　中国当代文学研究会和北京师院学报编辑部在京举行王蒙创作讨论会，讨论王蒙的《夜的眼》《春之声》《风筝飘带》《海的梦》《布礼》《蝴蝶》等作品。

8 月 27 日　《人民日报》开辟"关于文艺真实性问题的讨论"的专栏。

8 月　《诗刊》开辟讨论"朦胧诗"问题的专栏。发表了章明的《令人气闷的"朦胧"》、晓鸣的《诗的深浅与谈诗的难易》。

《文艺报》发表了杜高、陈刚的文章《我们需要怎样的文艺批评——读〈时代的报告〉评论员文章有感》。

《安徽文艺》发表了黎辉的文章《似曾相识"棍"重来——评〈时代的报告〉创刊号评论员文章》。

何士光的短篇小说《乡场上》在《人民文学》发表。

任光椿的长篇小说《戊戌喋血记》由湖南人民出版社出版。

叶蔚林的中篇小说《在没有航标的河流上》在《芙蓉》发表。

9 月 17 日　《人民日报》开辟"关于改善党对文艺的领导，把文艺事业搞活"的讨论专栏。

9 月 20 日　《诗刊》社在京召开诗歌理论座谈会，讨论新诗发展道路、诗歌的现代化以及青年诗人的探索等问题。

9 月　《文艺报》第 9 期在"文学表现手法探索"栏目中，发表了王蒙、李陀、宗璞、张洁等的短文。同期刊物还发表了何庄的文章：《这种习惯不能改一改吗？》，对河北省有关领导部门停止发行《河北文艺》第 8 期的做法提出批评，该期刊物是因刊有李克灵的《省委第一书记》的短篇小说而被停止发行的。同期刊物发表的文章还有漠雁的《迟发的稿件》，该文因对《在社会的档案里》的批评态度和方法而引起过争论。

遇罗锦的报告文学《一个冬天的童话》在《当代》第 3 期上发表。

《解放军文艺》发表了燕翰的文章《不要离开社会主义的坚实大地》,对中篇小说《飞天》提出批评,该文也引起了不同意见。

《奔流》刊登该刊编辑部公告,为苏金伞的《肃清文学上的教条主义》、李白凤的《写给诗人底公开信》等文章平反恢复名誉。

10 月 3 日　《小说选刊》在北京创刊。

10 月 6 日　《文艺报》召开座谈会,讨论改善党对文艺工作的领导、改革文艺体制问题。

10 月 8 日　《人民日报》发表赵丹的文章《管得太具体,文艺没希望》。

10 月 10 日　赵丹在京逝世,终年 65 岁。

10 月 15 日　《河北日报》开辟"发展社会主义文学流派"的讨论专栏,对"荷花淀"派的形成和发展进行讨论。

10 月 29 日　"柔石研究"学术讨论会在宁波举行。

10 月　《雨花》发表顾尔镡的文章《也谈突破》。

《文艺报》发表沙叶新的文章《扯"淡"》。同期,刊物还发表了王蒙为《王蒙小说报告文学选》写的自序:《我在寻找什么?》。

大型文学刊物《绿原》在西安创刊。

工人出版社、山西大学合编的《赵树理文集》4 卷本出版。

11 月　《边疆文艺》发表李鉴钊的短诗《将军与士兵》。《云南日报》于 12 月 21 日发表苏策的文章《评〈将军与士兵〉》，对该诗的思想倾向提出批评。

　　《花城》发表杨沫的报告文学《不是日记的日记》。

　　中国当代文学研究会主办的诗歌理论刊物《诗探索》在北京创刊，谢冕任主编。

　　《中国当代文学史初稿》由人民文学出版社出版。

　　唐弢、严家炎主编的《中国现代文学史》3 卷本由人民文学出版社出版。

　　鲁迅研究学会主办的《鲁迅研究》第 1 期由上海文艺出版社出版。

11 月 15 日　中国当代文学研究会第二次学术讨论会在昆明举行。会议讨论了新时期四年来的文学成就，以及新诗发展、王蒙作品评价等问题。

11 月 27 日　《陕西日报》报道：岐山县委保护作者正当权益，制止对徐岳的讽刺小说《老革外传》的无理干涉，并发表短评《制止对文艺横加干涉》。

11 月　《花溪》对雨煤的短篇小说《啊，人……》展开讨论。

　　蒋子龙的中篇小说《开拓者》在《十月》发表。

　　钱钟书的长篇小说《围城》由人民文学出版社重印出版。

　　《老舍文集》由人民文学出版社出版。

　　戴厚英的长篇小说《人啊，人！》由广东人民出版社出版。

12 月 10 日　湖畔诗社在杭州成立，推举原湖畔诗社发起人之一的汪静之为社长。

　　《作品与争鸣》在北京创刊。

《电影选刊》在上海创刊。

儿童文学丛刊《巨人》在上海创刊。

大型文学刊物《金达莱》在延吉创刊。

《莲池》发表叶文福的诗《将军,好好洗一洗》。不久,《莲池》和《文艺报》发表文章,对该诗提出批评。

1981 年

1 月 15 日　《长安》发表孙静轩的诗《一个幽灵在中国大地上游荡》。不久,该刊就此诗展开了讨论。

1 月 23 日　北京大学比较文学研究会成立,季美林任会长。

1 月 24 日　中国电影评论学会在北京成立,钟惦棐任会长。

1 月　《萌芽》月刊在上海创刊。

《新文学论丛》杂志召开座谈会,讨论赵祖武的文章《一个不容回避的历史事实——关于"四"新文学和当代文学的估价问题》,对 60 年来的新文学,前后 30 年的成就问题进行了讨论。

2 月　颜海平的《秦王李世民》在《钟山》第 1 期发表。

古华的长篇小说《芙蓉镇》在《当代》第 1 期发表。

戚方的文章《中国文学和中国现实——评李怡的〈文艺新作中所反映的中国现实〉》在《文艺研究》第 1 期发表。

《民族文学》双月刊在北京创刊。

大型文学刊物《江南》在杭州创刊。

《1979 —1980 中篇小说选》由人民文学出版社出版。

3 月 12 日　巴金的《〈创作回忆录〉后记》和建立中国现代文学馆的建议在《人民日报》发表。同日,《光明日报》发表了巴金的文章《现代文学资料馆》。

　　贵州作协召开讨论会,就雨煤的《月亮升起了》《两代爱情》《啊,人……》进行了讨论。

3月24日　1980年全国优秀短篇小说评选发奖大会在京举行,《西线轶事》《乡场上》等30篇作品获奖。

3月27日　中国文联名誉主席、中国作协主席沈雁冰因病在北京逝世,终年85岁。中共中央决定恢复他的中国共产党党籍,党龄自1921年算起。临终前他向中国作协捐献25万元稿费,作为设立长篇小说文学奖的基金。

3月　《文艺报》在京召开中篇小说创作座谈会。

　　《诗刊》发表孙绍振的《新的美学原则在崛起》。《诗刊》以及《人民日报》《文艺报》《诗探索》等报刊,迅速展开了对此文的讨论。

　　王润滋的短篇小说《内当家》在《人民文学》第3期发表。

　　大型文学刊物《东方》在杭州创刊。

4月15日　《新华日报》发表特约评论员文章《维护四项基本原则是革命者的崇高责任——评〈也谈突破〉》,对顾尔谭发表于《雨花》1980年第12期上的文章《也谈突破》提出了批评。

4月18日　文化部在北京举行1980年优秀影片授奖大会,《巴山夜雨》《天云山传奇》《法庭内外》等26部影片获奖。

4月20日　《解放军报》发表特约评论员文章《四项基本原则不容违反——评电影文学剧本〈苦恋〉》。

4月21日　《文艺报》在京召开座谈会,就《晚霞消失的时候》《芙蓉镇》《立体交叉桥》《祸起萧墙》等4部有争议的作品进行了讨论。

4 月　《朔方》发表汤本的评论《一个浑浑噩噩的人——评小说〈灵与肉〉的主人公许灵均的形象》。

　　《中国通俗文艺》在北京创刊。

　　《青年作家》在成都创刊。

5 月 23 日　首届电影"金鸡奖"和第四届"百花奖"授奖大会在杭州举行。《巴山夜雨》《天云山传奇》获金鸡奖;《庐山恋》获百花奖。

5 月 25 日　全国中篇小说、报告文学、新诗评奖发奖大会在北京举行。谌容的《人到中年》等 15 篇作品获中篇小说奖(1977—1980);徐迟的《哥德巴赫猜想》等 30 篇作品获全国优秀报告文学奖(1977—1980);张万舒的《八万里风云录》等 34 首作品,获全国中、青年诗人优秀新诗奖(1979—1980)。

5 月　大型文学刊物《小说界》在上海创刊。

　　大型文学刊物《创作》在贵阳创刊。

　　大型文学刊物《莽原》在郑州创刊。

　　大型文学刊物《海峡》在福州创刊。

6 月 15 日　黑龙江省作协等单位联合举办纪念萧红诞辰 70 周年活动。

6 月　《文艺报》发表了司马文缨的《编辑的责任——就〈花溪〉谈编辑思想》,批评了《花溪》的办刊思想。

　　姚雪垠的长篇小说《李自成》第 3 卷由中国青年出版社出版。

7 月　《文艺报》第 14 期发表了王春元的文章《关于马克思主义

的"新人"说》。

张洁的长篇小说《沉重的翅膀》在《十月》第4期上连载。

8月3日　中共中央宣传部在北京召开"全国思想战线问题座谈会",胡耀邦在会上作了重要讲话,胡乔木作了题为"当前思想战线的若干问题"的讲话。

8月　《文汇月刊》开辟"关于李剑小说的批评与反批评"讨论专栏。

蒋子龙的中篇小说《赤橙黄绿青蓝紫》在《当代》第4期发表。

9月2日　北京市委召开思想战线问题座谈会。中共北京市委第一书记段君毅在会上指出:《苦恋》电影文学剧本在北京市的文艺刊物《十月》上发表,没有及时批评,是软弱无力的表现。

9月6日　中共安徽省委召开思想战线问题座谈会。省文联主席赖少其、省文联副主席陈登科在会上作了自我批评。

9月9日　文化部和中国文联在京联合召开座谈会,讨论文艺如何加强领导、改变涣散软弱状态、增强团结、改进工作等问题,一些同志对《苦恋》提出了批评。

9月17日　纪念鲁迅100周年诞辰学术讨论会在北京举行。

9月25日　鲁迅100周年诞辰纪念大会在北京人民大会堂隆重举行。

9月　《大众电影》第9期发表编辑部文章《正确开展电影评论》,检查了该刊第1期所发表的《致读者》和《立电影法,杜绝横加干涉》等文的错误。

《人民戏剧》第9期发表赵寻的文章《开展戏剧批评的两条

战线斗争》。

《1980年全国优秀短篇小说评选获奖作品集》由上海文艺出版社出版。

10月17日　姚正明、吴明瑛的文章《思索什么样的"人生哲理"？——评长篇小说〈人啊，人！〉》。

10月　唐因、唐达成的评论文章《论〈苦恋〉的错误倾向》在《文艺报》第19期发表，《人民日报》于10月7日转载。

鲁光的报告文学《中国姑娘》在《当代》发表。

11月4日　《人民日报》发表评论员文章《认真讨论一下文艺创作中表现爱情的问题》。

11月26日　《光明日报》在"关于文艺创作如何表现爱情问题的讨论"专栏中，发表4篇文章，就《北极光》《明月初照人》等作品发表了不同意见。

12月23日　《解放军报》《人民日报》《文艺报》刊发白桦的文章《关于〈苦恋〉的通信——致〈解放军报〉〈文艺报〉编辑部》，文中检查了自己创作《苦恋》的错误思想。

12月31日　《吉林日报》发表石海的文章《应该从中吸取什么教训——评曲有源的某些政治抒情诗》。

12月　《全国优秀报告文学评选获奖作品集》由人民文学出版社出版。

1982年

1月16日　广东作协和《作品》编辑部联合召开座谈会，讨论戴厚英的长篇小说《人啊，人！》。

1月　《丑小鸭》在北京创刊。

《何其芳文集》6卷由人民文学出版社分卷出版。

2月8日　《光明日报》发表敏泽的文章：《道德的追求和历史的道德——从〈晚霞消失的时候〉谈起》。

2月10日　河南省文联召开座谈会，批评杨东明的中篇小说《失去的，永远失去了》。

2月18日　第二届中国电影"金鸡奖"评选揭晓，《喜盈门》获荣誉奖，《邻居》获最佳故事片奖。

2月　《北方文学》第2期发表吴运铎的文章《评〈人妖之间〉的失实》。

《朱光潜美学文集》5卷本由上海文艺出版社分卷出版。

3月12日　《文学评论》编辑部召开座谈会，结合文学作品讨论人性、人道主义问题。

3月22日　1981年全国优秀短篇小说评奖发奖大会在京举行，《内当家》等20篇作品获奖。

3月　伊明根据台湾女作家林海音的同名小说改编的电影文学剧本《城南旧事》，在《电影新作》第2期发表。

大型文学刊物《昆仑》在京创刊，朱苏进的中篇小说《射天狼》在创刊号上发表。

蒋子龙的短篇小说《拜年》在《人民文学》第3期发表。

4月2日　巴金在意大利佛罗伦萨被授予但丁国际奖。

4月29日　广东作协和《作品》编辑部联合召开座谈会，批评遇罗锦的长篇小说《春天的童话》。

4月　《文艺报》发表易言的文章《评〈波动〉及其他》。

《特区文学》在广东深圳创刊。

《李季文集》4卷本，由上海文艺出版社分卷出版。

5月16日 新疆大学中文系召开"新边塞诗问题学术讨论会"，就古代边塞诗、"新边塞诗"等问题进行了讨论。

5月17日 全国1980—1981年优秀剧本评奖、授奖大会在北京举行，沙叶新的话剧《陈毅市长》、颜海平的话剧《秦王李世民》等72个剧本获奖。

5月 路遥的中篇小说《人生》在《收获》第3期发表。

6月10日 《文学评论》召开张洁作品讨论会。

6月23日 诗人阿垅、芦甸追悼会在天津举行。阿垅、芦甸因受"胡风案件"株连受冤屈。阿垅于1967年3月15日病逝，终年60岁；芦甸于1973年3月21日病逝，终年54岁。

6月23日 第一届法国文学讨论会在无锡举行，会议就法国文学中的人道主义、存在主义、自然主义、"新小说"、新批评等问题进了学术交流。

7月4日 河北作协、《国风》编辑部在河北承德联合举办了郭小川诗歌学术讨论会。

7月17日 中共中央宣传部在河北涿县召开文艺评论工作座谈会，中宣部副部长贺敬之作了题为"做坚定的、清醒的、有作为的马克思主义文艺评论家"的讲话。

7月 《钟山》发表孟伟哉的中篇小说《黎明潮》，小说发表不久引起争论。

8月15日 《人民日报》报道：由冯牧、阎纲、刘锡诚主编的《中国当代文学评论丛书》由湖南人民出版社出版，丛书收有影响较大的当代文学评论家个人评论集多种。

8月28日 中国作协山西分会主办的赵树理学术讨论会在太原举行。

8 月　《上海文学》第 8 期发表冯骥才、李陀、刘心武对高行健的
　　　《现代小说技巧初探》的通信,并引发了"现代派"问题的
　　　论争。

　　　《北方文艺》发表梁晓声的短篇小说《这是一片神奇的土
　　　地》。

9 月　宋学武的短篇小说《敬礼!妈妈》在《海燕》第 9 期发表。

　　　石言的短篇小说《漆黑的羽毛》在《雨花》第 9 期发表。

　　　唐挚的文章《是强者还是懦夫——评〈在同一地平线上〉的
　　　思想倾向》在《文艺报》发表。

10 月　蔡测海的短篇小说《远处的伐木声》在《民族文学》第 10
　　　期发表。

　　　洪明的文章《论一种艺术思潮》在《文艺报》第 10 期发表。

11 月　邵牧君的文章《现代派和电影》在《光明日报》11 月 11
　　　日发表。

12 月 15 日　"茅盾文学奖"首届授奖大会在京举行,《许茂和他
　　　的女儿们》等 6 部作品获奖。

12 月　王蒙的文章《关于塑造典型人物问题的一些探讨》在
　　　《北京文学》发表。

　　　叶廷芳的文章《西方现代艺术的探险者——论卡夫卡的艺
　　　术特征》在《文艺研究》第 6 期发表。

参 考 文 献

〔1〕莫里斯·迪克斯坦:《伊甸园之门》,上海外语教育出版社,1985。

〔2〕马尔利姆·考利:《流放者的归来》,上海外语教育出版社,1986。

〔3〕理查德·H.佩尔斯:《激进的理想与美国之梦》,上海外语教育出版社,1992。

〔4〕高毅:《法兰西风格:大革命的政治文化》,浙江人民出版社,1991。

〔5〕朱学勤:《道德理想国的覆灭》,上海三联书店,1994。

〔6〕《五四与现代中国——五四新论》,山西人民出版社,1989。

〔7〕钱理群:《丰富的痛苦》,时代文艺出版社,1993。

〔8〕罗荣渠:《从"西化"到现代化》,北京大学出版社,1990。

〔9〕丹尼尔·贝尔:《资本主义的文化矛盾》,三联书店,1989。

〔10〕《当代中国意识形态风云录》,警官教育出版社,1993。

〔11〕谢冕:《文学的绿色革命》,贵州人民出版社,1988。

〔12〕孟悦:《历史与叙述》,陕西人民教育出版社,1991。

〔13〕汪晖:《无地彷徨》,浙江文艺出版社,1994。

〔14〕洪子诚:《作家的姿态与自我意识》,陕西人民教育出版

社,1991。

〔15〕弗洛姆:《健全的社会》,贵州人民出版社,1994。

〔16〕李泽厚:《中国现代思想史论》,东方出版社,1987。

〔17〕戴维·埃伦费尔德:《人道主义的僭妄》,国际文化出版公司,1988。

〔18〕洪子诚、刘登翰:《中国当代新诗史》,人民文学出版社,1993。

〔19〕火木:《光荣与梦想》,成都出版社,1992。

〔20〕《青春方程式》,北京大学出版社,1995。

〔21〕南帆:《冲突的文学》,上海社会科学出版社,1992。

〔22〕朱寨:《中国当代文学思潮史》,人民文学出版社,1987。

〔23〕《新时期文学六年》,中国社会科学出版社,1985。

〔24〕《现代主义》,上海外语教育出版社,1992。

〔25〕杨健:《文化大革命中的地下文学》,朝华出版社,1993。

〔26〕谢冕:《新世纪的太阳》,时代文艺出版社,1993。

〔27〕王晓明:《潜流与旋涡》,中国社会科学出版社,1991。

注:各种文学作品未列出,每章后附注有详尽出处。

后　记

　　1970 年代,是理想主义者的激情岁月。作为切近的一段历史,它的热情和缺憾,它的单纯明丽和一厢情愿,它的梦幻般的希冀和语焉不详的青春式的躁动,都格外地令人怀恋,那是一段相当典型的情感时代,是理想主义者的又一个"蜜月"期。

　　应该说,新的意识形态在 1978 年调动了民众的全部热情,与"文革"后期的民众沉默相比,那热切的参与意识,在知识分子的忠诚表达中得到了充分的体现,人们将希望寄予未来,并在想象中狂欢。因此,"'文革'后文学"的几个波段,都具有鲜明的情感色彩,文学的指控和承诺几乎是完全一致的,民众在文学中得到了极大的满足,整个社会都处在一种亢奋的、难以冷静下来的状态中。这一状况与包括从事文学活动在内的所有的知识分子的心态有极大的关系。他们富于幻想,富于社会批判意识,同时又有救世的自我期待。这些性格特征,在社会转型期极易于形成革命性的"热病",那种激进的批判使现实不会满足他们的想象。于是,理想主义的文学便永远处于一种与现实对峙的状态中。这也是 1978 年的文学充满了激进色彩的基本原因。

　　按说,文学不能没有理想精神,社会也不能缺失理想的感召。影响世界的几场革命,都是在理想精神的昭示下发生的。

值得注意的是,当激进的理想变成现实,理想主义者拥有了权责之后,却不可避免地都要实行"恐怖统治",精神上要一体化,私人生活被凶猛攻击,新式宗教不期而至。这种状况,使每个人都不得不去关心政治,因为社会生活普遍政治化了。1978 年的中国文学就有这样的特征。每一部有影响的作品几乎都会引起全社会的反响,其实,反响并不来自于文学,那时的文学作品,其文学性是不高的。因此,其反响更多的是来自于作品所包容的政治内容和信息。后来,文学的理想精神进一步激化,对现实秩序的批判也终于被现实秩序所不容。

尽管如此,1970 年代文学的理想精神也是不能否定的。它所含有的"热病"成分,不仅成全了后来文学的免疫力,同时,文学家因不拥有具体的、在社会生活中具有支配性的权责,因此不必担心文学的社会角色和功用,文学家的理想主义和政治家的理想主义所导致的后果是完全不同的。也正是在这样的意义上,我们才有可能肯定义学的理想精神,它的有限性已蕴含于文学的有限性之中。所以,文学的理想精神既不是洪水猛兽,也不是十全大补,它仅仅是文学家所特有的一种情怀,是人类于现实而言的一种补偿形式。

上述看法是我对 1970 年代文学的一种整体性理解,也是对这一年文学生产的文化解释。但在具体的写作中,我只是将这一理解隐含于文本的背后,并未过多阐发。我想,我们写的是"百年中国文学",而不是"百年中国文化",所以,我仍选择了那些有代表性的、有文化含量、有艺术价值的作品作为主要的阐述对象。在这些作品中所表达的情感、价值、思想等,最集中地反映了那一年度作家的关怀和心态,对它们的不同态度,也相对反映了那一时代的容纳性和局限性。当然,文学史的写作本身就是一种"叙事",绝对的文学史是不存在的,这正如汤因比对《伊利亚特》的论述一样。

还需要说明的是,本书写作之前的 1994 年,我曾以报告的形式在北大"批评家周末"作过报告,其成员提出了许多有价值的意见和看法,他们不同程度地使本书得到了丰富,这使我非常感激。但由于时间所限,因写作的匆忙所造成的诸多缺憾无可避免,读者和专家对它的批评亦在情理之中,我真诚地期待并将认真聆听。